SUPER UE FELTRINELLI

SUPER UE

FELTRINELLI

RICICLATO SU CARTA STAMPATA

Prima edizione nell'"Universale Economica" - SUPER UE
maggio 2007

ISBN 978-88-07-84077-7

Terza ristampa. (Le prime due erano sfuocate.)

Referenze iconografiche:
pp. 144, 340, 341, 342a, 343, 344b, 346, 349, 353, 355, 358, 359, 360, 361, 362a, 363, 364, 365, 366a, 370, 371, 372, 373, 375, 377, 378, 379 © Corbis; pp. 344a, 345, 347, 348b, 367ab, 374 © LaPresse; 348a, 369, 376 © Contrasto; p. 354 © Reuters/Contrasto; p. 356 © Infophoto; p. 366b © Carlo Cerchioli/Grazia Neri; p. 368 © Emblema/Cacciaguerra.

Ad Annalisa Agrati

Postfazione

Internet non è altro che una macchina da scrivere incrociata con un telecomando. È una tv con sei miliardi di canali. E sono quasi tutti realizzati da un'universitaria di nome Biba che insieme alle amiche d'appartamento ha installato una webcam nella doccia: così, tanto per divertirsi.

Pensate di essere impegnati in qualcosa di importante perché siete seduti a una macchina da scrivere, ma passate il tempo a rubare musica e a incontrare tredicenni in calore. È un periodo fantastico per i pedofili che amano i Gorillaz.

"Fare surf sul web." Andiamo! Non crederete davvero a tutti quei film americani in cui l'hacker è l'eroe? Bravi, avete messo la Microsoft in ginocchio. Ma se provate a mettere una ragazza in quella posizione, cic-

cia. Sapete perché? Perché alla fine della giornata non avete fatto surf: avete solo scritto a macchina.

Molti dei testi che troverete in questo libro provengono dai tre blog (quello ufficiale, quello lento e quello segreto) di Daniele Luttazzi. L'unico vantaggio del web è che hai accesso al mondo privato di gente spaventosa come lui, senza doverla odorare.

Galeazzo Ciano

Indice

Aprile 2005

Sesso

Una volta, per sbaglio, sono entrato nella camera dei miei zii mentre stavano facendo sesso. Dovreste vedere la mia faccia sorpresa nel video.

Interim

Il governo iracheno ad interim non è riuscito a raggiungere entro la data prevista un accordo fra le sue varie componenti sulla nuova costituzione. Alla fine della giornata le divergenze erano tali che non c'era più neppure un accordo sui punti di divergenza.

Il portavoce del parlamento, **al-Hassani**, si è detto dispiaciuto del fatto che il governo non sia stato in grado di risolvere in sei mesi due millenni di odi religiosi, etnici e culturali. Dovrebbero riuscirci per mercoledì prossimo, comunque.

I mille, mille sogni di un bambin

I cinesi hanno aperto una Disneyland a Hong Kong. La notizia triste è che si sono già mangiati Pluto.

Naltrexone

Ricercatori dell'Università di Genova hanno annunciato questa settimana che il Naltrexone può essere impiegato per guarire l'impulso a rubare nei cleptomani. Anche se il farmaco non lo passa la mutua, i medici sono convinti che i cleptomani non avranno difficoltà a procurarselo.

Pasqua

GESÙ: *Sarei dovuto risorgere sulla croce invece di fare lo zombie quando non mi ha visto nessuno. Allora sì che i romani si sarebbero cagati sotto.*

"Guardate qua, deficienti! Visto cosa mi fanno i vostri chiodi? Una sega! Ehi! Eri tu quello che mi ha tirato la lancia nel costato, pezzo di merda?" Ci ho messo delle ore per spostare quel masso dalla tomba, cazzo! Non sono Hulk. Come se non bastasse, faceva un freddo cane, sono morto assiderato e sono dovuto risorgere di nuovo! Due resurrezioni in una mattinata. Se non è fare gli straordinari questo! Un incubo. Ma io dico: la mia nascita è stata un grande evento, paragonabile a una serata al Billionaire; la mia crocifissione un evento ancor più grande, paragonabile a una prima di Spielberg; be', la mia resurrezione allora doveva avvicinarsi almeno alla serata degli Oscar. Scritte nel cielo, legioni di arcangeli con trombe arrangiate da Quincy Jones, i saluti di Denzel Washington e Charlize Theron. Invece nulla. Un flop totale, paragonabile alla mia resurrezione. La prossima volta prendiamoci un buon addetto stampa. Fanno miracoli.

NY

L'apertura del Museo del Sesso, a New York, è stata rimandata. Prima deve aprire il Museo dei Preliminari.

Everest

Uno studio ha dimostrato che per colpa del riscaldamento globale il monte Everest si è abbassato di un metro, rendendo così molto più semplice il compito degli alpinisti che vogliono scalarlo senza bombole d'ossigeno.

(Sì, la temperatura del pianeta sta aumentando. Quindi no, non è solo la tua impressione.)

California, here I come

A Los Angeles, una donna di sessantacinque anni, madre di dodici figli, nonna di ventiquattro nipoti e bisnonna di cinquantasei bisnipoti, ha partorito di nuovo. Il neonato ha quarant'anni ed è uscito fuori camminando quando a un certo punto le si sono rotte le polveri.

Se hai dodici figli, o sei cattolica, o sei un criceto. Di criceti cattolici per fortuna non ne esistono (se non nella mia fantasia, dove pisciano latte alla menta), ma potrei anche sbagliarmi.

Lei è ricorsa alla fertilizzazione in vitro. Che, come si sa, non è fatta per le vecchie di sessantacinque anni, ma per le lesbiche di trentacinque. Purtroppo a sessantacinque anni l'unico altro modo per avere bambini è attirarli con l'inganno nel bosco dentro una casa fatta di cioccolato e caramelle.

Maggio 2005

Freccette

Questa settimana, Steve Geary, un inglese che è

cieco dalla nascita, ha centrato perfettamente il bersaglio in una gara di freccette. Questo almeno è quello che gli hanno detto.

Brangelina

Angelina Jolie e Brad Pitt aspettano un erede. Quello sì che sarà un bambino sexy. Non mi importa di che sesso sarà, quando avrà diciott'anni me lo scopo.

Influenza aviaria

Proprio adesso che l'eliminazione della SARS aveva riportato milioni di persone a mangiare senza pericolo nasi di topo, salta fuori una nuova minaccia: l'influenza aviaria. Come si fa a stabilire se un volatile ha l'influenza aviaria? Vola a pancia in su e ha un termometro nel culo.

Sith transit gloria

È nei cinema *Guerre Stellari episodio 3 – La vendetta dei Sith*. Il prequel racconta la corruzione di Anakin Skywalker, convinto dal bieco senatore Palpatine a passare col lato oscuro della Forza, e la distruzione dell'Ordine dei Cavalieri Jedi, per culminare con lo scontro finale fra te e il manager del cinema quando vai a farti ridare indietro i soldi del biglietto.

Serial killer perde il conto

Renato Sgubbi, il serial killer di Udine, ieri è stato costretto a ricominciare daccapo dopo aver perso il conto delle sue vittime. – *Questa è una cosa che mi fa proprio incazzare, sta' zitto, va' là. Tutto quel lavoro per niente,* – ha detto Sgubbi ai giornalisti riuniti davanti al cancello del condominio dove abita. Il serial

Cina

È morta in Cina la donna più vecchia del mondo. Aveva centodiciotto anni. Causa della morte: le è caduto il cuore dal sedere.

Settembre 2005

Deterrenze

Molti considerano la diffusione degli armamenti nucleari la più perniciosa di tutte, dopo quella del pesto alla genovese. Nessuna nazione dovrebbe possedere armi atomiche, a parte ovviamente la tua. La Corea del Nord nei mesi scorsi ha testato missili nucleari. Test necessari perché se i missili nucleari sono difettosi possono fare danni.

Nel weekend, Usa e Corea del Nord hanno firmato un accordo con cui la Corea del Nord mette fine ai suoi programmi nucleari. Lo aveva già fatto nel '92 con Clinton, ma cinque anni fa era tornata sui suoi passi. Stavolta, i diplomatici americani hanno aggiunto al documento una clausola cruciale: *"11. Niente dita incrociate"*.

Questo accordo pone termine anche alla controversia seguita al trattato fra Corea del Nord e India sulla non-proliferazione di tigelle atomiche.

Gli Usa hanno poi denunciato l'Iran al Consiglio di Sicurezza dell'Onu, auspicando sanzioni. La più grande sanzione, per l'Iran, sarebbe l'embargo sull'importazione di bandiere americane.

L'Iran ha ribattuto che il suo programma atomico non ha scopi militari, ma servirà a produrre energia. Energia con cui poter radere al suolo Israele.

In un discorso davanti all'Associazione veterani di guerra, Bush ha spiegato che l'unico modo per difendere i cittadini americani "dove vivono" è dare la caccia ai terroristi "dove vivono loro". Purtroppo, l'unica mossa Usa in tale direzione, finora, è stata la distribuzione gratis in metropolitana dell'opuscolo *Guida alle case dei terroristi*.

Il 65% degli americani è contrario alla guerra in Iraq e pensa che sia stata un grave errore. In altre parole, adesso essere a favore della guerra è antiamericano. Il senatore repubblicano Chuck Hagel l'ha paragonata alla guerra in Vietnam. Con il dovuto rispetto, senatore, l'Iraq è diverso dal Vietnam. Stavolta George Bush è coinvolto.

Il leader iraniano Amhadinejad ha respinto la richiesta Usa di cessare gli esperimenti nucleari e di accorciare il suo nome.

Sesso

Avete mai sentito i vostri vicini che fanno sesso? I miei sono molto strani. Non credo farebbero così se sapessero che sono sotto il loro letto.

Faraonica

Nell'antico Egitto usavano merda di coccodrillo come contraccettivo. Quanti altri tipi di merda avranno provato prima di arrivare alla perfezione?

Katrina

Due settimane dopo l'alluvione di New Orleans, uno dei più grandi disastri naturali nella storia degli Stati Uniti, il responsabile dei soccorsi Michael Brown è stato sollevato dall'incarico per manifesta incapacità. Nella conferenza stampa, il segretario alla Sicurezza nazionale Michael Chertoff ha detto che Brown si occuperà di altri disastri naturali. – *Sarebbe sciocco che il signor Brown passasse tutto il suo tempo a mandare all'aria i soccorsi di un solo tipo di disastro. Ce ne sono tanti altri da mandare all'aria. Bisogna pensare in grande.* –

Al posto di Brown arriverà il viceammiraglio della Guardia costiera Thad W. Allen. E Brown? Ha dichiarato: – *Tornerò a casa mia, abbraccerò mia moglie, porterò a passeggio il cane, mi concederò un buon piatto messicano, sorbirò un margarita e andrò a dormire.* – Secondo alcune fonti, Brown avrebbe già effettuato il recupero coraggioso di dozzine di fagioli indifesi, rimasti intrappolati dentro una chimichanga.

Bush, sorvolando la zona in elicottero tre giorni dopo il disastro, ha commentato: – *Dobbiamo fare qualcosa per debellare la povertà. Non possiamo stare ad aspettare che ci pensino gli uragani.* –

New Orleans devastata dall'uragano. Lato positivo: chissà quanti bei blues ne verranno fuori.

Ottobre 2005

Guerra in Iraq

Le compagnie petrolifere hanno annunciato che dovranno aumentare i prezzi della benzina perché non hanno ancora tutti i nostri soldi.

Continuano intanto le operazioni belliche in Iraq. La scoperta più clamorosa fatta finora dalle truppe Usa:

un bunker gigantesco. È grande quanto nove campi da calcio, ma sembra grande quanto cinquantaquattro campi da calcio perché i ribelli hanno messo degli specchi alle pareti.

Eccentrici

In America, un tizio ha speso otto milioni di dollari per un portaombrelli. Ora: tutti abbiamo un portaombrelli in casa: si chiama vasca da bagno. Be', 'sto tizio ha speso otto milioni di dollari per un portaombrelli! Dev'essere di un materiale prezioso, per esempio la vagina di Pamela Anderson.

Desafinado

Affondata al largo del Brasile la più grande petroliera del mondo. La compagnia ha detto che l'impatto ambientale sarà minimo, in parte a causa della località sperduta, in parte perché stanno mentendo.

Nasa

La Nasa spende ogni anno miliardi di dollari per un progetto di comunicazione con intelligenze extraterrestri. Segnali radio. Che impiegano trentacinque milioni di anni per arrivare a destinazione. Che è come dire: – *Ehi, c'è qualcuno?* – E dopo settanta milioni di anni: – *Come?* –

Intanto Manuela Arcuri ha fatto causa alla Nasa per le foto nude scattate dal telescopio Hubble.

Cavalieri

Il presidente della Repubblica Ciampi ha conferito a Eros Ramazzotti e Laura Pausini il titolo di "Cavalieri del Lavoro", la seconda più alta onorificenza dello Stato. La prima è fare il concorrente da Bonolis.

Fuckless in Seattle

A Seattle, il miliardario Paul Allen ha fondato un Museo della Fantascienza. Vi sono raccolte le icone pop e i gadget delle fiction più popolari, come i costumi del *Pianeta delle scimmie*, le astronavi di *Star Trek* e *Alien* e le macchine per il teletrasporto. Grande idea, secondo me. Anche perché se un conflitto nucleare dovesse cancellare un giorno la vita umana dal nostro pianeta (la Terra); e arrivassero fra migliaia di anni degli alieni da un'altra galassia; grazie a questo museo noi umani ci faremmo una figura incredibile.

– *Caspita! I terrestri avevano il teletrasporto!* –

– *E questo era un museo! Chissà quanto era avanti la loro scienza, rispetto a questa tecnologia antidiluviana.* –

– *Ma non c'è più nessuno su questo pianeta.* –

– *Spariti col teletrasporto!* –

– *Chissà dove.* – (Alzano lo sguardo al cielo.)

Ingerire prima dell'uso

La Kellogg's ha ritirato dal commercio le confezioni di cornflakes con in regalo l'orologio di Spiderman. I bambini potrebbero accidentalmente ingerire i cornflakes.

Tv

È autunno e i network sperimentano i nuovi format. Eccone qualcuno che forse vi perderete fra un coito e l'altro (pigiate il pulsante giallo per l'iniezione di morfina):

"Cambio animale domestico" (Jimmy): due famiglie si scambiano i propri animali domestici. Caos divertente quando un ghepardo prende il posto di un chihuahua in casa di una coppia down.

"Olimpiadi" (Sky): pubblicità, pubblicità, e ancora pubblicità. Vi faccio risparmiare tempo: i russi vincono il sollevamento pesi, i cinesi il ping-pong, gli australiani il nuoto, i canadesi l'hockey su ghiaccio e gli americani la pallacanestro.

"Stalin: il ballerino segreto di merengue" (Italia 1): un nuovo show su un poliziotto o un veterinario o un macellaio o qualcosa.

"Meeting 07" (Canale 5): cronaca riassuntiva dal Meeting di CL, dove un gruppo di cattolici integralisti che non hanno mai letto Paolo Flores d'Arcais, ma ne hanno sentito parlare da don Gianni Baget Bozzo, trascinano d'Arcais per le strade di Rimini prima di percuoterlo brutalmente, cucirlo dentro la carcassa di un animale e appenderlo al ponte di Tiberio per salvare le nostre anime. Linguaggio pesante e majorette.

"Incantesimo 8va serie" (Rai Due): al volante della sua Z4 fiammante, il dottor Corradi (Walter Nudo) sta cercando di guidare, farsi un tiro di coca, compilare una playlist sul suo iPod e picchiare la donna incinta al suo fianco (Benedetta Massola) quando finisce contro un albero che gli ammacca il paraurti. Corradi s'incazza.

"Porta a Porta" (Rai Uno): gli ospiti di Vespa affrontano il delitto di Cogne e – – – oh, chi se ne frega, su Rai Tre c'è un classico con Renzo Montagnani e Nadia Cassini.

"Ti considero un amico" (Fox Life): entraîneuse esperte dicono all'introverso Guido che alle donne non importa un fico secco della sua personalità dato che è obeso e ha i capelli grassi e morirà solo.

"Il cervello col singhiozzo" (National Geographic +): l'ex presidente Cossiga sbava e urla come un invasato contro i demoni terrificanti che scorrazzano nella sua mente, poi ride in modo maniacale e prende a pugni un orfano. Presentano Gigi Sabani e una squinzia che continua a collassare. È incinta? Di chi, di Sabani? O di Cossiga?

"XXXmas" (Mtv): Rave-party in una fabbrica abbandonata alla periferia di Piacenza per celebrare la nascita di Nostro Signore. A seguire: clip non-stop in heavy rotation dei rumori preferiti da un vee-jay di Mtv, fra cui il trapano del dentista, le unghie sulla lavagna e Adriana Volpe.

"L'ennesimo programma di Ballandi" (Rai Uno): un presentatore pagato profumatamente si intrattiene con tanti ospiti pagati profumatamente in una produzione pagata profumatamente. Avvertenza: questo programma può indurre bestemmie.

Criminalità

Un rapinatore è stato ucciso da un gioielliere a Varese. La morale è: mai rapinare gioiellieri sconosciuti.

Hai del ghiaccio?

A dieci chilometri dalla costa svedese c'è stata una collisione fra una nave e un iceberg. Per fortuna i passeggeri viaggiavano sull'iceberg.

Tempo, ultima frontiera

La Nasa ha annunciato che una nuova astronave verificherà la teoria della relatività di Einstein. Se tutto va secondo i piani, dovrebbe ottenere risposte prima del lancio.

Neverland

Il processo a Michael Jackson non cessa di stupire. Un esperto della scientifica ha esaminato le impronte trovate su una copia di "Penthouse" che la polizia ha sequestrato durante una perquisizione al Neverland Ranch. Le impronte appartengono a Michael Jackson, al bambino che lo ha denunciato, al fratello del bambino e a una giraffa.

Sicurezza stradale

Ragazze, copritevi un po' di più quando camminate per strada: potete causare incidenti. L'altro giorno l'auto di fronte a me ha inchiodato di colpo e la ragazza che mi stava facendo un pompino ha sbattuto la testa contro il volante.

Affidate i CPT a Trenitalia!

Questa settimana, un eccezionale reportage dell'"Espresso" ha rivelato le condizioni disumane e le sopraffazioni del CPT di Lampedusa. L'inviato Fabrizio Gatti (camuffato da clandestino curdo) ha documentato una situazione da girone infernale: donne e bambini stesi sui pavimenti, cessi putridi in cui si cammina su liquame, rubinetti da cui esce acqua salata, niente porte, privacy, elettricità, niente carta igienica (si usano le mani), airbus che fanno manovra nell'aeroporto accanto al CPT e mandano le esalazioni dei motori dritto dentro le finestre dove dormono gli immigrati, carabinieri che si divertono a prendere a sberle chi capita a tiro, o che costringono giovani musulmani osservanti a guardare video porno sul cellulare, o che si fanno fotografare accanto ai reclusi come fossero trofei di caccia, adunate di mezzogiorno che sono parate fasciste, immigrati che vengono fatti spogliare e percossi nel cammino verso la gabbia (che alla fine contiene milleduecentocinquanta immigrati!), nessuna visita medica, pasti seduti in terra, poggiando pane e mela sull'asfalto, lo scafista arabo-francese che detta ordini ai carabinieri, e l'ente assistenziale che non restituisce i soldi che gli immigrati hanno lasciato in segreteria. Ma i materassini su cui dormire erano pieni di minuscoli insetti, forse pulci. Almeno la qualità Trenitalia è assicurata.*

* A questo proposito, ecco una notizia interessante.

Trenitalia e ritardi, rabbia a Termini

La protesta esplode nel pomeriggio: poche carrozze e treni sovraccarichi.

Le pulci occupano i binari: – *Stanche di viaggiare come bestie.* –

Pomeriggio di tensione e di caos alla stazione Termini. Quattro binari sono stati bloccati da migliaia di pulci che hanno impedito a un Intercity, a due Eurostar e a un interregionale di partire. Motivo della protesta: sui treni non c'era posto per tutti. Da qualche giorno infatti i convogli sono stati accorciati a causa dell'approssimarsi delle festività natalizie. Oltre cinquecento carrozze sono state tolte dalla circolazione perché infestate da colonie di esseri umani che neanche le carrozze Trenitalia sono riuscite a debellare. – *Gli individui,* – ha spiegato Massimo Marvelli, responsabile dell'ufficio stampa Trenitalia, – *erano resistenti ai vari interventi di ammodernamento tanto pubblicizzati in questi anni e mai realizzati, così siamo dovuti intervenire in maniera più radicale.* –

La drastica decurtazione di vagoni ieri ha creato disagi a non finire per le pulci che avevano deciso di lasciare la città per il ponte dell'Immacolata. Disagi che hanno indotto a un sit-in sui binari. Partenze e arrivi di almeno una decina di convogli hanno subito pesanti ritardi.

– *Siamo alle solite,* – ha denunciato Xylt Ggerslt, una pulce dell'Intercity, – *ogni settimana viaggiamo su passeggeri seduti nei bagni perché il treno ha sempre meno posti. Siamo stufe di questa situazione.* –

– *Siamo esasperate, non ne possiamo più,* – ha aggiunto Maria Spallanzani, un'altra pulce. – *I ritardi sono all'ordine del giorno, ma è ora che qualcuno si assuma le proprie responsabilità. Treni soppressi, orari non rispettati, carrozze vecchie che spesso a metà viaggio vengono staccate separando interi nuclei familiari, o nuove che diventano una camera a gas di fetori. È un'indecenza che va sanata.* –

Intorno alle 18, le pulci che per mancanza di posti non potevano salire sull'Intercity sono state sistemate su altri convogli.

Bang!

A Londra, uno squilibrato ha cercato di uccidere il principe Carlo con un sottopassaggio. No, volevo dire: con una pistola da starter. Ma non puoi uccidere nessuno con una pistola da starter. *Bang!* Il principe Carlo si è messo a correre e dopo otto chilometri era esausto, e scocciato, ma non morto.

Cloni

In Corea del Nord dei biologi hanno clonato un embrione che contiene sia geni umani che geni di coniglio. Al che posso solo aggiungere: – *Finalmente!* –

La clonazione umana è alle porte; solo che la maggior parte degli esseri umani non è interessante abbastanza da riempire una sola esistenza, figuriamoci due.

Per un sondaggio inglese, il tema della clonazione genera ancora sconcerto e timore nella gente, anche se la maggioranza trova affascinante fotocopiare il proprio sedere di nascosto in ufficio.*

* Una volta ho fotocopiato uno specchio. Adesso ho una fotocopiatrice in più.

Se avessi dieci cloni, li nasconderei sotto il letto e poi li userei per darmi il cambio e scopare a sangue chi dico io. Sarebbe divertente leggere su "Novella 2000" l'intervista successiva di Monica Bellucci. Dopodiché non saprei più che farmene, dei dieci cloni. Li ucciderei, credo.

Tombstone country

Secondo una rivista che ho trovato nella tasca del sedile davanti a me su un aereo, per anni le multinazionali del tabacco avrebbero regalato sigarette a celebrità come Dean Martin e Jerry Lewis per cercare di convincere il pubblico a fumare. In propria difesa, i dirigenti delle multinazionali hanno detto: – *No, no, no. Stavamo solo cercando di uccidere Dean Martin e Jerry Lewis.* –*

* A proposito: Jerry Lewis non dovrebbe essere arrestato e frustato per tutta la confusione e i problemi che ha creato?

Russia

Il presidente Bush lunedì era a Mosca, dove ha partecipato alla commemorazione della vittoria contro la Germania nazista. Cordiale la conversazione con Putin, tranne che al termine della parata delle forze armate sulla Piazza Rossa, quando Bush gli ha chiesto: – *È tutto quello che avete?* – ed è scoppiato a ridere.

La parata consisteva in falangi di soldati a passo dell'oca, bandiere rosse, lanciamissili, carrarmati: tutto molto plumbeo, anche se il carro allegorico venuto da Viareggio in qualche modo ha alleggerito i toni.

PCB

Degli scienziati hanno scoperto che un incremento di tossine note come PCB ha indotto negli orsi polari dell'arcipelago di Svalbard, in Norvegia, una trasformazione in ermafroditi: adesso gli orsi hanno sia gli organi sessuali maschili che quelli femminili. Questa scoperta non è un gran problema, comunque, sempre che tu te ne accorga prima di portarti l'orso polare a letto.

Mille e una notte

Chissà che puzza, dentro la lampada di Aladino.

Il fattore C

Ieri **Prodi** in piazza del Popolo ha definito il **proporzionale** di Berlusconi uno *"scippo della sovranità espressa dagli italiani col referendum sul maggioritario"*. No. Il primo scippo di quella sovranità si ebbe quando tutti i partiti, all'indomani del referendum che sanciva la preferenza per il **maggioritario assoluto**, concordarono di aggiungerci una quota proporzionale, per i propri bisogni. Lì vennero poste le basi per qualunque scippo successivo; e si persero i titoli morali per denunciarlo.

La menzogna di tutti, all'epoca, fu nell'indicare il maggioritario come indispensabile per un sistema bipolare, e sia Prodi che D'Alema sono contro il proporzionale perché *"gli italiani hanno scelto il bipolarismo"*. Ma la gente votò senza essere adeguatamente informata: **la quasi totalità dei Paesi europei occidentali è proporzionale e bipolare**!

Oggi, la **truffa arcoriana** consiste nel proporre sia lo sbarramento che il premio di maggioranza, e non nel ritorno al proporzionale in sé (come sostiene Prodi, sbagliando).*

Il proporzionale (lo scrivevo su **"Micromega"** nel settembre 2003, come se volesse dire qualcosa) mi pare il sistema più adatto all'Italia. Nella prima Repubblica si ironizzava sulla precarietà dei governi favorita dal proporzionale. Una precarietà solidissima che con modulazioni semplici (coalizioni di governo le più varie) permetteva alla politica di monitorare i mutamenti della società italiana con maggiore sensibilità. (Si può dire tutto dei padri della Repubblica, ma non che fossero intontiti dal Soccer Pro-evolution 4 della Playstation 2.) Poi però il CAF mandò in vacca tutto; ma un proporzionale limpido (senza l'indicazione del premier) e con semplici accorgimenti come lo sbarramento al 5% e collegi di dimensioni ridotte dà esiti bipolari e rende governabile e stabile il sistema (cfr. Spagna e Germania). **Un proporzionale con sbarramento è un sistema solidissimo.** Il difficile è farlo capire a D'Alema.

Il maggioritario (sulla cui scelta influì il disgusto per le ruberie di Tangentopoli, di cui il maggioritario secco venne presentato come panacea, Pannella in testa, senza che nessuno, a parte il professor Sartori, spiegasse agli italiani che il maggioritario migliore è quello a doppio turno, dato che quello secco favorisce il ricatto dei partitini), il maggioritario, dicevo, ha permesso a **Berlusconi** di starsene a far danni fino alla fine della legislatura, quando col proporzionale sarebbe saltato subito dopo i fattacci di Genova.

Il maggioritario, non dimentichiamolo, è un'idea di **Gelli** per favorire in Italia l'avvento di un Perón. Che infatti è arrivato. Visto come funziona? Quale prova migliore che la stabilità in sé non è sinonimo di efficienza e moralità? Un Prodi più sincero avrebbe dovuto dire dal palco: – *Siamo contro il proporzionale perché col proporzionale la coalizione di centrosinistra, messa faticosamente insieme in questi cinque anni di tribolazioni, va a farsi friggere, e io dovrei farmi una lista mia, e Rutelli e Fassino non vogliono, e non c'è più il tempo per fare nuovi accordi, e si rende evidente l'inutilità delle primarie.* –

Le **primarie** col vincitore incorporato (Prodi) cosa sono, se non un proporzionale fai da te per saziare la fame di protagonismo dei vari leader del centrosinistra? L'immagine dei capi dell'Unione, ieri, tutti sul palco di piazza del Popolo, era una nervosa confessione di dilettantismo mediatico e di future rese dei conti. – *Guarda quanti ce ne vogliono per fare un Berlusconi,* – ti diceva quell'immagine. Con **Di Pietro** e **Bertinotti** che facevano capolino ai lati, come i parenti poveri nelle foto di matrimonio.

* Beffa della sorte per uno che ha sempre truccato la gara in modo che gli convenisse: grazie al proporzionale da lui stesso imposto, Berlusconi ha poi perso le elezioni contro Prodi! Detto altrimenti: Prodi in pratica stava sostenendo una posizione che, se accolta, lo avrebbe portato alla sconfitta. Ecco da cosa lo si riconosce, il candidato ideale per il centrosinistra.

Sniffare stanca

Cosa volete, tutti facciamo stronzate, da giovani. Saddam ha gasato il suo popolo. Io ho comprato un bootleg di John e Yoko che sbadigliano per un'ora nel registratore. Gli sbagli sono necessari per renderci saggi. Non vi siete mai ubriacati e pisciati nei pantaloni? Non avete mai venduto droga ai bambini delle elementari? Non vi è mai venuto il panico perché non vi diventava duro a un party e vi siete sentiti costretti a uccidere la squillo? Oh, se solo la saggezza arrivasse prima di compiere cazzate. E **Lapo** ha tre transessuali che lo provano.

Ignobel

Il premio Ignobel, l'anti Nobel, è stato conferito a un uomo in Malesia che credeva di aver curato il cancro, ma ha finito per renderlo peggiore.

Esperimenti

Dei sei scarafaggi inviati nello spazio a bordo dello Space Shuttle con John Glenn, solo due sono sopravvissuti. Un'autopsia ha rivelato che gli scarafaggi sono stati uccisi da un piccolo passo per l'uomo.

Planet Hollywood

La catena di ristoranti Planet Hollywood ha dichiarato bancarotta. Sorprendente. Chi poteva prevedere che l'idea dell'hamburger a ottanta euro non sarebbe piaciuta?

Cinema

Il regista Pedro Almodóvar si è lamentato perché il produttore del suo ultimo film, *La mala educación*, ha tagliato la scena in cui Javier Camara riceveva sesso anale. Alla richiesta di un commento, Camara ha detto: – *Stavano filmando* QUELLO*?* –

Dal pulpito

Eugenio Scalfari dedica oggi la sua omelia domenicale al **dibattito sulla satira**. Scalfari esalta la satira e la sua autonomia, il suo essere contro il potere, e suffraga l'argomento coi riferimenti prediletti al Rinascimento e all'Illuminismo.

Quindici anni fa, lo stesso **Scalfari cancellò** il grandissimo Riccardo Mannelli dall'inserto satirico di "Repubblica" (*Satyricon*, nomen omen) dopo che Mannelli aveva disegnato una tavola su Craxi dal titolo: *Donne di Milano, preparate i ganci*. Motivo dell'epurazione scalfariana: *"La satira non deve superare i limiti del buon gusto".* All'epoca ricordai, in difesa di Mannelli, **il famoso pamphlet di Swift**, che per risolvere il problema della povertà suggeriva la modesta proposta di mangiarsi i bambini. Non proprio un esempio di buon gusto; ma oggi Scalfari se ne serve come esempio, pur "macabro", della "pienezza della satira d'autore".

Il **29 marzo del 2001**, in seguito alle polemiche relative alla mia intervista a Marco Travaglio, Scalfari scriveva nella sua **rubrica sull'"Espresso"** (*Sii più saggio,* Satyricon): "*(...) L'intervista di Luttazzi era legittima, lecita, ma sommamente inopportuna (...) in campagna elettorale, specie da parte di una televisione che svolge un servizio pubblico finanziato con un canone pagato da tutti i cittadini. Perciò lo ripeto: trasmissione legittima ma inopportuna,* specie in assenza di contraddittorio".*

Scalfari **oggi**: *"Si è invocata una satira che satireggi allo stesso tempo gli uni e gli altri, che sia equidi-*

stante o terzista che dir si voglia. È curioso che anche menti coltivate non si rendano conto, quando affermano e reclamano quest'equidistanza, di dire una sciocchezza. La satira è contro il Potere, o non è. (...) È sempre stato così: il Potere da un lato, la cultura, la satira, il giornalismo dall'altro".

Te lo dice poi Eugenio quando è il momento giusto di farla.

* Inopportuna. Ho ruttato a tavola. Ho chiesto alla grassona di quanti mesi è. Ho scopato durante il funerale.

Celacanto

Scoperto in un anfratto marino un esemplare di celacanto, un pesce che si riteneva estinto novanta milioni di anni fa. Gli scienziati dicono che questo pesce 1) potrà dare grandi informazioni sull'evoluzione, e 2) che viene meglio cotto nel burro con un pizzico d'aglio.

Il verbale segreto di Antonio Fazio

Lunedì il governatore della Banca d'Italia Antonio Fazio è stato interrogato dai magistrati di Roma nell'ambito dell'inchiesta sulla scalata all'Antonveneta. L'ipotesi è l'abuso d'ufficio. – *I verbali dell'interrogatorio non esistono,* – ha detto soddisfatto l'avvocato di Fazio, Franco Coppi. Ne pubblichiamo un estratto:

ANTONIO FAZIO: (...) Per questi motivi ho chiuso gli occhi sul folle shopping di Fiorani, signor Giudice, permettendogli di scalare Antonveneta. Fiorani un giorno mi ha chiesto: – *E se i furbastri ci mettono i bastoni fra le ruote?* – Gli ho risposto: – *Impossibile, siamo entrambi qua.* –

Rolling Stones

A giorni partirà il nuovo tour mondiale dei Rolling Stones. Le cose sono un po' cambiate da quando erano giovani. All'epoca era più facile viaggiare perché i continenti erano ancora uniti.

Mick Jagger mantiene il suo look giovane grazie a quelle cose che si mette in faccia: le modelle.

Pechino

Xang Chuo Deng, l'uomo più vecchio del mondo, è morto a Pechino all'età di centoventisette anni. Secondo i medici, la causa ufficiale del decesso è "frantumazione in due pezzi, tipo cracker". I parenti hanno denunciato i proprietari del bunjee jumping difettoso.

Ocean's Eleven

Ieri **Berlusconi** ha giurato che da dodici anni non si interessa più della sua azienda, ma dei problemi dell'Italia. (Quindi, di se stesso.) È sempre più evidente che il modello di Berlusconi è Frank Sinatra e il suo **Rat Pack** in *Ocean's Eleven.* Fini è Dean Martin, Bossi è Sammy Davis jr, Casini è Peter Lawford, il bello che sposa le ricche, Follini è Joey Bishop, il comico impassibile. Da un altro film, Galliani, che è Telly Savalas.*

* **Un meeting del Rat Pack**
(verbale della segretaria, Shirley MacLaine)

7:15 p.m. Tutti presenti tranne il solito Peter Lawford. Frank apre la seduta.

Sammy alza la mano. Chiede uno stop a tutte le battute razziste contro di lui durante gli sketch sul palco e afferma che non sa per quanto ancora potrà sopportare questo trattamento. Dean: – *Se sapevo che era una marcia di protesta, mi mettevo delle scarpe più comode.* – Frank ride. Ridono tutti.

Sammy ha altre lamentele. Frank lo interrompe: – *Basta così, Sam. Questa è una riunione, non il muro del pianto.* – Ridono tutti, qualcuno applaude. Ride anche Sammy e si siede.

Dean si alza e dice di essere stanco di fare la parte dell'ubriacone e che si è stufato della gente che nei casinò gli offre da bere facendo l'occhiolino. Sammy gli esprime la propria solidarietà. Frank dice a Dean che è una proposta inaccettabile e che la sua parte nella pantomima è quella dell'ubriacone simpatico e soprattutto che i loro "amici" nell'industria degli alcolici non la prenderebbero bene. Frank dice a Dean che deve continuare a recitare il ruolo assegnato o può anche uscire dal gruppo per "andare a supplicare lavoro da quella scimmia isterica del suo ex collega". Dean dice: – *Shisshignore!* – e si siede fingendo di barcollare. Frank ride. Ridono tutti.

Frank mette ai voti la proposta di un "weekend fidanzate" per la fine di settembre: settantadue ore di poker, dadi, golf, piscina, alcolici e fidanzate. Approvato all'unanimità.

7.45 p.m. Frank dichiara chiusa la seduta. – *Per oggi basta riunioni. Chi è quel figlio di buona donna che mi offre un Jack Daniel's?* –

– *Io, boss,* – dice Sammy.

– *Se vuoi prendere la parola, almeno alzati in piedi,* – dice Dean.

– *SONO in piedi,* – sbraita Sammy.

– *Mmm. Piccolo, nero, e cieco da un occhio. Sarà meglio che tu sappia cantare,* – dice Dean.

Frank ride. Ridono tutti. Sammy si rotola a terra dalle risate. Frank: – *Sam, se vuoi ridere vatti a sedere fra il pubblico.* – Ridono tutti.

Ricerche

Secondo uno studio recente, gli uomini usano il sesso molto più spesso delle donne per far finire un litigio. Questo potrebbe rivoluzionare la boxe.

Etologia

Se la specie umana non fosse superficiale, Mastrota non potrebbe vendere materassi Eminflex.

Iraq

Camion-bomba contro l'hotel Palestine, dove alloggiano i giornalisti occidentali. Diciannove morti e un'altra notizia dall'Iraq.

Bondi

Bondi, il quinto evangelista, nonché portavoce di FI, è andato da Fabio Fazio a parlare dell'amore che c'è nel cuore di Berlusconi. Prima di Bondi, "cuore di Berlusconi" era una locuzione usata solo dai collezionisti di organi.

Com'è soffice, Bondi. È la lana nell'ombelico di Berlusconi.

Westwood

Per protestare contro le nuove leggi antiterrorismo britanniche, Vivienne Westwood ha creato una T-shirt con la scritta *"Non sono un terrorista"*.

Perfetta per terroristi ironici.

Coma

A Bologna un uomo si è svegliato dopo sette anni di coma. Le sue prime parole sono state: – *A Berlusconi poi quanto gli hanno dato?* –

Tremonti e il PIL automatico

Ieri il ministro dell'Economia **Giulio Tremonti,** uno che ogni volta che danno il Nobel si sente deluso, ha affermato tutto soddisfatto che *"il **PIL** cresce da solo"*. Se fosse vera l'esistenza del **PIL automatico**, non ci sarebbe stato bisogno di uno come Tremonti per portare il nostro Paese alla **recessione**. È vero che un aumento del PIL non significa un aumento della qualità della vita (si tratta di indici non paragonabili), ma è anche vero, in soldoni, che **se il PIL aumenta, aumenta l'occupazione**. È il motivo per cui tutti si rallegrano quando ciò accade. Purtroppo, secondo gli economisti dei maggiori centri di ricerca riuniti nel panel Consensus, il PIL italiano fino al 2015 non riuscirà a crescere oltre un modesto 1,6%. Tremonti adesso ha pubblicato addirittura un libro per dirci che la colpa di questo andazzo non è della **sua politica economica fallimentare (condoni, cartolarizzazioni, una tantum)**, ma della Cina, del WTO e dell'euro. Per cui gli pare inutile proporre soluzioni alla portata dell'Italia, non vedendo che sarebbe alla sua portata la più logica: l'abolizione del suo ministero dell'Economia. Il Nobel non glielo toglierebbe nessuno.

Dance

Le ballerine danzano sempre sulle punte. Non possono trovare ballerine più alte?

Il ponte sullo Stretto mi va stretto

La ditta **Impregilo** si è aggiudicata l'appalto per la costruzione del **ponte di Messina**, nell'assenza di concorrenti stranieri, che evidentemente si intendono di geologia delle coste. La Impregilo però è impegnata in questo momento anche in un altro progetto, ben più devastante. Il signor **Michele Martini** ha scritto all'Impregilo la lettera seguente:

> **Caro Presidente Romiti,**
> e p.c. tutti i dipendenti della Impregilo.
> Vengo oggi a sapere che la Vostra spettabile ditta si sta rendendo complice di uno dei più grandi **disastri ambientali** che il nostro pianeta dovrà sopportare.Parlo della Vostra partecipazione alla costruzione della **diga di Karahnjukar, Islanda,** che di-

struggerà per sempre una parte del ghiacciaio più grande d'Europa, il Vatnajokull. Tutto questo per ottenere elettricità che il governo islandese venderà all'**Alcoa**, una multinazionale americana dell'alluminio, per i prossimi cinquant'anni. Questa ditta sta spostando la sua produzione in Islanda (chiudendo le sue ditte in America) per poter emettere inquinamento senza vincoli poiché in base al trattato di **Kyoto** l'Islanda può aumentare le sue emissioni del 10%. Come cittadino del mondo Le esprimo tutto il mio dissenso per la Vostra collaborazione a questa pazzia e gentilmente Vi chiedo di pensare al futuro e alla salute, anche, dei Vostri figli. Quando l'ossigeno finirà pensate che i soldi Vi faranno respirare? Se questa diga, come purtroppo penso, contribuirà ad aumentare le catastrofi ambientali nel nostro pianeta, la Vostra coscienza sentirà almeno un sussulto?

La prego di non cooperare a questa pazzia.
Distinti Saluti
Un cittadino disgustato

Chiamata in causa, la **Alcoa** ricorda al rispettabile pubblico di essere la stessa Alcoa che negli anni cinquanta tolse la sponsorizzazione al programma di **Ed Murrow** perché questi osò denunciare la "caccia alle streghe" del senatore reazionario McCarthy. La Alcoa si stupisce pertanto dello stupore del signor Martini.

Ormoni

Stando a nuovi studi su specie come salmoni e quaglie, molte femmine preferiscono accoppiarsi con maschi più piccoli e meno aggressivi degli altri. Questa scoperta dimostra che la maggior parte dei ricercatori è costituita da nerd rachitici che hanno bisogno di dimostrare che potrebbero scopare a certe condizioni. (Ad esempio: se i calciatori fossero estinti.) Ottimo lavoro, ragazzi, e grazie per non sprecare soldi curando il cancro o roba del genere.

Made in Japan

Un giapponese ha vinto il campionato mondiale di

mangiatori di hot-dog. Ne ha ingollati venticinque in dodici minuti. In premio riceverà un assegno di mille dollari e un cancro al colon.

Gerovital

Ann Nicole Smith ha ereditato l'immensa fortuna del marito miliardario morto a novantadue anni. Ann Nicole ha detto che è stata una storia d'amore piena di passione. Quando facevano sesso, a volte lui le faceva sbattere la testa sulla lapide.

Smettila di provarci, Sam

Dopo quarant'anni, Woody Allen ha smesso di andare dall'analista. Se dopo quarant'anni di analisi sposi tua figlia, è ovvio che non funziona.

194

Il governo vuol manomettere in senso reazionario la legge sull'interruzione di gravidanza. E per i fabbricanti di grucce in fil di ferro è improvvisamente Natale.

Pera

In una intercettazione telefonica, l'imprenditore **Marcellino Gavio** dice che il presidente del Senato **Pera** gli raccomandò il sindaco di Forte dei Marmi, Bertola (Forza Italia), per la presidenza della SALT, Società autostrade liguri-toscane, di cui Gavio ha la maggioranza azionaria.

Pietro Fazzi, sindaco di Lucca, ha denunciato invece **le pressioni di Pera** per favorire la vendita a Enel della società comunale del gas Gesam, contro il parere del comune.

Dulcis in fundo: **l'ateneo privato Imt (creato a Lucca da Pera)** pur avendo inaugurato i corsi solo nel marzo 2005 è stato trasformato in istituto universitario statale dalla Moratti, che ha prontamente erogato un finanziamento da 1,5 milioni di euro.

Tre notizie che gettano una luce patetica sulla seconda carica dello Stato.

La spiegazione di Pera: – *Ce l'hanno con me perché disturba che mi trovi in consonanza con il papa. Danno fastidio le mie dichiarazioni sulla procreazione assistita, la critica al laicismo deteriore, la visione della bioetica, la difesa dell'identità occidentale.* –

Riempiamogli la casa di Ninja.

Wham!

Su Bbc Prime ieri trasmettevano un concerto di **George Michael**. Non è vero che il suo pubblico sia composto solo da gay. Ho visto anche un poliziotto. Un muratore. Un indiano. Un motociclista vestito di pelle...

Gran Sasso

In Abruzzo è finita la fuga dell'orso assassino. L'orso, braccato da giorni, si era rifugiato in una casetta vicino al bosco, dove aveva cercato di mimetizzarsi da tappetino davanti al caminetto. I carabinieri lo hanno arrestato. Lui e uno zerbino sospetto. Che non me la racconta giusta.

Niger-gate, Cia-gate & giornalisti embedded

La guerra criminale di Bush in Iraq è basata su bugie (ad esempio, si è fatto di tutto per far credere che

Saddam c'entrasse con Al Qaeda e con l'attacco dell'11 settembre alle Torri Gemelle). L'amministrazione Usa arrivò a sostenere che Saddam avesse armi di distruzione di massa, e che c'era stato uno scambio di uranio fra Iraq e Niger. La prova? Un dossier fasullo elaborato da un ex agente del Sismi!

Ottobre 2002: il settimanale "Panorama" consegna all'ambasciata Usa a Roma un dossier, giudicato falso, con le prove della compravendita di uranio fra Iraq e Niger.

Il **19 dicembre 2002** gli Usa fanno per la prima volta il nome del Niger. A gennaio, Bush afferma che Saddam ha cercato di comprare uranio dal Niger.

Il **7 marzo 2003** Muhammad al-Baradai, direttore dell'Aiea, rivela che i documenti sulla vendita di uranio *"non sono autentici"*.

15 marzo 2003: il "Los Angeles Times" rivela che il dossier era stato acquistato dall'intelligence italiana, che poi lo aveva girato ai colleghi britannici e americani.

20 marzo 2003: le truppe Usa invadono l'Iraq.

22 marzo 2003: Powell, segretario di Stato, ammette che la Cia aveva messo in guardia Bush sull'autenticità dei documenti.

6 luglio 2003: Joseph Wilson, dopo aver indagato in Niger nel 2002 sulle voci relative al traffico di uranio messe in giro dai neo-con, dice che il caso è una montatura e le voci sull'uranio di Saddam infondate.

8 luglio 2003: la Casa Bianca riconosce l'errore e lo imputa alla Cia.

14 luglio 2003: il "Washington Post" pubblica il nome di Valerie Plame, moglie di Wilson e agente segreto Cia. Negli Usa, dare l'identità di agenti Cia è un reato. È il **gioco sporco** di qualcuno dell'amministrazione Bush che vuole vendicarsi di Wilson con la complicità di alcuni giornalisti.

Nel **maggio 2004**, il "New York Times" fa *mea culpa*: i propri reportage sull'Iraq non erano stati rigorosi come avrebbero dovuto essere. La giornalista che esagerò le notizie sulle armi di distruzione di massa, aiutando la propaganda di Bush, era Judith Miller.

1° agosto 2004: il "Sunday Times" intervista l'ex agente del Sismi Rocco Martino, che accusa il Sismi di aver fabbricato il dossier. Il governo italiano smentisce. Secondo il "Financial Times", dal 1999 Martino è una fonte del servizio segreto estero francese, cui avrebbe fornito un documento in cui ipotizzava l'esistenza di un possibile commercio fra Iraq e Niger.

25 luglio 2005: il giornalista Matt Cooper di "Time" ammette di aver appreso il nome della Plame da Karl Rove e Lewis Libby. Libby ha parlato anche con Judith Miller del "New York Times". Rove e Libby sono le menti dell'**Iraq Group**, la macchina propagandista che ha il compito di vendere al mondo la guerra di Bush truccando le notizie.

La Miller si sta facendo tre mesi di carcere perché il nome della Plame è nel suo taccuino come spia della Cia (annota *"Valerie Flame"*), e lei rifiuta di rivelare la fonte. Per un attimo c'è chi loda la sua integrità, poi si capisce che la Miller sta solo assecondando **il gioco sporco** dell'entourage di Bush: la sua fonte era Libby. La Miller ha protetto così la macchinazione ai danni di Wilson.

Adesso i maggiori giornali Usa si sono svegliati. Le accuse quotidiane contro **la disonestà dell'amministrazione Bush** ormai non si contano più.

Sul "New York Times", **Frank Rich** ricorda che la ragnatela di falsità utilizzate per vendere la guerra in Iraq fu tessuta e mostrata al pubblico da un'operazione propagandistica architettata da uomini della Casa Bianca. Questi riuscirono nel loro intento **sia mentendo diret-**

tamente (Bush, Cheney, Powell, Rice, Rumsfeld) sia servendosi di giornalisti (Novak, Miller, Woodward) che si prestarono a divulgare come vere le tragiche favolette promozionali dell'**Iraq Group di Karl Rove,** il direttore marketing della guerra in Iraq; e a tacere cosa sapevano per certo, evitando accuratamente di collegare i puntini per mostrare il disegno completo.

In questo modo, **Bush**, invece di condurre una campagna internazionale contro il terrorismo e le sue cause, dichiarò unilateralmente una guerra contro uno Stato totalitario che non rappresentava una minaccia terroristica, fregandosene bellamente delle leggi internazionali sul trattamento dei prigionieri e di quelle sull'impiego di armi proibite. Bush ha sputtanato l'autorità morale dell'America e la sua popolarità è ormai inferiore a quella di una gallina che sternutisce. L'Halliburton sta pensando di rimpiazzare Bush.*

* Alle accuse di aver evitato di combattere in Vietnam rifugiandosi nella Guardia nazionale, Bush ha replicato, con affrancatura a carico del destinatario:

Nulla di più lontano dal vero. Casomai, non vedevo l'ora di andarci, in Vietnam. Avevo da poco finito il college e quel tipo di avventura non ha prezzo. Soprattutto, bisognava fare qualcosa per salvare quel piccolo Paese dalla piaga del comunismo. Se non lo facevo io, allora chi?

Ma sapevo anche che il nostro Paese era in subbuglio per colpa di chi si opponeva a quella guerra. Chi lo avrebbe difeso se la situazione fosse precipitata nel caos? Occorrevano uomini ben addestrati che fossero pronti in ogni momento. Cominciai a capire che il mio Paese aveva più bisogno di me qui che oltreoceano. Certo, essere nella Guardia nazionale non era così macho, ma ero io quello che doveva guardarsi allo specchio la mattina.

E servire fra i riservisti non era un giro di valzer! Nossignore. Non sapete di cosa state parlando. Nei weekend c'erano le adunate negli hangar. Tutti i sabati e tutte le domeniche. Hangar do-

ve si tremava dal freddo al punto che dovevi indossare una calzamaglia così stretta che poteva darti problemi vascolari. Il capitano poi era un tipo burbero che se gli girava ti buttava all'aria il tavolo da poker. Una volta ci portò nei boschi e ci lasciò lì con niente altro che una bussola. Una mossa sbagliata e potevamo finire a Palm Beach. Io riuscii miracolosamente a tornare, ma alcuni miei compagni non furono così fortunati e dovettero telefonare ai genitori che li venissero a prendere.

Dopo il servizio militare nella Guardia nazionale, per due anni ebbi incubi in cui affogavo in una piscina piena di sciroppo d'acero. Spesso scoppiavo a sghignazzare per nessun motivo. Sarei potuto andare da uno psichiatra, come no, ma ero troppo preso a fare soldi nella Carlyle, la società petrolifera di cui la mia famiglia è socia coi principi sauditi.

L'unico nel gruppo di maniaci a sembrare ragionevole era Colin Powell. Nelle riunioni interveniva per dire: – *Ragazzi! Non possiamo attaccare le Hawaii! Sono un nostro Stato!* – Il branco ha punito il secchione mettendogli in mano un flaconcino con dentro della polvere gialla. Powell c'è cascato e ha convocato una conferenza stampa per mostrare il flaconcino come prova dell'esistenza di armi di distruzione di massa. In mondovisione! Che coglione. Resosene conto, si è dimesso. Adesso gestisce un allevamento di vergogna alle Hawaii!

La Cia ha ammesso che non c'erano prove che l'Iraq avesse tentato di comprare uranio dal Niger, ma che comunque questo era l'indizio che la parola "Iraq" poteva essere usata in una frase insieme alla parola "uranio".

In Italia, **Carlo Rossella**, **Giuliano Ferrara** e **Christian Rocca** sono stati i più fanatici propagandisti della guerra criminale di Bush, guerra i cui risultati più notevoli sono la diffusione del terrorismo in Europa, centinaia di migliaia di morti in Iraq e la decisione delle nostre tv di occuparsene in modo massiccio, ad esempio con frequenti collegamenti dall'*Isola dei Famosi*.

Rossella, con vari editoriali su "Panorama", ha colpevolmente accreditato la guerra in Iraq come una guerra contro il terrorismo, arrivando a mandare in edicola un numero del settimanale (*Avanti, marines!*) così spudorato che la redazione tutta, in ultima pagina, se ne dissociò con un comunicato. Sempre Rossella si produsse a *Domenica In* in un accorato appello alla guerra contro Saddam perché *"possiede armi di distruzione di massa"*. Sempre lui, ricevuto il falso dossier sull'uranio in Iraq, dopo averlo giudicato una patacca lo passa lo stesso all'ambasciata americana a Roma. Qualche mese dopo, Bush se ne serviva per giustificare la guerra a Saddam. (**Nota personale**: me ne andai da "Rolling Stone" quando il direttore **Carlo Antonelli** intervistò Rossella senza chiedergli conto di tutto lo schifo bellico che lo riguardava, anche se un mio articolo su "Rolling Stone" aveva attribuito a Rossella tutte le sue puzzolenti responsabilità, un anno prima che "Repubblica" facesse scoppiare in Italia lo scandalo Niger-gate.)

Con **Ferrara**, uno che mangia come Caligola, la *"guerra contro i terroristi che tagliano le teste"* ha assunto le tonalità fallaciane antislamiche papiste care al presidente del Senato Marcello Pera. Non ha esitato a usare la propaganda psicologica più feroce: quattro pagine del "Foglio" con foto a colori della decapitazione di ostaggi. Sul "Foglio" ha pubblicato gli articoli di **Michael Ledeen**, teorico neo-con della guerra di Bush.*

* Nei primi anni ottanta, **Ledeen**, corrispondente da Roma per "the New Republic", ricevette, secondo il faccendiere **Francesco Pazienza** (P2, Sismi) che per la vicenda venne condannato, almeno centoventimila dollari dal Sismi per un lavoro di disinformazione ai danni del presidente Carter che metteva in mezzo il fratello di questi, Billy, e Gheddafi. Risultato: Reagan vinse le elezioni. Ledeen ha ammesso che una sua società di consulenza, la ISI, lavorava per il Sismi, ma definisce quelle di Pazienza bugie.

(fonte: "The Wall Street Journal", articolo di Jonathan Kwitny, 1985)

Ledeen fu anche fra i più accesi sostenitori della "pista bulgara" che collegava Ali Agca al Kgb. Perfetto spot da Guerra fredda per Reagan, ma inverosimile. – *Ali Agca è un Lupo Grigio, ovvero un fascista turco; improbabile che lavorasse coi comunisti bulgari,* – ride Frank Brodhead, autore di *The Rise and Fall of the Bulgarian Connection*. Nel marzo 2006, la commissione presieduta dal senatore di FI **Paolo Guzzanti** ha riaperto il caso per affermare che la pista bulgara era vera. Le prove? Quelle vecchie, fasulle.

Ledeen fece poi parte dello staff di Reagan al National Security Council ed ebbe un ruolo chiave nell'iniziare lo scambio illegale "armi in cambio di ostaggi" con l'Iran che divenne noto come lo **scandalo Iran-contra.**

Ledeen, sessantacinque anni, è amico dell'ex ministro della Difesa Antonio Martino (FI, fece domanda per entrare nella P2) e del capo del Sismi Nicolò Pollari. – *Ledeen è collegato a tutti i giocatori,* – dice Philip Giraldi, che negli anni ottanta era in Italia per la Cia.

Nel 1998, Ledeen firmò, con ultraconservatori quali John Bolton, Richard Perle, Donald Rumsfeld e Paul Wolfowitz ("i Vulcaniani", si facevano chiamare) una "lettera aperta" al presidente Clinton in cui lo si invitava a deporre Saddam Hussein. Grazie alla sua amicizia con Karl Rove, Ledeen fa parte dell'**Iraq Group**, che di recente è stato accusato di aver "venduto" al pubblico l'invasione dell'Iraq. Nelle interviste, Ledeen sostiene di essere contro la guerra in Iraq. Ma oltre alla lettera a Clinton, appena quattro ore dopo l'attacco alle Torri Gemelle scrisse un post sul sito della "National Review" spronando Bush a portare la battaglia *"direttamente a Saddam sul suo territorio"*. Più volte, nella sua rubrica sulla "National Review", ha espresso l'auspicio di una guerra non solo in Iraq, ma anche in Iran, Siria, Libano e Arabia Saudita. *"Alla svelta, per favore!"* è il suo tormentone. Distruzione creativa, la chiama.

Quante coincidenze ci vogliono per fare un complotto?

Nel 1972, Ledeen scrisse il libro *Universal Fascism*, in cui esaltava il fascismo come movimento rivoluzionario.

Da diciassette anni, Ledeen ha un ufficio all'American Enterprise Institute a Washington, il think tank neo-con da cui Bush ha attinto una dozzina di membri della propria amministrazione. Sul suo tavolo, una maschera di Darth Vader. (È anche spiritoso.)

Rocca ha scritto addirittura un libro sulla guerra in Iraq in cui rifrulla tutto l'armamentario dei neo-con americani per dire che insomma la cacciata di un dittatore dovrebbe essere una posizione di sinistra. Nulla sul fatto che il gas con cui il dittatore Saddam sterminò i curdi veniva da un'azienda di Bush padre. Né una parola sul fatto che quella in Iraq sia una guerra illegale e coloniale basata su bugie e sulla strumentalizzazione bieca delle emozioni seguite all'attentato dell'11 settembre. George Bush non è James Stewart, è Liberty Valance. (A Roma, il libro di Rocca è stato presentato da Adriano Sofri, Ferrara e Fassino!)*

* Fra i più attivi della nidiata ofidica di Giuliano Ferrara, nel 2001 Rocca si scagliò dalle colonne del "Foglio" contro *Satyricon,* per denunciarne la somiglianza col *David Letterman Show*. Si zittì quando un lettore del "Foglio" gli fece notare che la somiglianza era voluta (nonché dichiarata da me nelle interviste) in quanto *Satyricon* **parodiava** le rubriche di Letterman. Il talk-show americano è un **genere**, non un format. Tutti i talk-show Usa sono identici. Tutti si ispirano al *Tonight show* di Steve Allen, che negli anni cinquanta lo inventò. È come accusare il Tg1 di copiare i tg Usa perché anche lì ci sono giornalisti che leggono notizie! Quando gli italiani hanno visto che anche gli show di Jay Leno e di Conan O'Brien erano identici al *Letterman* (e viceversa, dato che Letterman non ha inventato il genere) *Satyricon* era già stato sospeso.

Di recente, Rocca si è cimentato in una smentita spericolata del mio post sul Niger-gate. La tecnica, tipica dei blogger neo-con Usa, è quella di contestarti anche le virgole affastellando pseudoinformazioni che sembrano smentirti, col risultato di confondere chi non è bene informato. Si solleva polvere per nascondere l'insieme. Secondo Rocca, non è vero che Rove fece propaganda presso le parrocchie evangeliche con un video in cui si vedevano Bush e Cristo in split-screen; che Wilson fosse inviato dagli Usa in Africa col ruolo di "ambassador"; che Wilson negasse lo scambio di uranio fra Iraq e Niger come invece sostenuto nel documento fasullo; che il dossier fasullo c'entri con Wilson e il Plame-gate; che il "LA Times" avesse parlato per primo del dossier fasullo; che Bush parlasse dello scambio di uranio già nell'autunno del 2002, qualche mese prima del Discorso sullo stato dell'Unione; che Powell avesse messo in guardia la Cia sul dossier fasullo; e che la Casa Bianca a un certo punto riconosca l'errore e lo imputi alla Cia. **Purtroppo per Rocca, invece, è tutto vero.** Farebbe meglio a informarsi, visto che il *Magazine* del "Corriere della Sera" lo presenta come *"esperto di politica americana"*. (!)

Se agli scettici non bastassero i documenti reperibili in rete, né le parole di **Bill Keller** (executive editor del "NY Times", impedì alla Miller di continuare a scrivere sull'Iraq perché i suoi pezzi puzzavano di propaganda; e con una e-mail ai giornalisti del "NY Times" contestò alla Miller la copertura delle fonti governative del complotto), né la ricostruzione di "Repubblica" (il depistaggio di **Pio Pompa** e le invenzioni del Sismi pubblicate dietro pagamento dall'agente Betulla, alias **Renato Farina**, potrebbero aver intontito il lettore non accorto) forse una recente notizia dell'Associated Press può servire da promemoria:

Former Cia officer: Cheney, Rove engaged in "whispering campaign".

Plame alleges Bush administration officials ruined her career.

Friday, July 14, 2006

WASHINGTON (AP) -- Former Cia officer Valerie Plame and her husband, former Ambassador Joseph Wilson, said Friday they decided to sue Vice President Dick Cheney and presidential adviser Karl Rove because they engaged in a "whispering campaign" to destroy her career.

In the suit filed Thursday in U.S. District Court, Plame and her husband said that Cheney, Rove and Cheney's former chief of staff, I. Lewis Libby, leaked her Cia status to reporters to punish Wilson for criticizing the Bush administration's motives in Iraq.

Plame's identity as a Cia officer was revealed in a July 14, 2003, article by syndicated columnist Robert Novak. At the time, Plame's job as an operations officer was classified information. Novak's column appeared eight days after Wilson alleged in an opinion piece in "the New York Times" that the Bush administration had twisted prewar intelligence on Iraq to justify going to war.

The Cia had sent Wilson to Niger in early 2002 to determine whether there was any truth to reports that Iraq had made a deal to acquire yellowcake uranium from the government of Niger to make a nuclear weapon. Wilson discounted the reports, but the allegation that Iraq was trying to buy uranium from Africa ended up in President Bush's 2003 State of the Union address.*

The lawsuit alleges that Cheney, Libby and Rove "secretly spread rumors" that Plame used her position at the Cia to get her husband sent on the Niger trip. It accuses the White House officials of violating the Wilsons' constitutional rights to equal protection and freedom of speech. It also accuses the officials of violating the couple's privacy rights.

* Un articolo dettagliatissimo pubblicato nel luglio 2006 su "Vanity Fair" Usa a proposito delle bugie di Bush & Co. per giustificare la guerra (*The war they wanted, the lies they needed* di Craig Hunger, pp. 92-97, 149-156) ricorda che lo scambio di uranio yellowcake fra Niger e Iraq venne smentito dai francesi nel 2001, dalla Cia, dal dipartimento di Stato, da analisti del Pentagono, dall'ambasciatore in Niger e da Wilson. Ma Cheney insiste, e la Cia torna dai francesi (il Niger è una ex colonia francese) chiedendo di nuovo notizie sullo scambio di yellowcake. I servizi segreti francesi mandano di nuovo cinque o sei uomini in Niger a verificare e di nuovo provano che sono accuse false. Quindi s'accorgono che le voci combaciano col falso dossier di Rocco Martino. È la primavera del 2002. 1° maggio 2005: il "London Times" pubblica un documento riservato dell'intelligence inglese che svela come l'amministrazione Bush già nell'estate 2002 avesse deciso di invadere l'Iraq e di *"alterare a questo fine fatti e intelligence"*.

Nell'agosto 2002, la Casa Bianca crea l'Iraq Group, allo scopo di preparare il pubblico americano alla guerra in Iraq attraverso i media, con tecniche di marketing che facciano leva sulla paura delle minacce biologiche, chimiche e nucleari. Il falso dossier Niger è uno dei tasselli chiave. **Dal settembre del 2002 la Rice, Bush, Cheney e Rumsfeld cominciano a parlare della minaccia nucleare di Saddam** in interviste e discorsi. Una fonte della Casa Bianca, Scooter Libby, passa degli "scoop" su questa minaccia a giornalisti creduloni e/o complici. L'8 settembre, il "NY Times" mette in prima pagina un articolo di Michael Gordon e Judith Miller sull'Iraq che avrebbe cercato di comprare speciali tubi d'alluminio per le centrifughe con cui arricchire l'uranio. Il 24 settembre, Tony Blair rilancia la bufala sull'acquisto di uranio. Nell'ottobre 2002, Rocco Martino passa il falso dossier a "Panorama". Diretto da Carlo Rossella, "Panorama" (Mondadori, Berlusconi) ha, fra i suoi collaboratori, oltre a Ferrara e Farina, Michael Ledeen. (Non ci sono prove che Ledeen sia implicato nel dossier fasullo. Ledeen querela chi si azzarda a ventilare l'ipotesi.) Rossella passa il documento all'ambasciata Usa a Roma. Il capo della Cia Tenet cerca di impedire a Bush di fare affermazioni false sullo yellowcake iracheno. Ma nei due mesi seguenti, dicembre 2002 e gennaio 2003, Bush, Cheney, Rumsfeld, Powell e la Rice dichiarano pubblicamente che l'Iraq ha cercato di comprare uranio dal Niger. Alla fine di gennaio, Bush ne parla nel Discorso sullo stato dell'Unione. Il 19 marzo 2003 cominciò la guerra in Iraq. Non ce l'ho con l'America. Vorrei solo che la togliessero ai cretini che se ne sono impadroniti.

Nel frattempo, a Roma, i topi sono quadruplicati. S'è sparsa la voce che Giuliano Ferrara è fatto di formaggio.

"GQ"

Il mensile americano "GQ" ha pubblicato le foto della nipote di bin Laden. Furioso, bin Laden ha cancellato il proprio abbonamento.

Coma

A Milano un uomo si è svegliato dopo cinque anni di coma ed è stato subito licenziato dal suo posto di addetto alla sicurezza dell'aeroporto.

Sex

Un torinese ha divorziato perché la moglie spendeva tutti i loro soldi in vibratori. Ho come la sensazione che lui non le mancherà.

Satyricon

Per la mia famosa intervista a Marco Travaglio, **Berlusconi** aveva chiesto venti miliardi di risarcimento danni. Il giudice ha rigettato la richiesta: **non ci fu diffamazione**. Sarà Berlusconi a dover risarcire centomila euro di spese legali.

Spero che adesso torni disponibile su **RaiClick** la registrazione di quella puntata di ***Satyricon***, misteriosamente sparita come un dissidente in Argentina, o quella fiction con Veronica Pivetti. Mi piacerebbe che **RaiSat Extra**, oltre alle repliche di Chiambretti e Arbore e Dandini, mandasse in onda anche le repliche di *Satyricon*. Credetemi: ne avete bisogno.

In questi anni, i miei commenti sulla **Rai** e sui suoi dirigenti hanno urtato qualche suscettibilità, in azienda. Seguendo la mia politica di lavare i panni sporchi in pubblico, ho deciso di invitare qui uno dei massimi dirigenti Rai per discutere il problema. È con noi il **presidente della Rai.**

(Applausi. Entra un bimbo di otto anni vestito da dirigente.)

DL: *Grazie per essere qui, presidente.*

P: *Grazie di avermi invitato.*

DL: *Da quanto tempo lavora in Rai?*

P: *Da qualche mese.*

DL: *E prima di allora?*

P: *Ero al nido.*

DL: *E prima ancora?*

P: *Ero presidente della commissione di vigilanza.*

DL: *Quali sono le novità del palinsesto Rai, quest'anno?*

P: *Conosco solo quelle fino alle 9 e 30 perché poi devo andare a letto.*

DL: *Grazie, presidente.*

P: *È stato un piacere.*

Sex

Inventata una nuova pillola anticoncezionale per mogli cattoliche. Pesa tre tonnellate. La metti contro la porta e il marito non riesce a entrare.

Disneyland, Paris

Sono stato nella zona dei Pirati. Vai indietro nel tempo. Ma non è servito a fermare Hitler.

Fiorani, Ricucci & Co.

Mai spendere soldi che non hai, mai spendere soldi che altri non hanno.

Terra

Geologi americani hanno pesato il pianeta Terra. Pesa tre tonnellate. Lo metti contro la porta e il marito... No, no, volevo dire: pesa sei milioni di tonnellate. Ma peserebbe appena due etti, senza Pavarotti.

Ieri Pavarotti ha annunciato il suo ritiro dalle scene. Ancora niente da Biagio Antonacci.

Pavarotti si ritirerà nel 2008. O quando peserà 2008.

Reuters

Mercoledì 19 ottobre, l'**agenzia Reuters** riportava le seguenti affermazioni di **Berlusconi**:

ROMA (Reuters) – Il presidente del Consiglio Silvio Berlusconi torna ad attaccare ***la legge sulla par condicio*** *sull'informazione politica in tv e dice che è una legge "ad personam" fatta dalla sinistra per difendere i propri interessi e che spera di riuscire a cambiarla.*

Berlusconi torna sul tema anche parlando delle primarie del centrosinistra di domenica scorsa, dicendo che il loro successo è dovuto alla pubblicità data all'evento dalle tv, sia pubbliche sia private. Berlusconi ha così risposto a chi gli chiedeva cosa risponde all'accusa di avere fatto solo ***leggi ad personam****:* "Non sono leggi ad personam, perché riguardano tutti i cittadini. Sono leggi sacrosante. Anche se fosse, le tre o quattro che dicono sono meno dell'1% degli oltre quattrocentocinquanta provvedimenti approvati dal governo e dalla maggioranza. Siamo il governo meglio considerato in Europa e io sono il capo del governo con il miglior apprezzamento dei cittadini".

È inutile chiedergli la verità, d'accordo. Mi accontenterei di bugie migliori.

In serata, Berlusconi ha dichiarato che la Costituzione dà al presidente il diritto di mentire. Anche su quello che c'è nella Costituzione.

Rappers

Oggi ho ascoltato della musica rap. Non avevo scelta. Veniva da un Porsche Cayenne a quattro chilometri di distanza.

Non è strano che negli Usa non arrestino mai nessuno che abbia ucciso un rapper? Niente indizi, niente sospetti, niente CSI. È come se non gliene fregasse una sega. Volete uccidere qualcuno negli Usa e farla franca? Sparategli in testa e mettetegli un demo in tasca. **Grissom**: – *Vedi il demo? Questo è l'assassinio di un rapper. Andiamocene. –**

* Le fiction moderne stanno rendendo più furbi i criminali. Molti adesso disseminano sulla scena del crimine false prove, come

mozziconi di sigarette raccolti per strada o nei posacenere di luoghi pubblici. (“il Venerdì di Repubblica”, 30 settembre 2005)

Un rapper è stato assassinato nel suo studio di registrazione. Il killer è entrato, l’ha ucciso, ha inciso un album e se n’è andato.

Sono morti **Piggy Small, Tupac Shakur, Jam Master J**. Se venissero uccisi Billy Joel, Elton John e David Bowie, l’esercito circonderebbe la casa di Bruce Springsteen con le truppe speciali. Hai trovato Saddam Hussein dentro una buca in Iraq e non hai ancora trovato chi ha ucciso Tupac a Las Vegas?

Binnu

Eccoci di nuovo qui a parlare di **mafia**. Da una località segreta. Non so dove siamo: mi ci hanno portato dentro un bagagliaio. La notizia è che, dopo una latitanza risalente all’antica Grecia, finalmente è stato catturato Bernardo Provenzano, il capo di Cosa Nostra. La mia ragazza è rimasta affascinata dall’articolo di colore comparso su tutti i quotidiani: lui così potente viveva in una stalla e si nutriva di ricotta fresca. Ne abbiamo discusso.

IO: *È stato* Il Padrino *ad aver reso romantica la mafia. In quel film, Michael Corleone è un eroe. Ha un codice d’onore.* “Non uccido né donne né bambini.” *Oh, sei un eroe! Sempre da quel film apprendiamo che la mafia è stata rovinata dal business della droga. Prima guadagnava legittimamente con le estorsioni, la prostituzione, l’usura e gli omicidi. Poi però arrivò la droga. E di colpo Michael Corleone diventò Fredo Corleone.*

LEI: *Andresti a cena da Michael Corleone?*

IO: *Non se fossi Fredo.*

Influenza

Glaxxxfarma è orgogliosa di presentare: Zollkron, la cura più efficace contro il raffreddore comune. Ecco come funziona. Quando prendete il raffreddore, milioni di virus microscopici invadono il vostro sistema respiratorio, distruggendo sistematicamente le difese naturali del vostro organismo. A questo punto interviene Zollkron. Zollkron contiene KN35, l'ingrediente attivo che una volta ingerito passa subito al lavoro, cacciando e uccidendo i virus del raffreddore ovunque si trovino. Ma Zollkron non si ferma qui. Dopo che le molecole hanno completato le brutali esecuzioni dei virus del raffreddore, fanno scempio dei loro cadaveri, li denudano, li fotografano in pose oscene, li smembrano in mille brandelli, se ne cibano e ne bevono il sangue per ricavare potere dallo spirito dei nemici distrutti. Infine Zollkron espone gli orripilanti resti dei virus morti lungo tutto il vostro corpo come monito raccapricciante a tutti i virus futuri. Poi "Il Foglio" pubblica le loro foto. Zollkron. Addio per sempre al raffreddore comune.

Epistemologia, scienze umane e Celentano

I paragrafi seguenti muovono da un'ipotesi di metodo che ha stupito me per primo della sua efficacia euristica. L'ipotesi è che **Adriano Celentano** stia dando da qualche tempo importanti contributi in vari campi del sapere e segnatamente in alcuni settori dell'epistemologia e delle scienze umane.

Scopo di questi paragrafi è di segnalare tali contributi all'attenzione degli studiosi che, confusi dalla **babele dei palinsesti** e stremati dalle **cacofonie dei reality show**, possano non avervi attribuito il valore che meritano.

Chi scrive non ignora che Celentano, benché molleggiato, non può non servirsi di un **think tank** che lo aiuti a elaborare gli aspetti più complessi del suo pensiero; e gli fornisca i dati grezzi da cui egli ricava le sue brillanti performance. Non sarà qui fattibile l'individuazione dei singoli contributi: non tanto per mancanza di tempo e di spazio, quanto perché la forma in cui viene espresso il pensiero di Celentano è quella del **proclama al popolo**, che rende impossibile dare a Cesare quello che è di Cesare. Ogni membro del think tank celentaniano saprà sceverare ciò che direttamente gli appartiene. D'altronde Celentano assume sempre su di sé l'intera responsabilità dell'opera, quindi non rompete.

Un'altra premessa. Il pensiero di Celentano viene spesso divulgato da collaboratori, giornalisti, funzionari Rai. Forse un giorno disporremo di un'edizione critica dei testi celentaniani che renderà possibile un adeguato esame delle **varianti**; ma per il momento allo studioso non rimane che cercare di immergersi in un pensiero *in fieri* che a ogni tuffo rivela sconcertanti novità.

Sul piano culturale Celentano delinea un orientamento che potrebbe definirsi **passatista** a causa della sua decisa avversione verso la razionalità dei tempi moderni. Egli adotta una prospettiva *à rébours* in cui singoli pezzi di pensiero stanno ognuno per conto proprio (*principiis obsta*, direbbe il Taruffo), accomunati non da una unità di sistema o di metodo, ma dal languore per un tempo in cui c'era l'erba dove adesso c'è una città, e quella casa in mezzo al verde ormai dove sarà.

Nell'adozione di questa prospettiva emerge l'evidente inclinazione di Celentano verso il **popolo**. Forse memore dell'antico *vox populi, vox Dei*, Celentano arrivò in un suo film (*Joan Lui*) a suggerire la propria origine divina, ipotesi che un entusiasmante fiasco al botteghino, peraltro, non legittimò. Ma tant'è, **il percorso dei grandi predestinati** è sempre faticoso e lastricato di incomprensioni.

L'inclinazione populistica della teoria celentaniana apre al suo interno una contraddizione (il cuore si spaura al pensiero, *sed magis amica veritas*). Spaziando dall'elogio dei bambini a quello della fede, dall'attacco al disastro ecologico a quello contro la tv trash, Celentano appare spesso ispirato dal **principio della carta bianca.** A un primo sguardo, questo sembra confliggere con il fondamento populistico di un entourage che ritiene indispensabile il ricorso al metodo degli indici d'ascolto. È possibile però **ricondurre a un tutto coerente** i due aspetti apparentemente contraddittori.

Si tratta di immaginare una fusione diretta del Capo con il "suo popolo", il Capo come l'unico interprete autentico, senza mediazioni formalistiche, del **Volksgeist** e della **Heimat**. Traendo ispirazione dagli antri profondi della storia e dalla superiore intuizione che egli solo ha dei bisogni del popolo, il Capo provvede in solitudine al bene di tutti. (Né mancano fonti a sostegno di questo modo di pensare: **Carl Schmitt**, ad esempio, e **Mario Borghezio**.)

Sul piano epistemologico, la dottrina celentaniana ha dato finora non numerosi contributi, ma tutti essenziali: apprendiamo così che il cannone non è un pezzo d'artiglieria, né i fiori sono dei vegetali (come ingenuamente afferma il dizionario) ma che ***"il cannone è lento, i fiori sono rock"***. Celentano qui quasi si compiace di spaesare l'uditorio mettendolo di fronte ad alternative radicali, forse le più coerenti con le radici autentiche del suo pensiero: *"Il doppiopetto è lento, i jeans sono rock / il direttore della scuola è lento, la maestrina è rock / Moggi è lento, Zeman è rock"*.

Ovvero: senza perdere tempo a discutere le tesi, complicate ma inutili, di filosofi del linguaggio come **Grice** e **Hintikka**, Celentano adotta una **logica a due valori** (lento, rock) che gli permette di proporsi come deciso fautore dell'assunto fondamentale per cui ciò che egli dice è assolutamente vero. Sullo sfondo del discorso celentaniano c'è infatti l'idea della **"verità come consenso"**. Il metodo del consenso è la reiterazione del messaggio, che procede di luce in luce per approdare alla tautologia autoilluminante *"La fanfara è lenta, il rock è rock"* ottenendo il risultato della indiscutibile verità delle enunciazioni. Le enunciazioni di Celentano sono vere. Se così non fosse, si chiede giustamente il telespettatore a questo punto, ipnotizzato, perché Celentano continuerebbe a profferirle, con sempre maggior dispendio di tempo e di energie?

L'altro spunto metodologico che rende così complesso e variegato il suo pensiero emerge quando, sul finale della prima puntata del nuovo programma, Celentano seduto dice a un attonito Ligabue, anch'esso seduto: *"Il papa è rock. Ratzinger"*. (Come se ce ne fossero altri in giro da cui distinguerlo.) È commovente questo coinvolgimento del **rappresentante di Dio sulla Terra** nell'asseverazione della propria verità, ma altre sono le implicazioni culturali rilevanti. Un analista alla **Lévy-Bruhl** direbbe che questo riferimento ha dell'irrazionale e come tale andrebbe confinato alle epoche in cui l'epistemologia non disponeva di strumenti più sofisticati. Al contrario, il ricorso alla benevolenza papale evoca la rinascita dell'Europa dopo le invasioni barbariche, il senso mistico della vita, gli affetti fondamentali dell'uomo. L'audience record (di cui nessuno, peraltro, può controllare a tutt'oggi l'attendibilità) ha premiato tutto questo. Il popolo si è espresso per acclamazione. È stato un **plebiscito**. E il plebiscito è rock.

Biscotti

Uno studio dimostra che il modo in cui mangi i biscotti dice molto di te. Ad esempio se mangi biscotti mentre guardi un film porno gay, sei gay.

Matrix

Ciao, mi siete mancati. Scherzo, non è vero. (– *Che stronzo!* –)

Ieri ho guardato buona parte di ***Matrix*** insieme ad alcuni di voi che erano collegati in chat. Si è commentato insieme quello che veniva scodellato dal cameriere butterato. Parlavano di satira e libertà televisiva. Ospiti: **Confalonieri**, il suo grande amico **Petruccioli**, **Scurati** (il vincitore dello Strega che freddò Vespa con una battuta), **Pietrangelo Buttafuoco** (il fascistone che scrive su “Panorama”, di recente incensato dalla destra per il libro *Le uova del drago*, in cui esalta senza pudore i fascisti filo-nazisti che si opposero allo sbarco alleato in Sicilia – nella realtà storica, si opposero dandosela a gambe), **Vergassola** e **Bertolino**. Li ho elencati, così chi non ha visto la puntata capisce che non si è perso granché.

I momenti di vertigine:

1) Confalonieri che dà a **Santoro** del fazioso, mentre Petruccioli, inquadrato, annuisce con vigore. (Ormai ci siamo abituati a questo: gente che lecca il culo a Berlusconi da quarant'anni dà del fazioso agli altri.)

2) Il **lapsus** di Petruccioli: – *Santoro tornerà a fare il DIRET... il giornalista in Rai.* –

3) **Mentana** che come esempio di satira a *Striscia la notizia* mostra le gag di Ricci sui capelli e l'altezza di Berlusconi. – *E questo sarebbe l'editore che fa le liste di proscrizione?* – commenta Confalonieri.

4) Confalonieri che imputa **l'editto bulgaro** al fatto che i criminosi hanno violato la **par condicio**. (Nessu-

no ricorda che la puntata di *Satyricon* con Travaglio andò in onda il 14 marzo 2001, due mesi prima delle elezioni, quindi fuori dalla par condicio.)

5) **Buttafuoco** che stigmatizza la Rai pessima di questi cinque anni berlusconiani. E invita a immaginare quanta brava gente non è mai entrata in Rai. (Quindi, che non ci si lamenti di censure. Che è come dire: si lamentano della malasanità? Pensiamo piuttosto a tutti quelli che in ospedale non possono neanche metterci piede.) (Anche se la maggioranza dei telespettatori sembra contenta di come sono i programmi tv attuali. E questo spiega perché sono così.)

6) Confalonieri che **se la prende col sindacato dei giornalisti** che *"va in giro in Europa a diffamare il nostro Paese con notizie false sulla libertà di stampa".*

7) Confalonieri che esalta la libertà che si respira a Mediaset. (La libertà è qualcosa che io ho già, non sei tu a darmela. Al massimo puoi togliermela. Ma non sei tu a darmela, quindi non puoi vantartene.) Ah ah ah, non ridevo così tanto dalla volta che il parrucchino di Schifani rimase intrappolato fra le chiappe di Berlusconi.

8) **Don Antonio Sciortino**, direttore di "Famiglia cristiana", che elogia la libertà di espressione. Sono indelebili nella mia memoria le sue parole del 2001: – *Ben venga la chiusura di* Satyricon. – Andate in pace.

9) Il filmato redazionale in cui si parla del **declassamento dell'Italia al 77° posto** per libertà di espressione e lo si attribuisce alla **condanna di Lino Jannuzzi** per diffamazione!

10) Confalonieri che dice che il **conflitto di interessi** è irrilevante, vista la libertà che c'è nelle reti di Berlusconi. (Il colpevole decide se il suo è reato, principio cardine della giurisprudenza arcoriana.)

(E a nessuno, lì per lì, viene in mente l'eclatante triplo conflitto **Berlusconi-Galliani-Marano** sui diritti per la serie A! Triplo alla terza, se si considerano i tre ruoli di Galliani nella vicenda: presidente Lega, presidente Milan, podestà berlusconiano.)*

* Abbiamo visto poi com'è andata a finire.**

** Frase, questa, che ha avuto un certo sapore dopo il processo di primo grado, e un diverso sapore dopo la sentenza d'appello (luglio 2006).

(E nessuno spiega che Mentana e Fede sono liberi perché sono OMOLOGHI.)

(**Fede**, in collegamento, era provato. Di recente ha perso sua madre. A poker.)

(Quanto al Tg4, andrebbe sottotitolato, così anche i non udenti potrebbero farsi quattro risate.)

11) Nel frattempo, su Rai Uno, c'è **Vespa** (un uomo che renderebbe ogni donna una vedova felice) che affrontava un tema scomodo: Al Bano-Lecciso. (Alla notizia, i bookmaker hanno dato Mentana a venti.)

(A questo proposito, si ricorda al gentile pubblico che un **reality show** non esprime la realtà; ne è una rappresentazione forzata che tende a rendere accettabile, comprensibile e rassicurante ciò che invece è enigmatico, incomprensibile e ambiguo: Enzo Paolo Turchi.)

(Idea per un nuovo reality show: l'*Isola del bisturi*. Si prendono dei vip e li si porta sull'isola del dottor Mabuse, dove subiranno interventi di **chirurgia plastica**. E tutto quello che verrà asportato dal loro corpo se lo dovranno mangiare. Con Ferrara, Galeazzi, Pavarotti, Claudia Mori e Valentino.)

12) Confalonieri che dribbla il tema del conflitto di interessi ricordando il **digitale terrestre**! (Chapeau! Come se non sapessimo per quale motivo il governo berlusconiano incentivò con sconti statali l'acquisto del decoder digitale: perché la gente potesse pagare Mediaset per vedere le partite.)

(Per favore, ridatemi Al Bano-Lecciso!)

(Quanto a **Gasparri**, la carica di ministro gli ha dato un tono dal quale non si è più ripreso. Credo però sia oltraggioso che tutti pensino che sia un perfetto imbecille.)

13) Alla domanda di Mentana: – *Luttazzi tornerà in Rai?* – **Petruccioli** che risponde: – *Il problema per ora non si pone.* – (Allora sto tranquillo.)

(Nuovo slogan Rai: *"Non preoccupatevi. Avete miliardi di neuroni."*)

Mentana insiste: – *Lei lo riprenderebbe?* – Petruccioli: – *È un po' troppo coprolalico.* – (Ovvero decidono di cosa il pubblico può ridere in base ai propri gusti! Chi se ne frega dei gusti di Petruccioli? I sondaggi dicono che... Ah, 'fanculo i sondaggi. Chi se ne frega dei gusti di Petruccioli! Questa estate paragonò *Satyricon* al programma di Masotti! **Masotti**! Una volta era Marzullo la prova che chiunque può finire a condurre un programma tv.)

(La verità è che non passa giorno in cui non scriva al **ministro Landolfi** per fargli sapere quanto gli sono grato per impedirmi di vedere o leggere cose che potrebbero non essere buone per me.)

(**Coprolalico**. Parlammo di Berlusconi e Dell'Utri. Oooh, mi piacerebbe presentare un varietà del sabato sera su Rai Uno, ma questo richiede una capacità di genuflessione che supera le mie possibilità.)

(Attualmente i programmi Rai sono quelli che guardi quando il tuo cane calpesta il telecomando.)

14) Mentana: – *E lei Confalonieri prenderebbe Luttazzi a Mediaset?* – Confalonieri: – *No. Non abbiamo tutta quella cioccolata, a Mediaset.* –

(Lo sputo beffardo del potente sulla sua vittima, qui, occulta due cose:

a) l'epurazione e le querele arrivarono per censurare l'INFORMAZIONE che a *Satyricon* venne data sui processi a Dell'Utri e sulle indagini nei confronti di Berlusconi. La satira non c'entra, né la merda.

b) La mia **gag della coprofagia** era una risposta al

consigliere Contri che l'aveva proposta per scherno, nonché una metafora della merda che stava arrivando **e infatti eccoli lì**, nonché una citazione eufemizzante della scena antipotere del *Salò* di Pasolini, nonché una satira antireligiosa, con un preciso riferimento a *Tropico del Cancro*. **Dario Fo** disse a *Satyricon*: – *La satira vera si vede dalla reazione che suscita.* – Dopo quattro anni sono ancora lì che parlano di quella gag.)

Comica finale, **una curiosità** su *Matrix*: quello non è un set. Quella è realmente la casa di Mentana.

La nuova enciclica

Raccontato da Ratzinger, il paradiso sembra la camera da letto di Cristiano Malgioglio.

World Economic Forum

I dati del **World Economic Forum** (quattro indici: livello tecnologico, qualità delle istituzioni, situazione macroeconomica e competitività) dicono che in tre anni la competitività del nostro Paese è crollata. Nel 2001 l'Italia era al 26° posto, siamo al **47°**. Un peggioramento senza paragoni tra i Paesi dell'Ocse. Al 1° posto la Finlandia. Siamo **oltre l'80° posto** nella **qualità delle leggi e dei regolamenti**, nelle **pari opportunità**, nella **qualità del prelievo fiscale e della spesa pubblica**, nelle **pratiche contabili e di auditing**, nella **trasparenza dell'azione di governo**, nel **rapporto fra salario e competitività**. Molte nostre aziende cercano la scorciatoia e fanno outsourcing all'estero, dove il lavoro è sottopagato con zero tutele sindacali: **e sono lo stesso in crisi**. Be', se non riesci a fare profitti neanche con la **schiavitù**, i tuoi prodotti devono proprio far cagare.

Baglioni

Claudio Baglioni in concerto. Un concerto di beneficenza. Il ricavato sarà devoluto alle vittime del concerto.

BLOG-gate

La settimana scorsa ho scritto un riassunto del caso **Cia-gate**. I **blogger neo-con** si sono attivati. Alcuni ne hanno approfittato per fare **pubblicità a siti e pubblicazioni propagandistiche della destra americana**: la redazione ha applicato le **regole di questo blog** e li ha cassati. (E così, a cascata, in automatico sono spariti tutti, compreso un mio post di replica!)

Quelli non l'hanno presa bene e in nome di una libertà di contraddittorio (di cui avevano abusato) si sono lamentati con un giornalista della "Stampa". Il giornalista, Mattia Feltri, figlio di Vittorio e svezzato da Ferrara al "Foglio", mi chiama per chiedere la mia versione della cosa. Gliela espongo. Ieri esce il suo articolo e il titolo è: *Luttazzi, se il censurato diventa censore*. Occhiello: *"Sul suo blog il comico ha cassato i messaggi che criticano la sua ricostruzione del caso Miller-Plame"*. Due accuse gravi che il giornalista riporta **senza verificare**. In pratica mi mette in mezzo in modo maldestro, per la gioia dei neo-con. Fa il **megafono**.

Telefono al neodirettore della "Stampa" Anselmi, che s'accorge del guaio e mi concede **la rettifica** pubblicata oggi a p. 26: *"Luttazzi e la censura. In merito all'articolo di Mattia Feltri pubblicato sulla 'Stampa' di ieri col titolo* Luttazzi, se il censurato diventa censore *contesto in toto le due accuse gravi che mi vengono rivolte. Uno, di essere un censore: non ho mai censurato nessuno; due, che il mio articolo sul caso Plame sia pieno di errori fattuali: non c'è un solo errore nella mia ricostruzione"*.

M.F. replica: *"L'accusa di aver infarcito di errori la ricostruzione del caso Plame viene dai blogger e non da noi della 'Stampa'. Così l'accusa di essere un censore, che è stata ribadita ieri nei blog".* Qui **M.F., dopo aver gettato il sasso, ritira la mano**. È un giornalista così. Non gli interessa se una cosa è vera o meno. È più divertente sputtanare. Col fango altrui.*

* Senza considerare che la censura subita da me mi è costata il posto di lavoro. Quelli volevano solo imbrattare il mio blog. Lo scrivo per M.F., in evidente difficoltà quando si tratta di capire le differenze abissali.

Ai blogger neo-con scoccia che la mia redazione li abbia sgamati così facilmente. Con che indizi, si chiedono. A parte che molti di loro sono linkati a siti ariani e famosissimi sul web, delle due l'una: o sono contro la guerra di Bush, e allora devono ammetterlo; oppure sono a favore, e quindi la loro era propaganda guerrafondaia e la redazione ha fatto bene a cassarli.

Purtroppo per tutta la cricca, da due giorni "**Repubblica**" e "**il manifesto**" stanno scrivendo del caso Cia-gate. La loro ricostruzione è identica alla mia di un anno fa, specie sul punto più contestato dai blogger neo-con italioti: **il documento fasullo sullo scambio di uranio Iraq-Niger che da "Panorama" arriva all'ambasciata Usa a Roma**. (Uuh, quanto era sicuro del fatto suo, il blogger neo-con Rocca, nel negare che questo c'entrasse qualcosa con la vicenda!) Così giovani e già così **complici dei crimini di Bush!***

* I fatti, oggi, evidenziano la condotta criminale e la colossale incapacità dell'amministrazione Bush. Lo spreco di risorse, le perdite umane, l'ottusità carnefice, l'imbarazzante condotta con le nazioni europee contrarie alla guerra. Dire come ha fatto Bush "O siete con noi, o siete coi terroristi" è rivelare insieme la propria stupidità e la propria pericolosità. Come si fa a trattare con tale scherno le posizioni altrui, specie quando si sono dimostrate giuste?

Qualcuno ha mai trovato una connessione fra Saddam Hussein e l'attacco alle Torri Gemelle? No. Aveva armi di distruzione di massa? No. In quella occasione, Rumsfeld fu protagonista di una conferenza stampa ridicola.

GIORNALISTA: *Dove sono le armi di distruzione di massa?*

RUMMY: *Dove sono, mi chiede? C'è quello che sappiamo di sapere, quello che sappiamo di non sapere, e poi c'è l'ignoto, quello che non sappiamo di non sapere.*

GIORNALISTA: *Venga al dunque.*

RUMMY: *Guardi, erano qui un minuto fa. Poi qualcuno ha spento la luce, e quando si è riaccesa non c'erano più.*

Quindi ci hanno detto che l'invasione dell'Iraq avrebbe portato pace e democrazia. È bello crederlo. Molti credono ancora alla verginità di Britney Spears. Ma il tema usato nella campagna elettorale Usa, secondo cui Bush ha reso il mondo più sicuro, be' questo solo uno come Rove può averlo suggerito. Bush stesso pare non riesca più a reggere la finzione. Prima ha detto che il disastro in Iraq è il risultato di un "successo catastrofico", poi ha aggiunto che non sarà possibile sconfiggere il terrorismo. Il giorno dopo ha detto che si era sbagliato. Vincere la guerra deve avergli dato alla testa.

In una conferenza stampa, il portavoce della Casa Bianca Scott McClellan ha detto che gli ispettori Usa hanno smesso di cercare armi di distruzione di massa in Iraq. Alle domande pressanti dei giornalisti, McClellan ha risposto: – *Se ci saranno novità in merito, vi terremo informati. Perché? Avete saputo qualcosa?* –

Maroni

Dopo tutta una serie di trucchi, per il governo è giunto il momento di segare la valletta in due con la **riforma della previdenza complementare**. I lavoratori mettono soldi propri nei fondi pensione, ma sono le compagnie di assicurazione a voler decidere dove investirli, magari su polizze costose, senza trasparenza. Maroni voleva mediare, **il Consiglio dei ministri ha bocciato Maroni**, tanto per fargli capire cosa si intende per Mediolanum.

Non sono qui per farvi ridere. Sono qui per creare tensione sociale.

Iraq

In Iraq è in atto una guerra civile. Per Bush, è ora di invadere un'altra nazione che non c'entra nulla con l'11 settembre.

Proposta del Dipartimento di Stato per risolvere la situazione una volta per tutte: dividere l'Iraq in trecento regioni autonome.

Mentre a Bassora le colonne di carri armati diretti a nord incrociano le colonne di autoambulanze che tornano a sud, il segretario alla Difesa Rumsfeld ha criticato i media che parlano negativamente della guerra in Iraq. In effetti sarebbe meglio che i media cominciassero a sottolinearne gli aspetti divertenti.

A Hollywood han capito l'antifona. Verrà messa in commercio una nuova versione del film *Titanic* che omette la parte riguardante l'iceberg. È lo stesso film, solo che la nave affonda per l'umidità.*

* La parola "iceberg" è solo un decimo di come si chiama in totale un iceberg.

Bulgaria e Ucraina hanno annunciato che ritireranno le proprie truppe dall'Iraq, non appena avranno trovato un'auto per sei passeggeri.

A Baghdad intanto è ripreso il processo a Saddam Hussein, dopo il mese di sospensione durante il quale due dei suoi avvocati sono stati condannati a morte e giustiziati, e un terzo è scappato dal Paese. Anche il teste-chiave contro di lui è morto. Di cancro, che in Iraq è una cosa positiva: se uno ci vive abbastanza a lungo da morire di malattia, vuol dire che la democrazia è davvero alle porte.

Il tipo che ha rivelato il nascondiglio segreto di Saddam permettendo la cattura del dittatore riceverà una ricompensa di trenta miliardi di dollari. Li userà per comprare armi di distruzione di massa.

Nel frattempo hanno scoperto che Saddam Hussein si faceva le canne. Ciò dimostra che a questo mondo nessuno è del tutto cattivo.

Dal canto suo, Berlusconi ha detto che lui era contrario alla guerra in Iraq. Questa è "la difesa Himmler". Himmler a Norimberga disse che sì, era in Germania durante il nazismo, ma solo come turista.

Cargo

Un cargo che trasportava più di ventimila tonnellate di greggio è naufragato al largo delle coste spagnole, riversando in acqua il suo contenuto. Soldati e volontari spagnoli hanno usato pale e secchi per rimuovere il petrolio dai quaranta chilometri di costa che si estendono da Capo Finisterre a La Coruña, ma è minima la quantità di greggio che gli spagnoli possono mettersi nei capelli prima di diventare troppo sexy. Gli ambientalisti lamentano che se la nave perderà tutto il suo carico, questo sarà il peggior disastro ecologico di tutti i tempi, dopo l'incidente del 1987 in cui il cargo Majestic versò in mare il suo carico prezioso di energia solare, immettendo nell'aria tonnellate di tempo soleggiato. Diecimila otarie restarono accecate.

PETA

Non indossate pellicce. Lo sapete che ogni pelliccia equivale a diciotto alberi abbattuti solo per i cartelli di protesta?

Cronaca, 1953

Ieri, l'incisore M.C. Escher è rotolato giù dalle scale ed è finito in soffitta.

"l'Unità", fondata da A. Gramsci, compie ottant'anni

Tanti anni fa, un uomo animato da una forte passione civile, nonostante le forze della reazione sempre in agguato, riusciva a realizzare un'impresa editoriale che coronava il suo sogno di idealità e segnava l'inizio di una lunga stagione di battaglie in difesa del popolo oppresso. Quell'uomo era Hugh Hefner e la rivista era "Playboy". Da allora leggo solo "l'Unità".

Geografia astronomica

Ieri una tempesta solare di magnitudo 5 ha temporaneamente messo fuori uso l'ego di Francesco Rutelli. Rutelli stava registrando una puntata di *Porta a Porta* quando la tempesta solare ha scombussolato il campo magnetico terrestre. Rutelli stava cianciando aria fritta sul partito democratico quando d'improvviso s'è fermato a metà frase. – *D'altra parte, chissenefrega,* – ha aggiunto, mentre il pubblico restava allibito. Solo dopo diverse ore i medici sono potuti risalire alla causa. – *Sapevamo che le tempeste solari potessero alterare le trasmissioni via satellite, non pensavamo fossero così potenti da alterare l'ego di Rutelli,* – ha detto il professor Adamo Glomb, primario al Gemelli, già scopritore della diastole sistolica. La tempesta solare, inoltre, avrebbe indotto il cervello di Calderoli a funzionare per qualche secondo. Nel giro di una settimana, Calderoli dovrebbe poter tornare a sbattere contro porte e muri.

Caccia grossa

Nel Brunei hanno catturato un pitone lungo quaranta metri. Ma non farò l'ovvio parallelismo fra me e un pitone di quaranta metri.

My favourite things

Trecentodiciannove anni fa, oggi, nasceva il fisico Gabriel Daniel Fahrenheit. Era un tipo palloso. A furia di chiedere alla gente cosa doveva farne della sua invenzione, scoprì il termometro rettale.

Tortura

Negli Usa ferve il dibattito sulla tortura. I democratici sono per nessuna tortura, mai, in nessun luogo. L'amministrazione Bush ha replicato con un facciamo quel cazzo che ci pare, quando ci pare, a chi ci pare, e non vogliamo che altri vengano a saperlo. Per cui le posizioni non sono poi così distanti.

Blackout

Per colpa di un blackout all'aeroporto, martedì scorso Valeria Marini è rimasta intrappolata per ore su una scala mobile che si era fermata.

Wimbledon

John McEnroe ha rivelato che il suo allenatore gli dava segretamente steroidi per cavalli quando giocava. Vinceva, vinceva, vinceva. Solo che poi intasava i cessi.

Bin Laden

In un video mandato in onda da Al Jazeera, bin Laden minaccia di smettere di registrare video, se tutti continuano a non cagarlo.

Formula 1

Le auto di Formula 1 hanno tutte una sacca piena di gatti accanto al pilota. Il pilota li getta uno alla volta quando l'auto ti passa davanti e questo spiega il suo suono: MIAAAAAOOO.

Torna l'ora solare

Le lancette dell'orologio vanno spostate indietro di un'ora. Papa Ratzinger ha detto: – *Lo so che è solo un'ora, ma è un inizio.* –

Novembre 2005

Halloween

In Cecenia hanno una festa simile, solo che lì invece di usare costumi e dolcetti, la gente si nasconde in casa cercando di fare meno rumore possibile.

Halloween non mi diverte. In casa non ho neanche un costume, a parte la maschera che uso talvolta per nascondere i miei sentimenti.

Libby!

L'incriminazione di **Libby**, il braccio destro di Cheney accusato di falso, spergiuro e ostacolo alla giustizia, è solo l'inizio delle festività per tutti quelli che hanno a cuore la verità dei fatti. Il **Cia-gate** dimostra che

l'amministrazione Bush ha cercato di nascondere le bugie con cui vendette al mondo la sua guerra criminale in Iraq. Lavoravano su due agende: questo è quello che faremo davvero e questo è quello che daremo a bere ai gonzi. **Karl Rove**, la mente dell'**Iraq Group** (il gruppo di propagandisti della guerra), ieri ha detto ai giornalisti che avrebbe trascorso un weekend tranquillo. Non riesce a essere sincero neppure sul proprio weekend!

Bush ha accettato le dimissioni di Libby parlandone coi giornalisti per un minuto, poi si è congedato dicendo: – *Scusatemi, ho un lavoro da fare coi miei collaboratori alla Casa Bianca. Dobbiamo proteggere il popolo americano. Ho la sensazione che nei prossimi giorni ci saranno nuove minacce terroristiche. Avrete bisogno del nostro aiuto.* –

L'altra sera, da Vespa, discutevano del caso Nigergate. Quando Pecoraro Scanio ha ricordato che in Iraq siamo in guerra, **Gustavo Selva** ha risposto compatto che non è vero, siamo in missione pacificatrice. Purtroppo nessuno ha rinfacciato a Selva l'outing di qualche mese fa: *"Abbiamo dovuto mascherare Antica Babilonia come operazione umanitaria perché altrimenti dal Colle non sarebbe mai arrivato il via libera".* ("Libero", 21 gennaio 2005)

Giovanardi, in pigiama da casa sua, ne ha approfittato per dargli manforte dicendo che *"siamo in Iraq come siamo stati in Kosovo"*. In effetti, Fassino e D'Alema continuano a sostenere che la guerra in Kosovo fu *"umanitaria"*.

Marzo 2005: **Fassino** dà un'intervista alla "Stampa" in cui apre ai neo-con di Bush: – *Vogliono espor-*

tare la democrazia. – Il giorno dopo, D'Alema approva.

(Niente paura, amici, sono solo prove tecniche di governo.)

Nel weekend, Bush ha mostrato a Berlusconi un nuovo missile americano. Finché non ce lo abbiamo anche noi, ci affideremo al nostro missile, che ha una gittata di soli cento chilometri. Questo significa che possiamo colpire al massimo Lugano. E – per Dio! – lo faremo.

Il finto assolto

Novembre 2005: Andreotti è testimonial per il **telefonino 3**. In realtà è il telefonino 3 a fare da testimonial ad Andreotti, in un'operazione simpatia che vede Amendola nel ruolo di reggimoccolo che già fu di Sordi. Sia messo a verbale che la bella pensata va in onda nell'assenza di tumulti e che l'altra sera, da Lerner, il vicedirettore del "Corriere della Sera" Pigi Battista continuava a sostenere che Andreotti è stato assolto. Lerner poteva dire: – *Lei si sbaglia di grosso.* – Non l'ha fatto.

Maggio 2004: Andreotti assolto in appello perché ha commesso il reato di partecipazione a Cosa Nostra solo fino al 1980, quindi è un reato commesso, anche se prescritto. I tg unificati non lo spiegano, anzi mostrano la sua avvocatessa che urla felice al cellulare: – *Assolto! Assolto! Assolto!* – Quello era uno spot perfetto per il telefonino 3. Non ci hanno pensato.

Napalm a Falluja

Qualche giorno fa, un servizio di **Rainews24** dava

notizia dell'**uso di fosforo bianco e MK77 (napalm) sulle popolazioni civili a Falluja** da parte delle truppe di Bush.

Bush, Blair e Berlusconi devono essere processati per crimini di guerra.
(Blair ha confermato la notizia, tanto che una sua deputata, Alice Mahon, si è dimessa schifata. E da noi? Non si dimette nessuno?)

Perché in Medio Oriente ci sono sempre guerre? È il caldo. I terroristi si fanno saltare in aria solo per la brezza. BOOOM! – *Aah! Grazie Allah per la brezza!* –*

* Potete ridere tranquilli. I terroristi non sono lì da voi. Non hanno nessun piano contro il vostro condominio.

Ruini contro Ru486
Se gli uomini restassero incinti, potresti avere un aborto anche dal barbiere.

Inutile discutere su un tema così sensibile. C'è un solo argomento che convincerebbe uno di destra ad accettare l'aborto: – *Tua figlia è incinta e il padre è un extracomunitario.* –

Sin city
Una ricerca olandese rivela: chi guida Porsche fa più sesso. E lo paga anche di più.

Lega
La camicia verde è il modo con cui i leghisti cercano di impressionare quella parte di italiani che non ha finito la scuola dell'obbligo.

Idea

La Procter&Gamble ha introdotto sul mercato una nuova saponetta. Benché sembri normale, la saponetta in realtà è cava, il che elimina quegli ossi di seppia di sapone che restano sempre alla fine.

Occhio per occhio

Pakistan. Un pluriomicida è stato condannato a essere strangolato, decapitato, tagliato in cento pezzi, bruciato su una graticola e poi sciolto in una vasca d'acido a causa dei suoi crimini. E questo era il patteggiamento.

Serial

La Rai ha intenzione di realizzare uno sceneggiato su Annamaria Franzoni e il delitto di Cogne. Inoltre avrebbe già comprato i diritti sul suo prossimo infanticidio.

Viagra

Non bevete caffè dopo il Viagra o a letto diventerete una specie di anguilla elettrica.

Mistero buffo a Milano

Dario Fo si presenterà alle primarie milanesi che sceglieranno il candidato dell'Unione per la carica di sindaco. È una notizia in grado di illuminarti la giornata quasi quanto un calendario di Elena Santarelli. (Ok, non esageriamo.) Un tempo capitale morale, **Milano** ha prodotto in una sequenza degna di Mario Bava prima Craxi, poi Bossi, poi Berlusconi. Craxi, Bossi, Berlusconi: dev'esserci qualcosa nei pavesini.

Ho sempre pensato che se Dostoevskij fosse stato un cantante, sarebbe stato Ray Charles. E che se

Van Gogh fosse stato un politico, sarebbe stato Abramo Lincoln. (Un Abramo Lincoln senza un orecchio.) Quello che voglio dire è: la cultura fa tutta la differenza di questo mondo. I cecoslovacchi hanno avuto Vaclav Havel. Perché noi dovremmo lasciarci sfuggire Dario Fo?

Quando una domanda non è una domanda?

Milanesi! È ora di votare Dario Fo. **L'altra possibilità** è dare Milano in mano a un malato di mente e lasciarlo fare. Sarà interessante vedere quanto tempo passerà prima che vi accorgiate dei miglioramenti.

Obesi

Nel mondo, per colpa dei fastfood e degli slip erotici commestibili, è in aumento il numero degli obesi. Che gli obesi comunicassero fra loro era noto, ma la novità è che lo fanno anche utilizzando le onde sismiche, che percepirebbero da recettori presenti nei piedi. Lo hanno scoperto i geofisici dell'università californiana di Stanford Roland Günther e Simon Klemperer; e lo dimostrano nell'articolo pubblicato sulla rivista internazionale "Geophysical Research Letters". Gli studiosi hanno dimostrato che gli obesi possono produrre onde a bassa frequenza capaci di viaggiare per oltre due chilometri attraverso il suolo. I ricercatori hanno dimostrato che i suoni propagati dagli obesi hanno frequenze al di sotto dei 30 hertz, che non possono quindi essere percepite dall'orecchio umano, ma possono diffondersi nel suolo. Sono giunti a questa conclusione dopo aver studiato le onde sonore emesse da diversi obesi e servendosi di strumenti in grado di misurare la diffusione delle onde dalla loro abitazione in un raggio di centosettantacinque metri. Utilizzando modelli computerizzati, i ricercatori hanno stimato che i segnali sismici prodotti dagli obesi possono coprire distanze di oltre quattro chilometri, mentre il barrito di Pavarotti percepibile dall'uomo si estende attraverso l'aria al massimo per uno o due chilometri. Secondo gli studiosi, la comunicazione basata sulle onde sismiche potrebbe essere utilizzata come riserva, nel caso in cui non ci siano condizioni ideali per la comunicazione acustica.

Decostruzione

Jacques Derrida è "morto".

Palomar

Raro evento astrologico questa settimana: il Sole passerà fra la Terra e la Luna. Il fenomeno si ripeterà solo fra duecento anni.

Appello

Scienziati dell'Università di Bologna: spegnete la tv e andate a letto. Domani avete un congresso importante, per cui è meglio se andate a dormire.

Cosmo

Nuova teoria: l'universo sarebbe a forma di miss Universo.

Dicembre 2005

Santa Klaus

Quest'anno per la recita all'asilo indosserò il costume di Babbo Natale che ho creato cucendo insieme costumi di Babbi Natale uccisi.

Tony Anatrella e le vocazioni gay

Un **documento vaticano** vieta l'ammissione dei gay al sacerdozio, anche se casti. Niente conferenza stampa di presentazione: il Vaticano ha preferito evitare le domande di quella pettegola di Platinette. (Platinette è un supereroe. C'è una similitudine fra travestiti e supereroi. Entrambi devono cambiarsi d'abito prima di aiutare il prossimo.)

Il **cardinal Grocholewski**, responsabile del documento, ha spiegato che può essere ordinato prete chi ha avuto **esperienze gay solo transitorie, per curiosità, ubriachezza, carcere, vantaggi vari**; e purché tutto sia cessato tre anni prima dell'ordinazione.

– *Chi è il nuovo parroco?* –

– *Tre anni fa era un carcerato ubriacone che curiosava fra le chiappe del direttore del carcere per ottenere la libertà.* –

– *Non vedo l'ora che mio figlio ci vada a catechismo!* –

L'**"Osservatore romano"** ha affidato il commento duro al gesuita **Tony Anatrella**.* Secondo Anatrella S.J., il sacerdote gay è narcisista, seduttivo e manipolatore di idee e di persone. Come sanno benissimo alla diocesi di Boston. Anatrella è pure psichiatra. Cura i pazienti con le risate che si fanno quando sentono il suo cognome.

* La procura di Parigi ha aperto un'inchiesta su Tony Anatrella, già consigliere di Ratzinger quando era a capo della Congregazione per la dottrina della fede. Noto per le sue posizioni estreme contro l'omosessualità e redattore del *Lexicon*, ponderoso volume di morale sessuale edito dal Vaticano, Anatrella è sotto inchiesta in Francia con l'accusa di abusi sessuali su un minore. La notizia è stata pubblicata sul sito internet di "Tetu", la rivista gay più diffusa in Francia. Uno dei due ragazzi che hanno denunciato Anatrella ha rilasciato una lunga intervista alla rivista cattolica del dissenso "Golias", raccontando di essere stato sottoposto da Anatrella nel 1987, all'età di ventitré anni, a cure per "guarire" dal-

la sua omosessualità. Ma in realtà più che di psicoterapia si sarebbe trattato di veri e propri atti sessuali. Anche in questo caso, le autorità ecclesiastiche, pure al corrente, si sono ben guardate dal fare qualcosa contro il responsabile degli abusi.

Sindacati

Dal prossimo anno, la Cisl e la Uil si serviranno di sindacalisti rumeni.

– *Costano meno,* – ha detto Pezzotta.

Ikea

Lo slogan dovrebbe essere: *"Speriamo che il vostro matrimonio sia più solido dei nostri mobili".*

Metro boulot dodo

La settimana scorsa, un liceale francese ha vinto gli ottocentomila euro in palio per una gara di invenzioni geniali. Ha ideato una metropolitana che funziona a urina.

Londra

Una donna era morta da due anni, ma hanno scoperto il suo corpo senza vita davanti al televisore acceso solo perché un agente era passato a sequestrare l'appartamento dato che la donna non pagava le bollette. La domanda a questo punto è: di che marca è quel televisore? Questo sarebbe un claim fantastico: *"Morite pure davanti ai nostri televisori, dopo due anni funzionano ancora".*

Ratzi

Nell'udienza di mercoledì, il papa ha incoraggiato gli esorcisti a *"continuare il buon lavoro"*. Parole di esortazione anche per i cacciatori di vampiri.

Ora di religione

Se credi che insegnare i dieci comandamenti possa cambiare il comportamento dei bambini, poi credi anche che la scritta *"gli addetti devono lavarsi le mani"* tenga il piscio lontano dai tuoi hamburger. Non succede.

"Forbes"

Bill Gates anche quest'anno è al primo posto nella lista dei più ricchi del mondo stilata dalla rivista "Forbes". È così ricco che al secondo posto c'è un suo ritratto. Il resto della lista è composto invece da ex mogli di miliardari.

Ogino mouse

C'è un nuovo computer che è in grado di calcolare il rischio per una donna di rimanere incinta. Il programma considera il ciclo mestruale della donna, la sua alimentazione e se Bobo Vieri è in città o no.

Kate

Kate Moss è apparsa nuda in una foto di moda su "Vogue". Non si vedeva molto perché la Moss era nascosta nella piega della rivista.

La Moss non si droga più da quando, sniffando coca, ha perso l'equilibrio ed è caduta dentro la cannuccia.

Idea regalo

Un consiglio ai mariti: comprate un babydoll semitrasparente. E se piace anche a vostra moglie, regalàtene uno anche a lei.

McBloc

Durante il G8 di Genova, i black bloc mandarono in frantumi le vetrine di un McDonald's. Alcuni clienti si lamentarono perché furono costretti a spostarsi al McDonald's di fronte.

Ferie e PIL

Ricevo una lettera molto interessante da Andrea Matranga:

Caro Daniele, tempo fa **Berlusconi** dichiarò che per favorire la ripresa bisognerebbe ridurre le festività. Penso stesse riprendendo un articolo comparso sul "Sole-24 ore" un paio di settimane prima, di Fiorella Kostoris Padoa Schioppa, che in sostanza sosteneva la stessa tesi.

Senonché, da un punto di vista economico **il numero di giorni di lavoro non ha alcun effetto sulla crescita**. Poniamo che l'economia sia completamente ferma, cioè che crescerà dello 0% quest'anno e per sempre. Togliendo una settimana di ferie, il PIL cresce del 2% (massimo) quest'anno, e rimane fermo a questo nuovo livello per sempre (o fino a quando non ci si riprende la settimana di ferie). Questa non aiuta la crescita, ma introduce soltanto uno "scalino" nella linea. Per fare un esempio facile, propongo questo problema da elementari:

Il signor B. è alto 1,65 metri. Compra delle scarpe con un tacco di 5 centimetri. Di quanti centimetri l'anno crescerà il signor B.?

Vi sono in ogni paese due tipi di ricchezza, quella quantificabile (generalmente soldi, o simili), e quella inquantificabile (tempo libero, affetti ecc.). L'unico effetto di questa manovra è di "vendere" un po' di ricchezza inquantificabile in cambio di soldi. **Il vantaggio** dal punto di vista di Berlusconi è che la ricchezza immateriale non va nel computo del PIL **mentre i salari sì**. Quindi lui può vendere un po' del nostro tempo libero in cambio di un paio di punti percentuali su un foglio di carta, con cui vantarsi al prossimo summit internazionale (sempre che lo invitino).

P.S. La riduzione delle ferie è una tesi sostenibile. Effettivamente il PIL aumenterebbe: in quell'anno. E rimarrebbe a quel livello. L'errore è pensare che questo risolverebbe il problema del basso TASSO DI CRESCITA ANNUALE del PIL italiano.

Mary Jane

In Olanda hanno aperto un museo dedicato alla storia della marijuana. Sono in mostra chillums, bongs, cartine e vari tipi di maria. Il museo sta avendo successo, ma ancora di più ne ha il suo fastfood.

L'ambrogina d'oro

La **giunta Albertini** ha assegnato l'Ambrogino d'oro a **Oriana Fallaci**. – *Un premio a chi non merita, perché la Fallaci esprime concetti razzisti,* – ha commentato **Dario Fo**, che ha contestato la cerimonia (insieme con **Moni Ovadia, Ottavia Piccolo, Bebo Storti, Elio** e altre decine di persone). Il Nobel e i suoi amici evidentemente non sanno che in Vietnam la Fallaci mangiò scorte alimentari avariate da un allucinogeno che provoca una forma gravissima di follia omicida.

Il direttore del "Giornale di Toscana", Mazzoni, nel ritirare il premio per conto della Fallaci ha parlato di *"paese democratico"* dove è legittimo esprimere *"valutazioni diverse"*. È il solito equivoco: la democrazia ammette tutte le idee? Sì: ma non può ammettere le idee violente. Queste, la storia le ha già giudicate. È bene che il concetto sia chiaro ai giurati, o il prossimo anno daranno l'Ambrogino d'oro a Charles Manson.

Mazzoni ha concluso dicendo: – *È un grave errore dividersi su valori che oggi devono essere patrimonio comune per sconfiggere un nemico comune, il terrorismo.* – A queste parole, il portavoce del centrosinistra al comune, **Antoniazzi**, si è alzato dal tavolo della premiazione e se n'è andato. È bello constatare che, sebbene siamo tutti uniti nel nostro odio per il terrorismo, c'è ancora un po' di odio rimasto per la Fallaci.

I libri della Fallaci sono massi che lei getta dai cavalcavia della cultura.

Un grazie a **Ricky Gianco**, che il premio lo ha rifiutato, e ai **lavoratori della Scala**, che il premio lo hanno ricusato perché si sono sentiti strumentalizzati.

Altra tattica: l'anno scorso, quando gli consegnarono l'ambrogino, **Harold Pinter** si presentò per dichiarare: – *George Bush è un criminale, sostenuto dal mio spaventoso governo. E dal vostro governo. Spaventoso anch'esso.* –

(No, no, fermi: il battimani ritmato può scatenare comportamenti psicotici.)

Harry

Alla prima del nuovo episodio di *Harry Potter*, molti i fan sfegatati in lacrime. Più che altro perché si sono resi conto di avere ventidue anni e di essere ancora vergini. Ai critici, il film non è piaciuto. Come risultato, i fan hanno dichiarato che lo vedranno solo un'ottantina di volte.

J.K. Rowling, l'autrice di *Harry Potter*, ha detto che non si fermerà a sette libri e forse ne scriverà un ottavo su Harry Potter adulto. A chi le chiedeva perché, ha risposto: – *Perché nel mondo ci sono dei soldi che ancora non ho.* –

Chupa Chups

L'inchiesta sulle multinazionali delle sigarette ha scoperto che pochi anni fa qualche azienda aveva pensato di produrre un Chupa Chups al tabacco. Come se non bastasse, quando lo mordevi ci trovavi un nucleo di eroina.

Rolling Sperm

Mick Jagger ha ammesso che è suo il bambino della modella brasiliana Luciana Morad. Per una strana coincidenza, Keith Richards ha rivelato che anche lui ha un figlio illegittimo: Pietro Ingrao.

Pssst!

Victoria's Secret ha introdotto sul mercato un nuovo reggiseno regolabile. Ogni donna potrà decidere quanta scollatura mostrare. Tre le possibilità: piccola, media e voglio-davvero-superare-questo-esame.

La nave affonda, Wolfowitz scappa

Paul Wolfowitz, uno dei massimi fautori della guerra in Iraq (da lui auspicata nel famigerato **PNAC**, il piano per il nuovo secolo americano), già vice di **Rumsfeld** al Pentagono e attuale presidente della Banca mondiale, ha dichiarato mercoledì scorso che l'invasione dell'Iraq non ci sarebbe stata se gli Usa avessero saputo con certezza che Saddam non aveva armi di distruzioni di massa. Oh, questo cambia completamente la mia opinione sulla guerra in Iraq. (**Cia** e **Onu** avvertirono che non v'era traccia in Iraq di armi di distruzione di massa. Wolfowitz è quindi uno dei più pericolosi **bugiardi** che esistano sulla faccia della Terra, insieme con Bush, Rumsfeld, Cheney, Blair e Berlusconi. **Saul Bellow**, nel romanzo *Ravelstein*, descrive Wolfowitz come un allievo di **Leo Strauss**, l'ideologo conservatore (1899-1973) che magnificava l'efficacia politica della bugia. Il suo libro più famoso, *Natural Right and History*, celebra un ordine naturale fatto di dominanti e subordinati. Ammiratore di Machiavelli, Strauss sosteneva che le bugie servono a un duplice scopo: evitare alla gente reazioni emotive; e proteggere l'élite al potere dalle rappresaglie degli ingannati. Strauss individua nella miscela "nazionalismo e religione" l'elisir che può tramutare l'indifferente in un patriota pronto a morire per Dio e per la patria.)

Alla domanda: – *Come spiega gli errori di intelligence?* – Wolfowitz ha risposto:

– *Non devo spiegarli io.* – Nel luglio 2003, intervistato da **"Vanity Fair"** quando la bugia sulle armi di distruzione di massa era ormai emersa, Wolfowitz disse:

– *Abbiamo usato l'argomento delle armi di distruzione di massa perché era una ragione su cui ognuno poteva essere d'accordo.* –

Ok, Paul. La prossima volta non fatelo più.*

* A Bush serve con urgenza una **exit-strategy** dal suo Vietnam, l'Iraq. In un magistrale articolo pubblicato dal "NY Times", **Theodore Sorensen e Arthur Schlesinger**, già consiglieri e speechwriters di John Kennedy, si chiedono, a proposito dell'Iraq, **come si comporterebbe John Kennedy oggi**, dopo che l'evidenza ha ormai dimostrato la colossale montagna di menzogne usate dall'amministrazione Bush per imbarcarsi impreparati in una guerra dai costi umani e politici sempre più insostenibili. Kennedy si scoperebbe Marilyn, poi pondererebbe la cosa con attenzione.

Nel 1963, ultimo anno della sua presidenza, Kennedy cercò di risolvere il problema di come far tornare a casa i soldati americani impegnati in Vietnam. Di fronte a sé aveva diverse possibilità:

Rinnegare l'impegno assunto da **Eisenhower** di inviare nel Vietnam del Sud consiglieri e istruttori americani? No, il popolo americano non glielo avrebbe permesso.

Farla diventare una guerra americana con l'invio di truppe Usa, come volevano i militari e come poi decise di fare **Lyndon Johnson**? No, dalla propria esperienza con Cuba e altrove aveva imparato che problemi di natura essenzialmente politica non portano a soluzioni militari e che gli Usa non avrebbero potuto vincere contro un popolo vietnamita deciso a respingere truppe straniere dal proprio territorio. Inoltre, avendo combattuto nella Seconda guerra mondiale, conosceva gli orrori della guerra. Nel giugno '63 disse agli studenti dell'American University: – *Questa generazione di americani ne ha avuto abbastanza – più che abbastanza – della guerra.* –

Dichiarar vittoria e andarsene, come suggerì anni dopo il senatore repubblicano **George Aiken**? No, nel 1963 non c'era alcuna vittoria in vista, in Vietnam, come non ce n'era in Iraq quando **Bush**, vestito da pilota di jet, disse: – *Missione compiuta.* –

Esplorare la possibilità di una soluzione negoziata, il suo metodo preferito? No, non si era in grado di individuare nella gerarchia vietcong un leader con cui poter negoziare i termini del ritiro con un accordo valido e soddisfacente per entrambe le parti.

Spingere perché il governo del Vietnam del Sud approntasse una serie di riforme politiche, economiche, territoriali e amministrative con cui guadagnare il consenso popolare? No, la famiglia corrotta e i proprietari terrieri che appoggiavano la dittatura nel Vietnam del Sud non avrebbero mai permesso tali riforme.

Quando Kennedy si convinse che l'unica soluzione era andarsene, dalla primavera del 1963 iniziò ad articolare una strategia di ritiro in tre parti. I **tre elementi della strategia** di Kennedy, adattissimi alla situazione attuale, erano:

1) "Chiarire che ce ne andremo." In una conferenza stampa (14 novembre 63) il presidente Kennedy fece proprio questo. Disse: – *Il nostro obiettivo è riportare a casa gli americani.* –

2) "Chiedere al governo locale un invito ad andarsene." Kennedy: – *Se il Vietnam del Sud ce lo richiede, riportiamo a casa le truppe il giorno dopo.* – (conferenza stampa, maggio 1963)

3) "Portare a casa le truppe gradualmente, cominciando subito." Kennedy: – *Speriamo di ridurre le truppe americane nel Vietnam del Sud per la fine dell'anno.* – (ottobre 1963)

Lasciare l'Iraq da subito su richiesta del governo locale non sarebbe per Bush né un abbandono né una ritirata, e il mondo tirerebbe un sospiro di sollievo nel vedere che gli Usa hanno ritrovato il senno. Kennedy non poté attuare il suo piano perché venne assassinato. Oops!

L'altra settimana, in conferenza stampa, **Donald Rumsfeld** ha detto: – *Un giorno verrà scritta la storia accurata della guerra in Iraq. Fortunatamente, per quel giorno sarò morto da tempo.* –

Sotto accusa per le intercettazioni di normali cittadini americani da lui autorizzate in segreto, Bush ha dichiarato che dopo l'11 settembre aveva promesso di difendere il Paese con tutti i mezzi in suo potere. Ormai dà la colpa di ogni cazzata che fa all'11 settembre. È come se non dovesse più pensare a una scusa.

Ai critici che gli rimproverano di aver manipolato le informazioni al fine di vendere meglio la guerra, Bush ha replicato stizzito: *– Perché manipolare le informazioni quando puoi semplicemente ignorarle? –*

Let my people go

La settimana scorsa, un ragazzo di quindici anni è arrivato a cinquecento metri dalla vetta dell'Everest. Alla domanda *"perché l'hai fatto?"* ha risposto che voleva raggiungere un posto dove sua madre non lo beccasse a farsi le pippe.

Previti

Cesare Previti, ex ministro, avvocato del gruppo Berlusconi, mega evasore fiscale, è stato condannato perché ha corrotto un giudice con soldi Fininvest. Adesso non è più possibile diffamarlo.

– Previti è stato condannato per qualcosa che non ha fatto! – hanno detto i suoi difensori. È vero: non ha nascosto le prove.*

* Oh, è quasi troppo facile.

Logica della follia

Imprenditore uccide la moglie e si costituisce.

Venezia – È stata strangolata dopo esser stata colpita con una decina di bottigliate in testa: così è morta E.N, sessantaquattro anni, danese, uccisa dal marito, M.A., sessantatré anni, imprenditore del vetro. ("la Repubblica", 9 dicembre 2005)

Caffarra

– *Il femminismo è contro le donne,* – ha detto nell'omelia dell'Immacolata **monsignor Caffarra**, arcivescovo di Bologna, noto esperto di donne.

Crema

Un medico di Seattle avrebbe inventato una crema che rende più intenso l'orgasmo femminile. La crema funziona meglio se applicata da Brad Pitt.

Tud!

Durante uno show al Metropolitan, Pavarotti è inciampato ed è caduto. Delusi i melomani: anche il tonfo era stonato. Comunque, adesso, per la prima volta nella sua storia, il Metropolitan ha due buche per l'orchestra.*

* Per dimagrire, Pavarotti si è fatto cucire lo stomaco. Purtroppo i punti di sutura erano fatti di prosciutto.

Secondo un tabloid inglese, Pavarotti soffrirebbe di anoressia, contratta dopo aver mangiato Kate Moss.

Casini

Il presidente della Camera **Casini** ha dato il via libera alla **commissione d'indagine sulla 194**. Le elezioni sono alle porte e Casini ha un mese di tempo per ingraziarsi definitivamente Ratzinger e Ruini. Sempre che la commissione non si imbatta nell'**articolo 15** della legge 194, secondo cui consultori e strutture pubbliche sono tenuti ad applicare le tecniche scientifiche meno invasive e rischiose per l'interruzione di gravidanza. Ora: criminalizzare l'aborto non è scientifico; ed è molto più rischioso della **Ru486**. Se la commissione scopre tutto ciò (e se alle donne sarà quindi lasciato il diritto di scegliere, alla faccia delle criminalizzazioni ecclesiastiche) Casini è spacciato. Spacciato? Si ritroverà con meno voti del margine d'errore. Deve sperare che sia un aborto di commissione.

In America hanno avuto più fantasia: per mettere in discussione la legge sull'interruzione di gravidanza (la **Roe vs. Wade**), i teo-con hanno proposto una legge sulle Vittime Non Nate di Atti di Violenza (**Lacy & Conner Law**), per la quale se l'uccisione di una donna incinta causa anche la morte del feto, i crimini federali diventano due. Non ditelo al Movimento per la vita, non voglio si facciano venire strane idee.

Credo ci sarebbero molti meno aborti se le adozioni fossero più facili. Coraggio. Non è che può adottarli tutti Angelina Jolie.

Le coppie! Come hanno un figlio, subito a raccontarti delle soddisfazioni, ma soprattutto di quanto sia dura avere un figlio. – *Eh, è dura avere un figlio.* – Non è duro per niente. Volete sapere cos'è duro? Cercare di convincere la propria ragazza ad avere il terzo aborto. Questo è duro. Richiede tatto.

PUBBLICO: *Ooohh!*

IO: *Cosa c'è? Qualcuno di voi è stato abortito?*

UNO DEL PUBBLICO: *A me mi hanno trovato in un cassonetto.*

IO: *Tu puoi parlare.*

The Big Babol in the Skies

È morto l'inventore del chewing-gum. La sua salma è stata appallottolata e poi appiccicata sotto un banco scolastico.

Eclisse

Giampiero Galeazzi si è recato in Sudafrica per vedere l'eclisse solare. Al termine ha dichiarato: – *Oh, questa posso farla anch'io.* –

Giocattoli

Stando a un'inchiesta su Internet, il giocattolo preferito da ogni bambina è la bambola Barbie. Quello preferito da ogni maschietto invece è se stesso.

Il bambolotto Ken ha compiuto quarant'anni. Ha detto che il suo solo problema è non avere un pene.

Ogni scarrafone

Il risultato di cinque anni di **governo berlusconiano**: democrazia cancellata, politica internazionale trasformata in guerra, lavoratori ridotti a merce, risorse e persone privatizzate, avanzo primario giù di quattro punti, il debito pubblico al 110% del PIL, una crescita economica zero rispetto al +1,5% dell'Europa, l'irresponsabile Tremonti di nuovo all'economia. Un mese fa dei matematici di Cambridge hanno scoperto il più grande numero primo. Era il deficit di Tremonti. (Sulla sua lapide, **Tremonti** farà scrivere: *"Circondato da idioti".* Lapide che andrebbe bene anche per D'Alema. Dal punto di vista comico, Tremonti e D'Alema sono lo stesso personaggio.)

Non restava che mandarla in vacca e così **hanno cambiato le regole elettorali**. (Un classico di Berlusconi, che ama vincere truccando la gara. Ha bisogno di soldi per creare un impero? I soldi arrivano, ma non si sa da dove, e quando indaghi, arrivi a un microfilm bruciato. Dei prefetti stanno per chiudere le sue tv? **Craxi** torna da Londra per firmargli apposta un decreto salva-tv, poi gli fa la legge Mammì. Viene imputato di reati? La sua maggioranza vota leggi che gli agevolano la prescrizione. Silvio è il pugile che ha sempre un ferro di cavallo nel guantone.)

C'è chi lo trova spiritoso perché racconta barzellette. Berlusconi dice barzellette non per far ridere, ma per ribadire il suo posto nella gerarchia.

Ieri **la mamma di Berlusconi** ha elogiato la politica di Silvio con semplicità, senza camicia di forza.

Grazie alla politica economica del suo governo, in Italia ci sono ormai solo due classi: ricchi e poveri. Niente classi intermedie. – *Io sono ceto medio.* – Adorabile.

Berlusconi è sempre lì a esaltare i suoi risultati e la sua competenza, ma non ne esibisce mai una prova. È il vero problema di Berlusconi: non sembra in grado di dire che non ce l'ha fatta. Ogni volta che apre bocca, adesso, sempre più persone ruotano gli occhi verso l'alto e pensano: – *Ecco che ricomincia.* – Silvio è diventato l'ospite che non se ne va.

Il limbo di Franceschini

La Chiesa ha abolito il **limbo**. Pensate quando scopriranno che solo i vestiti vanno in paradiso. (Una cosa che Cavalli ha sempre sospettato, peraltro.)

Dario Franceschini, coordinatore della Margherita: *"Perché si applaude la Chiesa se critica la devolution e si grida all'ingerenza quando interviene su altri argomenti?"* ("la Repubblica", 5 dicembre 2005)

È il motivo per cui preferisco non avere una religione: perché non voglio dover essere d'accordo con TUTTO quello che uno dice. Invece, se sei cattolico, a quanto pare non puoi scegliere quello che ti piace. A un cattolico come Franceschini, poi, una distinzione del genere non passa neanche per la testa! È il suo personalissimo limbo.*

*** Ultim'ora: la Chiesa abolisce anche il paradiso**

Paradiso, addio: il Vaticano ne ha dichiarato la scomparsa. La notizia a molti sembrerà irrilevante, ma è invece sconvolgente per chi è abituato a una tradizione cattolica irremovibile. È vero che l'esistenza del paradiso non ha mai goduto della considerazione di una verità scientifica, ma da millenni e fino a ieri il paradiso ha fatto parte della dottrina cattolica ufficiale. Ne parla l'ultimo catechismo di Ratzinger; Dante gli dedicò una cantica della sua *Commedia;* Pieraccioni ci titolò un film. Tutto finito.

Il paradiso era un luogo fantasmatico che la dottrina collegava strettamente col dogma del peccato originale e della salvezza ultraterrena. La dottrina, però, col passare degli anni era diventata sempre più insostenibile. Chi merita davvero il paradiso? Nessuno, secondo i teologi moderni. E così, a poco a poco, quasi senza accorgersene, nei seminari molti sacerdoti sono passati dallo studio del catechismo a quello della nuova Playstation.

L'addio al paradiso non può non rallegrare i credenti. Sia perché si è eliminata una stranezza, sia perché si è dimostrato che anche l'insegnamento cattolico può cambiare. Prossimamente: la Chiesa abolisce Dio.

Conferenza programmatica DS

Dalemiani e correntone ancora divisi sull'uso degli orfani kosovari come nanetti da giardino.

Il male

Silvio Berlusconi: – *La sinistra è il male*. –

La sinistra si è scusata di aver provocato questo commento.

Web&Spam

Da quando non sono più in tv ricevo un sacco di e-mail. Metà sono **spam**, e-mail spazzatura. L'altra metà invece sono informazioni utili sull'ingrandimento del pene.

Non che abbia bisogno di ingrandirmi il pene, ma sapete, quel mezzo centimetro in più tanto per umiliare gli altri nelle docce...

No, davvero. Non ne ho bisogno. Ce l'ho enorme. Una volta me lo stavo misurando. Ho perso il conto.

Un'altra volta ero in Africa a fare caccia grossa. Ero nudo. Incontro un leone. Vede il mio cazzo. Si è messo a piangere.

Tutt'altro che la verità

RaiSat Extra ha trasmesso la presentazione del libro *Nient'altro che la verità* di **Giulia Bongiorno** (palazzo Wedekind, Roma, il 5 dicembre scorso). **Pippo Baudo, Francesco Cossiga** e **Cesare Romiti**, seduti a destra della Bongiorno, ne hanno approfittato **per assolvere Andreotti** dal reato di partecipazione all'associazione a delinquere Cosa Nostra, facendo finta che la Bongiorno avesse vinto la causa relativa.

L'avvocatessa Bongiorno, spiega Pippo Baudo, lesse ogni carta processuale ben cinque volte ciascuna (– *E sono decine di migliaia!* –) per comprendere appieno il loro significato. (Le avesse lette sei volte, magari ci arrivava davvero, al loro significato: Andreotti, fino all'80, ha fatto parte dell'associazione a delinquere Cosa Nostra. È stato provato infatti che **Andreotti incontrò i capi dell'ala moderata della mafia, Bontate e Provenzano, tramite Salvo Lima,** che era capo della sua corrente in Sicilia. Andreotti *"dialogava coi mafiosi", "chiedeva loro qualche favore", "inducendoli a fidarsi di lui e a parlargli di fatti gravissimi come l'assassinio di Mattarella nella sicura consapevolezza di non essere denunciati".* Fino all'80, quando della mafia nessuno sapeva nulla. Solo che il reato commesso è caduto in prescrizione. Con coerenza, qualcuno si è incaricato poi di fare **una legge per impedire al giudice Caselli, che istruì il processo, di diventare capo della Superprocura antimafia**.

Andreotti, **con la stessa faccia con cui negava di conoscere i Salvo**,* andò poi in tv a parlare di manipolazione dei pentiti (**falso**: nessun pentito che lo accusa è stato denunciato per calunnia); e a dire che la Cassazione non poteva annullare la prescrizione (**falso**: poteva annullarla).

* So quando l'Italia è impazzita: il giorno in cui Andreotti ha ammesso in tribunale di conoscere i cugini Salvo. Con la stessa faccia lo stesso tono di voce lo stesso sorrisetto da presa per il culo con cui l'aveva negato per anni. Nella mia mente – nella mente di tutti – le due immagini quasi simili (no, sì) sono entrate in conflitto. Non conoscevo, sì conoscevo, non conoscevo, sì conoscevo. Dopo una settimana dalla sentenza di assoluzione con prescrizione del reato commesso, Andreotti veniva accolto in Vaticano fra gli applausi dei cardinali. E a quel punto, stremata, l'Italia è impazzita.

Cossiga, sempre convinto che le voci nella sua testa siano altre persone, per non essere da meno **attacca Rita Borsellino!** – *Sciascia mi spiegò i professionisti dell'antimafia. E qui taccio perché è un fatto di queste ore. Adesso non abbiamo solo l'ucciso, ma anche la sorella dell'ucciso. Poi avremo il nipote dell'ucciso e così via.* – Baudo, che ha appoggiato pubblicamente la Borsellino, tace, ma fa una faccia come se avesse in bocca un bignè di diarrea.

(Avessi un mio programma tv, parlerei volentieri di queste cose, ma non è più possibile. Cossiga disse di ***Satyricon***: – *La storia dello spettacolo non potrà mai giustificare la volgarità e la violenza politica e morale di un varietà indecente come quello condotto dal signor Luttazzi.* –)

Romiti spiega invece perché il libro non lo ha scritto Andreotti: perché *"Andreotti sente così aliena da sé l'intera vicenda che è come se fosse capitata a un altro".* (!) Andreotti, che sembra sempre arrivato giovedì scorso, se la godeva, seduto in prima fila.

Britney

Britney Spears ha dichiarato che non potrebbe mai aumentarsi il seno con la chirurgia plastica. Per cui, lo farà fare a un chirurgo plastico.*

* Tre anni fa disse che intendeva restare vergine fino al matrimonio. Quindi pare abbia aggiunto altre cose, ma i giornalisti stavano ridendo troppo forte per riuscire a sentire.

Britney cantava canzoni d'amore già a tredici anni. A tredici anni non sai un cazzo dell'amore. Parla piuttosto di cose che ti stanno capitando! *"Mamma, sto sanguinando / per la prima volta."* Prima il marchese, poi le canzoni d'amore. Non il contrario, sennò non ci si capisce più niente!

All'inizio della guerra in Iraq, Britney disse su Mtv: – *Credo che dovremmo appoggiare il presidente in ogni sua decisione.* – Che bel messaggio per i giovani: *"Siate dei pecoroni!"*.

Telefonini

Continuano a sfornare nuove suonerie per cellulari. Mi consola il pensiero che l'industria non perde di vista la funzione principale del telefonino: dar fastidio agli altri al ristorante.

Pringles

Le Pringles all'inizio dovevano essere palline da tennis. Le confezioni a forma di tubo erano già pronte. Poi invece del sacco di caucciù arrivò per sbaglio un sacco di patate; ma il signor Pringle non si scoraggiò. – *Ho un'idea! Lessatele, pressatele e con la poltiglia sagomatemi delle patatine,* – disse.

La Terra risorgerà come nuova, il leone giacerà con l'agnello e la capra farà un pompino alla piccola ape

Il design intelligente, versione neo-con del creazionismo, non è scienza. Le sue teorie equivalgono a dire che un thermos tiene calda l'acqua calda, e fredda l'acqua fredda, perché è dio. Tanto varrebbe adorare l'Eni. La stupidità non è un modo per conoscere le cose. Un tuono origina dall'improvvisa espansione dell'aria in seguito a un fulmine. Non è Dio che scoreggia.

Poli

Urgono nuovi simboli per i due poli. Suggerisco "Cani" e "Gatti". Ritengo che quelli di sinistra dovrebbero essere i cani, in quanto i gatti sono snob stronzetti ed egoisti che ti ringraziano del cibo che gli compri pisciandoti in casa dappertutto. Un po' come Tremonti.

Consorte

"Solo per dirti che sono la donna più felice del mondo, perché ho te AMORE MIO GRANDE TI AMOOO, *capito?"*

Sms di Anna Falchi a Stefano Ricucci, "la Repubblica", 6 agosto 2005

"Con chi hanno avuto contatti Abete e Della Valle, molto attivi nel contrastare il progetto Unipol? Sarebbe interessante conoscere anche queste conversazioni, se non altro per non subire un'asimmetria informativa, da cui discende poi un'asimmetria di giudizio e di valutazione sulle opzioni in campo."

Piero Fassino, "la Repubblica", 15 agosto 2005

"Consorte indagato. Tempesta giudiziaria sui vertici dell'Unipol."

"l'Unità", 8 dicembre 2005

28 giugno

ore 16,10. **Anna Fassino** telefona a **Della Valle**.

Anna: "Piero passa ore a tagliare buoni sconto dalle riviste, poi li usa per comprare dozzine di cose che non ci servono e si vanta di aver risparmiato quattro euro! (...) Quando si rompe qualcosa, lo mette da parte per i 'ricambi', non si sa mai. La cantina è un cimitero di elettrodomestici rotti. Tv, radio, frigo, lavatrici, tostapane. (...) In cucina è sempre lì a dirmi: – *Aspetta. Lascia che ti mostri come si fa.* – Se sto sbucciando un'arancia o sbattendo delle uova, lui deve mostrarmi che ha un modo migliore. Più efficiente. Più facile. Mi fa infuriare. Rilava piatti che ho già lavato, riorganizza scaffali che ho già ordinato, riempie cassetti che ho già vuotato. Una volta ho spostato una caffettiera per avere più spazio per cucinare. Cinque minuti dopo, l'aveva già rimessa al suo posto. (...) Al momento del dolce, devo scucchiaiare il gelato dalla terrina in modo che la superficie resti orizzontale, niente buche o collinette. (...) Mi prepara la lista della spesa ogni mattina. Poi la firma con le sue iniziali, PF. Come se altrimenti non sapessi chi l'ha scritta. (...) Deve verificare tutto quello che dico. Mi chiede: – *Il latte è finito?* – Rispondo di sì. Ma lui guarda lo stesso nel frigo. Dico che sta piovendo, va a vedere alla finestra se è vero. Mi chiede cosa sto cucinando, ma non gli basta che glielo dica. Guarda nella pentola. (...) Non riesce a rilassarsi. È sempre lì a scrocchiarsi le nocche, tamburellare con le dita, giocherellare coi pollici, piegare le ginocchia, rigirarsi l'anello, aggiustare la cravatta. Non sta fermo un attimo, neppure nel sonno. Rilassarsi lo rende nervoso. E se gli faccio un complimento, gli vengono i lucciconi".

ore 17,15. **Linda D'Alema** telefona ad **Abete**.

Linda: "Massimo i suoi vestiti li allinea per tessuto e colore. I suoi fazzoletti, le sue cravatte: tutto è in perfetto ordine. Se una camicia è appesa nel posto sbagliato, dà in escandescenze. Non esce se le sue scarpe non sono lucidate di fresco. La casa puzza del suo lucido da scarpe e siamo sempre in ritardo. Hanno tutte la loro forma di legno e ogni paio è ricoperto da un panno".

ore 19,50. **Giovanna Petruccioli** telefona a **Della Valle.**

Giovanna: "Claudio conserva le cose. Amava il suo certosino, così ha conservato alcune delle sue palline di pelo. Quel gatto è morto da dieci anni. Lui ha ancora le sue palline di pelo nel comodino. (...) Quando gli viene un raffreddore anche minimo, si mette subito a letto sotto le coperte, rannicchiato come un bambino bisognoso di affetto, in attesa che 'mamma' lo faccia stare meglio. Ma non prende aspirine, perché mascherano i sintomi. Che elenca in dettaglio man mano che si sviluppano. (...) Fa docce molto lunghe, durano anche più di mezz'ora. Non so perché. Né voglio verificare. Temo di beccarlo mentre è impegnato in qualcosa di 'personale'".

29 giugno

ore 18,20. **Barbara Palombelli** telefona a **Della Valle**.

Barbara: "Francesco fa continuamente giochi di prestigio, ovunque siamo. In fila alla cassa del supermercato, nella sala d'aspetto del dentista, in spiaggia, in treno. Cava un euro dall'orecchio di qualcuno, ne trova un altro nel naso di qualcun altro. Tiene nel portafoglio una lista di barzellette. Gli servono quando vuole essere simpatico. Comunque la situazione è migliorata. Una volta faceva le imitazioni".

3 luglio

ore 15,20. **Lella Bertinotti** telefona ad **Abete**.

Lella: "Ti ho detto che Fausto gioca al Lotto? È il suo piano pensionistico".

ore 16,40. **Abete** telefona a **Della Valle**.

Abete: "Lei gli spruzza il proprio profumo negli armadi. Ecco perché tutto quello che indossa Bertinotti sa di Calèche".

ore 17,10. **Sandra Mastella** telefona a **Della Valle**.

Sandra: "Clemente fa i gargarismi tutte le mattine. È il suono al quale mi sveglio. Ho detto tutto".

ore 17,55. **Della Valle** telefona a **Carlo Rossella**.

Della Valle: "Sandra tiene i suoi gioielli sparsi per tutta la casa. Lui li trova nella doccia. Nel letto. Nella dispensa. Nel forno. Poi lei va nel panico perché non li trova, sicura com'è che glieli abbiano rubati".

ore 18,05. **Lucrezia** (un flirt di Cacciari) telefona a **Della Valle**.

Lucrezia: "In questo momento, Massimo è in piedi davanti allo specchio, a provare il suo 'sguardo sexy'".

8 luglio

ore 11,35. **Luisa Marini** telefona ad **Abete**.

Luisa: “Franco non pulisce mai l’auto. È piena di ciarpame. Non oso entrarci perché le mie scarpe si appiccicherebbero al tappetino. Cartine di caramelle, mozziconi di sigari, bottiglie di gazosa, stecchini di Chupa Chups. L’ultima volta che ho guardato c’erano dodici tramezzini smangiucchiati. Ci stava crescendo sopra la muffa. Di più: c’era della muffa sulla muffa! (...) Certi giorni non si lava i denti. Se gli chiedo perché, risponde che li sta facendo riposare. (...) Colleziona la sporcizia del suo ombelico. Se la toglie ogni sera, a letto. All’inizio la teneva in un bicchiere di carta. Quando il bicchiere si è riempito, è passato a un sacchetto di plastica. Ormai deve avere messo da parte qualche etto di quella roba. (...)”.

Ore 12,00. **Franco Marini** telefona ad **Abete**.

Marini: “Cosa vuoi, con mia moglie tutto dev’essere sterile. Una volta ha pulito una gabbietta con l’ammoniaca e ha ucciso il criceto”.

11 luglio

ore 9,50. **Flavia Prodi** telefona a **Della Valle**.

Flavia: “Quando litighiamo, Romano diventa passivo-aggressivo. Non mi parla più. Mi ignora. Non sono mai esistita. Poi mi giro di scatto e lo becco che mi fa le smorfie alle spalle”.

Ore 10,40. **Romano Prodi** telefona a **Della Valle**.

Prodi: “È sempre convinta che ci sia qualcosa che non va. Le dico che non c’è nulla che non va. E lei: – *C’è qualcosa. Lo sento.* – Finisce che mi invento qualcosa giusto per accontentarla. Faccio lo stesso con Parisi. Smorfie alle spalle comprese”.

Ultim'ora:

Provetta di virus mortale inviata per errore a bin Laden.

Gennaio 2006

Discorsetto di inizio anno

È bello quando i fan ti scrivono e-mail. Nel vecchio sito, molti volevano che abbandonassi il Flash in modo da permettergli di copiare i miei testi per spedirli agli amici. Io rispondevo sempre: – *Grazie del gentile interessamento, cercherò di rimediare.* – Ma nella mia testa pensavo: – *Succhiatemi il cazzo.* –

Poi una di voi mi ha convinto altrimenti. Anche se non so nulla di computer, per fortuna ho un amico che è come Keanu Reeves in *Matrix*; ed eccomi qua.

Dopo due mesi di prova, un primo sommario dell'avventura: confusione, complimenti e critiche, tutte cose che non si possono mettere in lavatrice.

Come tutte le innovazioni di successo, **Internet** ha raggiunto le proporzioni attuali lucrando su un bisogno ancora non soddisfatto dal mercato: quello di un modo più efficiente per inviare posta indesiderata e ricevere foto di minorenni prosperose che fanno sesso anale non protetto. (Sul web incontri di tutto. Scrivi su Google: "sesso+gruppo+mucche morte incinte", Google prontamente ti chiede: "specificare tipo di mucca".)

Su questo **blog** (nella chat, nelle lettere) alcuni di voi ultimamente invocano un mio aiuto su decisioni politiche (movimenti di controinfo, lotte ecc.) ed elettorali (chi votare?). Addirittura c'è anche chi ha pensato di coinvolgermi per usare la mia notorietà come "testimonial" durante azioni sul territorio.

Io diffido della massa e del suo bisogno di un capogruppo, di un leader. Strano che accada sul web: la rete è orizzontale e interconnessa. Sono i partiti politici ad avere una struttura piramidale top-down. Per un **cybernauta**, la pretesa dei leader di ergersi a capo dovrebbe essere irritante. Figuriamoci fomentarla. Eppure.*

* Spesso la massa viene confusa dalle opinioni dominanti. Un tipo in pelliccia, in pieno centro, si stava masturbando davanti a un asilo. La gente si infuriava: – *Ehi tu! È una pelliccia vera?* –

Nel mondo elettronico, tutto è in risonanza. L'esperienza diventa tribale, e la conoscenza, che si fa profonda e non connessa, alimenta la paranoia, la perdita d'identità, la violenza. Per questo Internet tende a favorire il pensiero dietrologico.

Le tre balle più frequenti che circolano in rete:
– Frank Sinatra ha sempre mimato. La voce che cantava era di un suo cugino deforme.
– La De Filippi si faceva la Barale mentre Costanzo guardava.
– L'ultimo film di Bernardo Bertolucci è un capolavoro.

La satira, per definizione, è contro il potere. Contro ogni potere. È una combinazione di ribellione e irriverenza e mancanza di rispetto per l'autorità.

Come si uccide la satira? Dandole potere. Per questo l'attenzione che i media riservano alla satira va temuta come una malattia incurabile. O come un elogio di Marcello Dell'Utri.

Un autore satirico deve saper resistere alla **tentazione del potere**. Certo, ogni battuta contiene una piccola verità, è questa che ci fa sorridere; ma se cominci a pensare che il tuo compito di autore satirico sia quello di "dire la verità", hai già ceduto alla tentazione del potere. A poco a poco, quasi senza accorgertene, ti dimentichi della satira e finisci per concentrarti sulla "denuncia". Che fra l'altro è un giochino più facile (la satira è un'arte, la denuncia la sanno fare tutti, a volte perfino i giornalisti) e dà soddisfazioni più grossolane.

Mammamaria, in chat, ha commentato: – *Daniele non è un leader* –. Alcuni hanno obiettato, altri convenuto. A nessuno è venuto in mente che c'è anche chi non vuole esserlo, un leader. È una lusinga (quella del potere) che identificai quando "l'Espresso" mise la mia foto in copertina all'epoca di *Satyricon* e a cui cerco di resistere il più possibile. La satira è esercizio di libertà. La libertà è qualcosa che tu hai già, non sono altri a dartela. Per questo, nessuno può vantarsene (come fa sempre Berlusconi: – *Nelle mie reti c'è la massima libertà!* –). Per questo ha commesso un grosso errore chi è andato da Celentano a farsi dare il microfono (Santoro, Sabina Guzzanti).*

* La Rai infatti ha subito capitalizzato. – *La presenza di Santoro e della Guzzanti è la dimostrazione che in Rai c'è libertà,* – ha dichiarato un dirigente Rai al "Corriere".

La libertà al massimo possono togliertela. **Foucault**, il pensatore del potere, sottolineava come il potere si nutra proprio della libertà degli uomini.

A un leader viene riconosciuta di solito una eccellenza particolare, fra i cui connotati uno dei più importanti è l'assenza di contraddizioni. – *È senza mac-*

chia! – La satira, che è libertà, è il contrario: la sua forza è proprio la contraddizione, il riconoscere che la natura umana è contraddittoria. È la lezione di **Lenny Bruce**: un autore satirico non è migliore dei suoi bersagli. Nessuno è senza macchia. Quando Bruce attaccava il cardinal Spellman, gli strali erano un tutt'uno col racconto della propria miseria umana, ne erano il sottotesto costante. Come direbbe Foucault, non esiste un fuori dal potere.

Ma anche se non siamo padroni di noi fino in fondo, possiamo cercare di resistere al dominio. Chi crede di essere migliore; e addita il malcostume altrui con piglio da Savonarola; e accetta investiture popolari (la "democrazia dal basso", massì); e si fa leader; e lascia che l'establishment dell'informazione lo tratti come tale; chi accetta tutto questo ha già ceduto alla tentazione del potere. **Talia**, dea della comicità, dopo un po' lo abbandona. Alla lunga, il satiro potente finisce nella polvere, come tutti i potenti.

Il vostro compito? Aiutare me, e gli altri che potrebbero cascarci, a non cedere a questa lusinga. La satira dev'essere contro ogni potere, anche contro il potere della satira. Il cardinal Spellman è morto, Lenny Bruce vive.

(Ho provato questo discorsetto per tre settimane davanti al mio cane. Per cui quando ho finito non applaudite. Venite qui ad annusarmi il pacco.)

Elvis

L'8 gennaio del 1935 nasceva a East Tupelo, Mississippi, Elvis Presley. I fan hanno festeggiato nel solito modo: ingoiando tutte le pasticche che hanno trovato nell'armadietto del bagno.

Mucca pazza

Il morbo della mucca pazza è arrivato negli Usa colpendo una mucca importata dal Canada. Le autorità minimizzano: è solo una mucca. Ehi! Una sola mucca è un intero anno di carne per hamburger!

Gli Usa hanno macellato quattrocentocinquanta vitelli appartenenti alla mandria della mucca poiché non c'è modo di stabilire se un bovino è ammalato finché non abbia un paio d'anni. La decisione ha colpito la sensibilità di molti: è tragico che un vitello venga macellato nell'infanzia, prima ancora che abbia la possibilità di crescere, diventare adulto e venire macellato.

Le autorità sanitarie hanno diramato un dispaccio a tutte le mucche affinché evitino di fare viaggi in Canada.

Come precauzione ulteriore, è stato vietato l'utilizzo del cervello e del midollo di bovino adulto per alimentare altre mucche. A meno che, ovviamente, queste mucche non finiscano in un disastro aereo sulle Ande.

Happy birthday to meeee

Il 26 è stato il mio compleanno. L'ho festeggiato nel solito modo: ho soffiato sulle candeline, poi ho chiesto a Lapo Elkann di sgocciolarmi la cera sui capezzoli.*

* Siete di quelli che non possono fare a meno di armonizzare le ultime note di *Buon compleanno*? Smettetela. Non lo sapete che ogni volta che qualcuno armonizza le ultime note di *Buon compleanno*, un angelo si becca la lebbra alle ali?

Perdiamo un sacco di tempo a cantare *Buon compleanno*. Con una versione ridotta, aggiungeremmo anni alla nostra vita. Così: *Buon compleanno / a te*. Punto.

Quando hai meno di dieci anni sei così eccitato di crescere che pensi in frazioni: – *Ho sei anni e mezzo!* – Nessuno ha mai trent'anni e mezzo. Poi accade un fatto strano. Arrivi ai novanta e torni di nuovo bambino. – *Novantaquattro. E mezzo!* –

Unipol

Il ministro delle Comunicazioni Landolfi (AN), non so se lo avete presente, quello che ha una faccia che sembra un tumore benigno; Landolfi ieri ha chiesto: – *Perché non ho visto nessun comico di sinistra fare satira sulla Unipol?* –

Non ci hai visto perché ci avete cacciato tutti quanti dalla televisione!

Fa anche lo stronzo!

Tutti i comici di sinistra hanno fatto satira sulla Unipol. Quando un argomento si presta alla satira, non ce lo lasciamo scappare. Io credo di essere stato il primo, lo scorso settembre, alla **Festa Nazionale dell'Unità**, Palamazda, Milano. Cinquemila persone. Dico:

– *Caso Unipol. Pubblicate le prime intercettazioni telefoniche, c'è chi specula cercando di tirare in ballo Fassino perché telefonava a Consorte. Una mossa squallida: Fassino è onesto, può telefonare a chiunque. Ha telefonato anche a me: aveva sbagliato numero.*

Oh, il progetto è lungimirante. Creare la banca delle Coop: paghi due mutui, ne prendi tre. No? Eh, già...

La questione Unipol, prima che morale, è gastrica: Unipol vuole papparsi la Bnl, che è quattro volte più grossa. Il topolino vuole mangiarsi l'elefante. Avete idea di quanto verrà a costare solo di alka-seltzer?

Per non parlare del rutto. –

Il rutto è arrivato.*

* E quest'anno non mi hanno invitato, alla Festa dell'Unità.

Adesso è evidente il grave errore politico: fidarsi di uno che fa affari con i Fiorani e gli Gnutti; e non accorgersi che ti sta raccontando un reato! Le intercettazioni saranno anche illegali, ma certe frasi pesano:

FASSINO: *Bbva cosa offre?*

CONSORTE: *2,52 in azioni. Noi offriamo istant cash.*

FASSINO: *Cazzo!*

(Questa è la cosa più sconvolgente: Fassino che dice cazzo.)

CONSORTE: *Noi in realtà abbiamo già in mano il 51%.*

(Qui Consorte ammette un reato. Non puoi avere il 51% e lanciare un'Opa.)

FASSINO: *Sono possibili ricorsi in sede giudiziaria?*

CONSORTE: *Noi non ne vediamo neanche uno.*

(Purtroppo, i pm hanno diottrie migliori.)

Scoppiato il bubbone, Fassino va in tv ospite di **Fabio Fazio,** come se avessimo bisogno di un altro gesto vuoto. Spiega che alla trascrizione delle telefonate mancano i toni di voce, che sono importanti. Lui semplicemente si stava informando. Fazio prende la scusa per buona e si guarda bene dal leggere a Fassino l'ultima frase dell'intercettazione. Consorte vuole denunciare chi lo ha calunniato. E Fassino: – *Prima di denunciare aspetta. Prima portiamo a casa tutto.* – Questo non mi sembra uno che si "informa".*

* Riassumendo: Fassino è onesto ma nel 2005:
ha riabilitato Craxi!
si è fatto scrivere i discorsi dal suo amico filosofo Sebastiano Maffettone, già ghostwriter di Craxi!
è andato ospite dalla De Filippi, dove s'è anche commosso!
ha fatto radio con Diaco!

ha candidato Ostellino!
ha appoggiato Consorte!
e come se non bastasse ha seguito i consigli di Klaus Davi!**

** Klaus Davi, all'anagrafe Sergio Bardotti, uno che usa locuzioni quali "la issue turismo" per dire "il problema turismo", scrive spesso che la sinistra perse le elezioni nel 2001 non per colpa della sua inesistenza in campagna elettorale, ma per colpa dei comici in tv: un preconcetto che in questi quattro anni è stato un ritornello dei corifei di destra. L'ultima volta (maggio 2006) gli ho risposto per le rime, lui ha replicato via e-mail, io ho controreplicato; ma "l'Espresso" ha poi accorpato le mie due risposte, omettendo la parte su Davi consulente di Fassino e la difesa, ridicola, di Davi. Riproduco le versioni integrali:

5 maggio
Caro Direttore,
Klaus Davi ripete per l'ennesima volta la sua teoria secondo cui la strategia più giusta per vincere le prossime elezioni sia il low profile e che la caporetto del 2001 sia da imputare ai comici di sinistra. Un'opinione del tutto campata per aria che però Davi esibisce come una certezza scientifica (anche dal pulpito tv a cui lui, a differenza di altri, ha accesso). Per non parlare del cattivo gusto di lodare Fassino, di cui è il consulente per l'immagine.
DL

6 maggio
Caro Luttazzi,
sarà un caso ma le elezioni del 2002, 2003, 2004, nonché le regionali dello scorso aprile, sono state vinte dal centrosinistra senza trasmissioni che criminalizzassero gli avversari politici ma con la semplice forza degli argomenti. Concordo con lei, comunque – mi creda – sul fatto che qualunque tipo di censura sia inaccettabile, e auspico da sempre il suo ritorno in video e quello di Santoro e Biagi per il bene della democrazia e dell'informazione.
Quanto alla citazione di Piero Fassino, qualche mese fa "il Foglio" mi punzecchiava proprio perché mi riteneva pubblicamente troppo duro nel sottolineare gli errori di comunicazione dell'Unione, insomma veda lei... Senza contare che, a differenza di superstipendiati anchorman, quando il sottoscritto crede in una causa, sceglie anche di lavorare gratis... e, almeno fino a ora, con successo.
Con stima Klaus Davi

Caro Davi,

da tre anni gli italiani stanno votando contro Berlusconi, non per il centrosinistra. Il motivo è la crisi economica, non i comici resi invisibili.

DL

"Il Foglio" qui non ha torto: Bardotti è consulente per l'immagine di Fassino e sottolinea gli "errori" di immagine dell'Unione. Dato che non ha lui come consulente, par lasciare intendere il Bardotti.

Davi però ha ragione quando sostiene che Fassino sarebbe un ottimo testimonial per il succo di prugne.

Irresponsabile il comportamento di Consorte. A pochi mesi dalle elezioni, poi! Inspiegabile, almeno fino a oggi. Ma è uscita poche ore fa un'Ansa che spiega tutto. Sentite qua:

CONSORTE AMMETTE: – *ERO FATTO DI CRACK QUANDO HO DECISO DI SCALARE BNL.* –

(Ansa) Nel tentativo patetico di placare i bollenti spiriti del mondo cooperativo, l'ex presidente di Unipol Gianni Consorte ha ammesso oggi che era fatto di crack quando decise di scalare la Banca Nazionale del Lavoro.

– *Questo spiega molto,* – ha detto S., una segretaria Unipol che preferisce restare anonima, mica è scema.

– *Abbiamo imparato una cosa da questa vicenda,* – ha dichiarato un portavoce di Holmo, la holding che controlla Unipol. – *Scalate e crack non vanno bene insieme*. –

La Legacoop e i DS applaudono la sincerità di Consorte a proposito della sua scalata a base di crack, sottolineando che è l'unica spiegazione ad avere un senso compiuto (se si esclude l'avidità personale in barba ai principi cooperativi).

– *Dopo tutti quei discorsi sulle "nuove sfide strategiche", fa piacere ascoltarlo mentre ammette che era solo fatto di crack,* – ha detto Ernesto Mangaroni, presidente di AsiliCoop, una cooperativa di servizi che si occupa del recupero dei pastelli a cera dimenticati al sole dai bambini degli asili (diecimila posti di lavoro, ottanta milioni di euro di fatturato).

Unipol ha dichiarato che inserirà nel proprio statuto il divieto per i suoi dirigenti di fumare crack, *"specie nel momento di prendere decisioni su scalate e Opa"*. Nel contempo, verranno incentivati gli sforzi allo scopo di trovare modi più innovativi per addossare ogni colpa all'ex presidente Consorte.

Unipol sottolinea che l'Opa su Bnl andrà comunque avanti come la ideò Consorte. Unipol rassicura tutti di non essere fatta di crack al momento.

Trenitalia

Dopo gli ennesimi disagi e le ennesime polemiche, nominato un nuovo direttore generale di Trenitalia. Guiderà personalmente tutti i treni.

Intercettazioni

Smettetela di lamentarvi che qualcuno alla Telecom può ascoltare le vostre telefonate: non siete così interessanti. Perfino la persona cui state telefonando non vi sta ascoltando. Se vi preoccupa così tanto la privacy delle vostre telefonate, piantatela di farle quando siete seduti al cinema dietro di me.

Come previsto da **McLuhan** quarant'anni fa, il maggior lavoro nell'era elettronica è **tener d'occhio gli altri** (indici di gradimento, relazioni pubbliche, spionaggio). Però stanno esagerando. L'altra notte sono stato svegliato alle 2 dal 187: volevano sapere se ero soddisfatto di come le spie mi stavano intercettando.

Comunque, tranquilli: non avete nulla di cui preoccuparvi, se non avete mai fatto una telefonata.

Il Sisde cerca di calmare le acque. Una sua nota d'agenzia afferma: *"Non possiamo dirvi più di tanto. Fidatevi di noi. Siamo buoni. Non stiamo invadendo la privacy di alcun cittadino innocente. Comunque, se proprio volete saperlo, Cecchi Paone è frocio".*

Ieri sono tornato a casa e ho trovato Renato Farina sul mio letto che leggeva il mio diario.

Campbell's soup

Naomi Campbell ha rivelato che dorme con la luce accesa. Non è che abbia paura del buio: vuole solo vedere con chi sta dormendo.

Rompete le righe!

La logica del potere è il numero. "Più di centomila contatti al giorno!" E il blog relativo diventa potente. E temuto. E rispettato. E strumentalizzato (specie da chi lo fa). Ho notato che un blog tende ad assecondare le derive populistiche (di chiunque): il messaggio di un blog è che tu sei il contenuto, per cui è facile restare ipnotizzati dalla propria estensione di se stessi. Per bloccare sul nascere tali derive, questo blog torna a essere slow e one-to-one.* Io torno a studiare. Appuntamento qui fra dieci anni. Grazie a tutti. Ciao.

* E così sul mio computer avrò più spazio per il porno.

Febbraio 2006

Iraq

Qual era il piano?

Posso non essere d'accordo con te, ma difenderò fino all'ultimo il tuo diritto di stare zitto!

La vicenda è nota: in un Paese xenofobo, un quotidiano conservatore pubblica **vignette satiriche** che equiparano Maometto a un terrorista; le comunità musulmane locali chiedono ripetutamente al primo ministro una presa di posizione sull'episodio, questi rifiuta. Gli imam più conservatori rivolgono allora un appello al mondo arabo: si scatena il finimondo. Dopo proteste violente e ambasciate date alle fiamme, la mediazione e le scuse ufficiali portano a una tregua.

I più adesso concordano: **stupida la provocazione, eccessiva la reazione**. Fuori da questo contesto, la vicenda delle vignette danesi ha dell'incredibile. I commentatori ci hanno ricordato: che la libertà d'espressione satirica di un Paese corrisponde al suo gradiente di democrazia.

Che da noi la satira è tutelata dagli articoli 9, 21 e 33 della Costituzione.

Che l'*animus iocandi* deve sempre prevalere sull'*animus iniuriandi vel diffamandi*.

Che ogni religione, senza sense of humor, diventa fanatismo.

Che parte del mondo islamico non è in grado di accettare la satira come forma di discorso politico.

Che la satira reifica i suoi bersagli e per un musulmano è inaccettabile la reificazione del Profeta.

Che la religione è solo un pretesto per aizzare le folle contro simboli occidentali (mentre il governo libanese si è scusato con la Danimarca per l'incendio della sua ambasciata, la Siria non l'ha fatto per l'incendio delle ambasciate danese e norvegese).

Che rapimenti, decapitazioni e suicidi esplosivi non scatenano altrettanta rabbia, se compiuti in nome dell'Islam.

Che all'integralismo fanatico degli uni corrisponde la xenofobia razzista degli altri. (Vedi **il caso Calderoli-Mi-**

mun: Mimun intervista il ministro Calderoli nello spazio post Tg1 e Calderoli si apre la camicia per mostrare la T-shirt con sopra una delle vignette danesi! Calderoli è un ascesso nella mammella della civilizzazione.)

Che non sono le vignette a insultare Maometto, ma i terroristi che esplodono in suo nome.

Che le vignette antisemite pubblicate quotidianamente in Egitto e in Arabia Saudita sfruttano stereotipi di gran lunga più offensivi di quelli utilizzati per l'occasione dai vignettisti danesi.

Che i direttori dei giornali arabi, invocando anch'essi la "libertà d'espressione", continuano a pubblicarle.

Che non per questo i vignettisti arabi devono temere per la loro vita.

Che il profeta Maometto, quando in vita veniva insultato e dileggiato, rispose sempre col perdono, mai con la vendetta.

Che il Corano minaccia di morte gli infedeli. (Forse è solo un problema di traduzione. *"Uccideteli tutti ovunque li troviate"* magari nell'originale era *"Porgete l'altra guancia"*.)

Che non pubblicare le vignette perché questo potrebbe scatenare la violenza degli integralisti significa subire la loro violenza.

Che la comunità islamica deve isolare gli imam radicali.

Che nel mondo islamico legge divina e codice penale coincidono.

Che le convinzioni religiose urtano contro il nostro essere individui razionali del ventunesimo secolo.

Che l'uomo sta bene quando non ha bisogno di religioni che lo proteggano dal dubbio e dalla paura.

Che il messaggio delle religioni è: se metti in discussione l'amore infinito di Dio finisci dritto all'inferno.

Che, da un punto di vista antropologico, non puoi avere una religione senza un nemico.

Che la ragione sociale delle religioni è dare ai fedeli un senso di superiorità rispetto a un nemico immaginario.

Che i sacerdoti difendono il loro potere quando viene minacciato.

Che l'Europa moderna, laica, del commercio e della democrazia, appare col Rinascimento, nel momento in cui il cristianesimo, scosso dalla Riforma, comincia a perdere il controllo sull'organizzazione sociale.

Che la repubblica, la separazione dei poteri, il suffragio universale, la libertà di coscienza, l'eguaglianza dell'uomo e della donna non derivano dalla religione, che li ha anzi a lungo combattuti.

Che, grazie alla Rivoluzione francese, le adultere occidentali non vengono lapidate (però finiscono su "Novella 2000": questo, per alcuni, è progresso).

Desolanti **i paradossi**: gli xenofobi nostrani che adesso gridano alla libertà di satira sono gli stessi che contribuirono a cacciarmi dalla Rai; mentre chi parla di civiltà arretrate non si rende conto del fatto che, nel Villaggio Globale, sono gli integralisti a essere i più moderni: **i media elettronici infatti rendono tutti più reazionari**, e questo spiega tanto dei tempi attuali. Si pensi al dibattito sulle cellule staminali, un esempio perfetto di come il mondo si stia dividendo in religioso e non religioso. C'è chi vorrebbe mettere da parte la ricerca scientifica e affidare il futuro al pensiero magico. Perché non la divinazione sulle interiora di pollo, allora?

(Quello della **superiorità dell'Occidente** è un discorso ambiguo: gli arabi hanno inventato la matematica.)

(Per Bush sarebbe già un motivo sufficiente per bombardarli.)

Patetico invece l'argomento di reciprocità: **un quotidiano iraniano** ha bandito un concorso per la miglior vignetta sull'Olocausto. Rispondere a una provocazione idiota con un'altra provocazione idiota non è certo il modo migliore per favorire la tolleranza fra i popoli (vedi di nuovo la T-shirt mostrata da Calderoli a Mimun). Comunque dubito che il vincitore potrà mai superare l'estro di **Jules Feiffer**. Nel 1960, Adolf Eichmann fu estradato in Israele. Per l'occasione, a New York, qualcuno si presentò a un party con una spilla che diceva: *"I like Eich"*. Ilarità generale. L'unico a non ridere fu l'umorista Jules Feiffer. – *Dai, Jules, non lo trovi divertente? – – Solo fino ai primi cinque milioni.* –

Come si vede, per un autore satirico, **tutto può essere commentato in modo arguto**. La satira esprime un'opinione. L'unica idea che anche in democrazia non può essere ammessa è quella violenta: è già stata giudicata dalla storia. Una vignetta razzista è inammissibile. Il resto è campo libero.

Non c'è bisogno di trasferirsi nei Paesi arabi per trovare resistenze alla **satira sulla religione**. Cinque anni fa, a *Satyricon*, il produttore Bibi Ballandi mi chiese gentilmente di cassare lo sketch *"Esche insolite"*, in cui un pescatore faceva abboccare il pesce più grosso usando come esca **un crocifisso**. Accettai di posticiparlo all'ultima puntata: quando andò in onda, era diventato ormai l'ultimo dei problemi. Ma già alla seconda puntata il capostruttura di Rai Due Azzolini mi disse che era meglio togliere una battuta dal monologo iniziale, quella in cui, commentando la tesi di un teologo secondo cui "Dio è donna", dicevo: *"Dio non è donna. Se Dio fosse donna, lo sperma saprebbe di nutella"*.

(C'è chi proibirebbe la satira sulla religione perché **i sentimenti religiosi** vanno rispettati. Ma può un autore satirico rispettare i sentimenti di chi crede all'esistenza di un essere invisibile nel cielo che punisce le azioni umane? Giove, intendo. Altri, di solito i tromboni, si appellano al **buon gusto**. Ma la satira non ha niente a che fare col buon gusto. Molti, infine, eviterebbero la satira religiosa per non fomentare **l'odio**. Ma l'irriverenza satirica non è odio: è solo irriverenza. Se uno dimentica questo, davvero non se ne esce.)

Mi impuntai: non puoi fare un programma satirico se tagli le battute più spinose. Azzolini mi passò il direttore, **Carlo Freccero**, cui spettava l'ultima parola. Esposi il mio punto di vista: **per un autore satirico, la religione è uno dei tanti pregiudizi. La satira sulla religione non offende le persone, solo i loro pregiudizi.** Togliere quella battuta sarebbe stato un atto di censura. Censura delle mie idee sulla religione. Freccero mi diede ragione e la battuta andò in onda. Se ne deduce che è meglio per l'autore satirico se i direttori tv non sono integralisti, ma situazionisti. E meglio ancora se sanno qual è la differenza.

La grande lotta nel mondo, in questo momento, è fra la tolleranza religiosa e il fanatismo religioso: fra un Dio che è una figura paterna, amorosa, paziente come Bing Crosby nelle *Campane di Santa Maria*, e un Dio che è irascibile, vendicativo, spaventoso come Bing Crosby nella vita vera.

Tutte le grandi figure religiose erano un po' troppo piene di sé. Mosè diceva di parlare con Dio. Maometto diceva che Dio parlava attraverso di lui. Gesù diceva di essere il figlio di Dio. Buddha? Era grasso, ma non indossava tute da ginnastica. Ecco un pensatore libero.

Caricatura di Maometto autorizzata in Iran.

MI3

Tom Cruise sta girando *Mission Impossible 3*. Interpreta un agente segreto che cerca di catturare i malvagi che hanno realizzato *Mission Impossible 2*.

Carnevale

Nei negozi vendono maschere con le fattezze di Berlusconi. Se le mette Berlusconi per andare in giro senza scorta.

Fossi in lui – no, fossi in lui mi ammazzerei.

San Valentino

Con un gesto romantico, per San Valentino un uomo ha donato a sua moglie uno dei suoi reni. Terrorizzata, lei ha lasciato cadere il rene ed è corsa urlando fuori dal ristorante.

D&G

Stefano Gabbana ha messo in vendita la sua villa di Portofino per otto milioni di euro. La villa contiene quattordici stanze, cinque bagni e Domenico Dolce.

CSI

Oggi la polizia ha ufficialmente tracciato col gesso un contorno attorno alla carriera di Adriano Pappalardo.

Roma

Un anziano si è schiantato con l'auto contro un ristorante cinese. E il rumore era esattamente il nome di una portata! Dopo un'ora, il vecchio l'ha fatto di nuovo. L'avrebbe fatto anche contro un McDonald's, ma lì il cibo gli piace meno. Per fortuna, nel ristorante cinese nessuno è rimasto ferito, a parte il tipo che ha ordinato l'arrosto di maialino "extra piccante".

Doxa

Risultato degli ultimi sondaggi: – 29%, 48% e 11%.

– Da dove vengono i tuoi dati? –
– Da questo foglietto. –

Marzo 2006

È tornata l'ora legale

Non dimenticate di spostare in avanti gli elettroni del vostro orologio atomico.

Una mia lettera al "Corriere della Sera" (non l'hanno pubblicata)

Da qualche tempo, Arbasino si diverte a prendere in giro i comici *"full time anti Cavaliere"* prefigurando la loro disoccupazione in un futuro *"senza Cavaliere"*. Come se, prima di Berlusconi, in Italia non esistessero comicità e satira. **Arbasino** può dormire sonni tranquilli:

non mancheranno soggetti, anche dopo Silvio. L'argomento di Arbasino ricorda quello increscioso di **Sciascia** sui *"professionisti dell'antimafia"* ed è altrettanto insopportabile. Cosa vorrebbe, che stessimo a sopportare in silenzio lo sfascio? Fra Berlusconi e i comici, Arbasino sfotte i comici. Bravo!

BJ

Una donna norvegese è stata condannata da una giuria popolare perché in un party aveva praticato sesso orale su un uomo che era svenuto. Il processo è durato più del previsto in quanto i membri della giuria, ogni tanto, fingevano di essere svenuti.

Cellulari

Uno studio scientifico conferma che i cellulari possono essere molto dannosi per il tuo cervello. Specie se Naomi te li tira in testa.

Naomi Campbell ha dovuto pagare otto milioni di dollari per danni alla sua segretaria che aveva colpito in testa con un telefonino. La Campbell avrebbe potuto risparmiare due milioni di dollari con Wind.

Sat

Le immagini dal satellite dimostrano che certe parti di Venezia affondano di cinque millimetri all'anno. Altre cose che affondano di cinque millimetri all'anno? I testicoli di Massimo Cacciari.

Codice Da Vinci

Il Vaticano è infuriato col *Codice Da Vinci*, il thriller di Dan Brown: un libro che disprezzano perché è *"pieno di vicende immaginarie e inconsistenze ridicole"*.

Come la Bibbia.

Paese che vai

In risposta a Ken e Barbie, un fabbricante di giocattoli iraniano ha creato il loro equivalente mediorientale, i bambolotti Darha e Sara. Le bambole sono così realistiche che se togli il burka a Sara, Darha la lapida.

Brevetti

L'inventore Dean Kamen ha mostrato alla stampa un veicolo a due ruote parallele alimentato a batteria. Molti ritengono che il veicolo rivoluzionerà il modo in cui la gente viene investita dalle auto.

Elezioni

Con l'avvicinarsi della scadenza elettorale, si moltiplicano i passaggi in video dei candidati. Questa settimana, Berlusconi è stato da Vespa, da Floris e da Costanzo; Rutelli da Vespa; Fassino da Fazio; Prodi da Costanzo; e Achille Occhetto è apparso nel video di sorveglianza di un grande magazzino.

Berlusconi ha licenziato il consigliere elettorale responsabile della sconfitta alle regionali. Suo lo slogan infelice: – *Vi ucciderò.* –

La Rosa nel Pugno in testa fra gli elettori che non andranno a votare.

Vicenza

Durante il suo discorso all'assemblea di Confindustria, Berlusconi è sceso più volte in platea per togliere il pollice dei delegati dalla loro bocca.

Quartz

Mi diverte pigiare il pulsante del mio orologio digitale e mandare avanti il tempo. Di colpo è il 3045 e tutti quelli che conoscevo sono morti.

Campagna elettorale

In tv, negli ultimi secondi a disposizione (in modo che Prodi non potesse replicare) Silvio annuncia: – *Toglieremo l'Ici.* – È l'ultimo atto di una campagna elettorale condotta con molti colpi bassi. Doveva essercene un altro, ma Berlusconi non ha fatto in tempo a dire: – *Inoltre so per certo che Prodi si incula i cani.* –

Sogno il giorno in cui battute come questa potranno essere dette in un programma Rai.

Non è ironico che Berlusconi metta in guardia dal pericolo del comunismo con in faccia lo stesso cerone di Lenin?

Effetto serra

Un numero crescente di studi scientifici sul clima, finanziati dalle più potenti compagnie petrolifere della Terra, ha stabilito più e più volte che l'America può fare quel cazzo che le pare.*

* Oh, Bush ha ragione: gli uomini sono ossessionati col pianeta. E credo che questo sia avere il paraocchi. Nessuno ad esempio scrive che il riscaldamento globale è una buona notizia per i golfisti artici.

Aprile 2006

Votazioni

Prodi ha ringraziato Tremonti: non ce l'avrebbe mai fatta senza la sua politica economica.

E comunque la metà degli elettori vota ancora per il Caimano. Se ne fregano dei soprusi del Berlusca perché in cuor loro vorrebbero diventare ricchi come lui. Esaminiamo il dato da un punto di vista meramente pubblicitario. Quattro dentisti su cinque raccomandano chewing-gum senza zucchero. Vale a dire che c'è un dentista su cinque che dice: – *Lei mastica gomma? Ah, perché non ci mettiamo dentro un po' di zucchero?* – Ecco: in Italia, un dentista così prende la metà dei voti.

Latte

Analisi compiute negli Usa mostrano che il difenilpolibrominato, un composto chimico usato per rendere le superfici non infiammabili, comincia a comparire in tracce nel latte materno. Questo spiega perché è così difficile dar fuoco a un bambino, oggigiorno.

Vino

Un vignaiuolo italiano ha messo facce di celebri nazisti sull'etichetta di un suo vino. Vino bianco. Vino ariano. Perfetto col pesce, con la carne di pollo e col genocidio di un popolo.

Centosedici

La donna più vecchia del mondo ieri ha compiuto

centosedici anni. Ancor più sorprendente, la sua torrida relazione con Bettarini.

Moyel

Un transessuale venezuelano ha dato a un uomo conosciuto su Internet tremila euro perché gli tagliasse il pene. Per fortuna devo passare alla prossima notizia.

Eccì

Una casalinga belga ha avuto il più lungo attacco di sternuti della storia. Ha sternutito ogni due minuti per novecentonovantotto giorni. Quando gli sternuti sono finiti, ha avuto il singhiozzo.

Musei vaticani

Non è strano che la prima cosa che tutti fanno, appena entrati nei Musei vaticani, sia cercare dipinti porno?

Io non ho potuto fare a meno di guardare il pavimento della cappella Sistina. Non lo caga mai nessuno.

Finché morte non vi separi – oops, già fatto!

Il presidente francese Jacques Chirac ha permesso a una ragazza di sposare il suo fidanzato, morto sulla spiaggia. Esatto: il suo fidanzato morto. Ma si sa, le donne sono sempre attratte dai tipi silenziosi. All'inizio, i parenti di lei non erano d'accordo perché era un matrimonio misto: lei era cattolica e lui in decomposizione.

Tamaro

Il suo primo film ha incassato in totale centosessantamila euro. È finita anche come regista.

India

A Mumbai, la Corte suprema ha condannato all'ergastolo una donna con l'accusa di omicidio, non sapendo che era già morta da due anni. Vabbe', è il pensiero che conta.

Pubblicità

È primavera, l'amore è nell'aria. E niente dice: – *Scusa, cara, se mi sono fatto la cameriera polacca* – meglio di un diamante. Diamanti DeBeers. DeBeers: ti ammorbidiamo la stronza dal 1879.

Maggio 2006

Suonerie

Secondo una statistica, il 15% degli italiani rispondono al cellulare mentre fanno sesso. Che non è solo maleducazione, ma è anche pericoloso perché interferisce con la guida.

McBirthday

McDonald's Usa festeggia i suoi cinquant'anni. Sopravvive a molti dei suoi clienti.

Tragedie italiane

Tutti sapevamo che un giorno sarebbe successo. Abbiamo cercato di allontanarlo dai nostri pensieri come se potessimo impedirgli di accadere solo rifiutandoci di considerarne la possibilità. Qualcuno ha pregato. Altri hanno cercato di annegare le proprie paure nell'alcol, o di intontirle con delle pillole. Ma oggi è accaduto l'inevitabile: la Arcuri e Montano si sono lasciati. Dio ti ringrazio, la suspense mi stava uccidendo.

Il futuro dei talk-show

– E così il paracadute non si è aperto, ma lei è miracolosamente sopravvissuto. Ci racconti com'è andata. –

– Bllb mmhbl ghgbllblbbblmn ghhmmheeemh glbl. –

– Wow! –

Nasa

Ci vorranno settimane per riparare il software di *Spirit*, il rover su Marte. Tutti gli operatori sono impegnati con altri clienti.

The Producers

Al grande successo del musical tratto dal film si aggiunge ora il successo del film tratto dal musical tratto dal film. In preparazione: il musical tratto dal film tratto dal musical tratto dal film. E così via, finché a Mel Brooks non verrà un'idea migliore.

Teatro

I monologhi della vagina. La mia ragazza non riesce neanche a muovere le orecchie!

Zen

Il buddhismo zen insegna il valore del non fare nulla e del non pensare nulla. Potete scriverlo nel vostro curriculum: licenziato perché praticavo lo zen.

Educazione

Fanno scalpore negli Usa le vicende dei liceali sedotti dalle loro insegnanti procaci. I casi sono già tre e gli esperti affollano i talk-show per raccontare i danni permanenti sulla psiche dei ragazzi. Io ho una definizione migliore: fortunati bastardi.

Incidente

Un trattore che trasportava arnie si è rovesciato sul Grande raccordo anulare, liberando venticinque milioni di api. Niente panico. Le api sono ancora bloccate dal traffico.

Giugno 2006

Lucy

Gli astronomi hanno scoperto che Lucy, la stella collassata nella costellazione di Alpha Centauri, in realtà è un ammasso enorme di carbonio cristallizzato. Ovvero, un diamante gigantesco di dieci miliardi di miliardi di miliardi di carati. Che Tronchetti-Provera ha subito regalato ad Afef.

6-6-06

Martedì era il sesto giorno del sesto mese del sesto anno del secolo, una coincidenza talmente terrificante che è già accaduta altre volte senza conseguenze, a parte il ritorno di Pupo.

Secondo la Bibbia, 666 è il numero del diavolo. Secondo rotoli apocrifi, invece, 666 è l'interno cui suonare se vuoi un massaggio dalla cinesina all'ultimo piano. Ci siamo capiti.

Intercettazioni

Il sesso telefonico si è fatto più torrido, negli ultimi mesi. C'è qualcosa di eccitante nel sapere che Pollari potrebbe essere in ascolto.

La comare secca

A Londra, è morta una donna di centoquindici anni. Se arrivi a centoquindici anni, non è più questione di salute o di geni. Semplicemente, la morte ha perso il tuo indirizzo. Pensate alla solitudine di quella donna. Le amiche che avevi sono tutte morte da anni. Cosa fai, a novant'anni cerchi nuove amiche? L'età può avere i suoi vantaggi, però. Io non vedo l'ora di arrivare a ottant'anni. A quel punto non te ne frega più niente.

– *Ehi, lei ha rubato una merendina!* –

– *Ehm, non ci sento.* – E me ne vado.

Si intensificano le ricerche per trovare qualcuno a cui freghi qualcosa dei Telegatti

Mentre piazza Mazzini e Cologno Monzese riscaldano i motori in vista della nuova edizione dei Telegatti (il programma tv che è lungo come un processo a Berlusconi, ma con i colpevoli) si è aperta una gigantesca caccia all'uomo per trovare qualcuno a cui freghi qualcosa dell'inutile cerimonia. C'è allarme inoltre per una serie di episodi inquietanti che paiono collegati all'evento: ieri, a Milano, il presentatore tv **Daniele Piombi** è stato rapito in pieno giorno da un commando e portato in Egitto dove è stato interrogato in una prigione segreta. Siccome si ostinava a non parlare, è stato seviziato in modo brutale con la replica dei Telegatti dell'anno scorso. Nella concitazione, Piombi si sarebbe divincolato urlando: – *Vi faccio vedere come muore un presentatore!* – e a quel punto gli è stata inflitta la pena capitale: continuare a vivere come Daniele Piombi.

Ma non è tutto. Alcuni giornalisti avrebbero concordato con un funzionario del Sismi, Ridicolo Adirsi (nome in codice "Pio Pompa"), il contenuto fasullo di articoli di fondo atti a depistare le indagini, e quando su suo input **Stefano Cingolani** del "Riformista" ha suggerito che il rapito non sarebbe Piombi, ma l'imam di Milano, **Renato Farina** ne ha concluso su proprio input che sarebbe Piombi ad aver sequestrato l'imam di Milano. Farina avrebbe in tal modo salvato l'Occidente. Per la seconda volta (la prima fu in Kosovo). Nella confusione, sua sorella ha sposato un passante. Altri giornalisti sarebbero stati pedinati: senza alcun motivo, avevano fatto un'intervista ad Alessia Merz per l'"Unione sarda". Aperta un'inchiesta sui tabulati Telecom per scoprire chi è il buontempone che ha messo sotto controllo il telefono di **Cesara Buonamici** (Tg5) sperando di ricavarne notizie che non riguardassero le slot-machine in Montenegro.* La domanda che tutti si pongono al momento è: il rapimento dell'imam di Milano (Daniele Piombi) fa parte della gigantesca caccia all'uomo per trovare qualcuno a cui freghi qualcosa dei Telegatti? – *Non so nulla del rapimento dell'imam a opera della Cia col nostro contributo e la successiva disinformazione*, – ha dichiarato il direttore del Sismi **Pollari**.

* Una sera ero a cena al Cantuccio con un'amica e il suo nuovo compagno.

Questi mi chiede se l'amico che dovrà incontrare per lavoro il giorno dopo può raggiungerci. Tempo dieci minuti e arriva. Somaticamente berlusconiano. In effetti era consulente di qualcosa presso qualche ministero. Si siede. La mia amica continua il suo discorso sull'etica pubblica e subito lui cerca di zittirla facendole: – *Ssssht! Ssssht!* – Volevo intervenire, ma spettava al suo nuovo compagno, che invece non fa nulla. Poi il berlusconiano si gira e mi fa:

– *Insomma, qual è l'accusa più grave che muovete a Berlusconi?* –

Io: – *Ne parlo per due ore nel mio monologo, ce n'è di roba...* –

– *No, ma quella più grave.* –

– A parte Dell'Utri che faceva da cerniera fra la mafia e il gruppo Berlusconi e Previti che corrompeva i giudici con soldi Fininvest? Direi il conflitto di interessi. In democrazia è inammissibile che il capo del governo sfrutti la sua posizione per avvantaggiare le sue aziende. –

E lui, mellifluo: *– Ah, allora siete invidiosi dei suoi soldi. –*

Stavo per arrivargli un cartone in faccia, ma riesco a trattenermi. Con calma dico:

– Scusate, non posso rimanere. Buona serata –, scaglio un bicchiere contro il muro, e me ne vado. Quell'uomo era **Joshua Kalman**, il marito di Cesara Buonamici.

Il giorno dopo, la mia amica ha lasciato il suo compagno.

"L'Espresso" ha rivelato che Cesara Buonamici aveva sostituito gli amici del faccendiere Achille De Luca (che lei conosceva come accompagnatore di Vittorio Emanuele, ma era anche pluripregiudicato, imputato di associazione a delinquere, truffa e bancarotta fraudolenta) nel tentativo di sbloccare, con le proprie entrature politiche, una pratica delle slot machine ai Monopoli, sollecitata a questo da Ugo Bonazza, altro collaboratore di Vittorio Emanuele. Cesara pretendeva di applicare le stesse tariffe. Non avendo commesso alcun reato, è ancora lì che conduce il Tg5.

Tip tap

Sammy Davis jr non sapeva affatto ballare il tip tap. Beveva solo troppo caffè.

O forse era tetano.

Cultura

Ieri il ministro dei Beni e delle Attività culturali Francesco Rutelli ha tenuto un appassionato discorso sulla cultura italiana nel mondo. I presenti l'hanno definito *"il più interminabile viaggio in ascensore della propria vita"*.

Riforma Bersani

Migliaia in piazza per difendere lo status quo.

I maghi tagliano a metà la paga delle loro assistenti.

Emergenze

Un aereo pieno di passeggeri è stato costretto a un atterraggio di emergenza perché si erano bloccati i comandi. L'ironia della sorte è che la cosa si poteva risolvere se qualcuno a bordo avesse avuto un coltellino.

Claudia

Cosa farei se Claudia Schiffer mi fermasse per strada dicendomi che vuole venire a letto con me. Prima di tutto, sarei molto sorpreso.

Hummer

Vedo in città un fottio di Hummer, i SUV paramilitari. Ma per centoventimila euro non è più conveniente farsi allungare il pene chirurgicamente?

RSU

Oggi sciopero dei netturbini. Non vedevo in giro tanta immondizia dai tempi del PSI.

Letture estive

Il Signore degli anelli è di una noia mortale. A un certo punto c'è un paragrafo lungo dieci pagine. Un solo paragrafo lungo dieci pagine! Una descrizione interminabile. Dopo tre pagine sono esploso: – *Basta, descrivere questo pomello!* –

L'ultimo di Baricco invece lo leggi in un'oretta sulla tazza del water. Non che tu debba stare un'oretta sulla tazza del water, ma questo è un altro discorso.

Sandro Bondi recuperato dal culo di Berlusconi

Il portavoce di FI Sandro Bondi è convalescente in

ospedale dopo un incidente di cui hanno riferito tutti i tabloid che trovate gratis all'uscita dei supermercati.

Questa la ricostruzione di Silvio Berlusconi: – *Mi stavo guardando allo specchio quando ho notato due piedi che sporgevano dal mio buco del culo. Lì per lì ho pensato di avere le traveggole, ma quando mi sono girato ho visto con orrore che si muovevano su e giù. Non sapevo cosa fare.* –

Continua sua figlia Barbara: – *L'ho visto uscire dalla stanza urlando: "Guardate il mio culo! Guardate il mio culo!". Mi stavo facendo una canna e il mio sguardo era un po' acquoso, ciò nonostante anch'io potevo vedere i due piedi. Non che me ne fregasse molto, però.* –

I chirurghi hanno lavorato duramente per estrarre Sandro Bondi dal buco del culo di Berlusconi, ma adesso madre e figlia sono fuori pericolo.

Cina

Stando alle proiezioni, fra cinquant'anni la Cina sarà la prima potenza mondiale. Ma la notizia è irrilevante, dato che fra cinquant'anni non ci sarà più ossigeno.

Luglio 2006

Se ci sono dieci terroristi e Israele ne uccide cinque, quanti terroristi resteranno?

Venite più vicino. Ho la lebbra secca. Non è contagiosa.

Domenica scorsa, su "Repubblica", **Eugenio Scalfari** commentava *"i giorni pazzi d'un mondo impazzi-*

to" (ma non lo è sempre stato? NdR) esordendo col convincimento che *"non ha nessun senso discutere ancora su chi è stato il primo aggressore tra Israele, la gente di Palestina e il mondo arabo-musulmano. Si risalirebbe, applicando questo metodo, ai figli di Isacco e forse addirittura a quelli di Caino"*. È la teoria dell'equivicinanza, sposata dal quotidiano di De Benedetti.

Il mio cagnolino ha le zecche. Ieri una zecca mi ha punto. Così ho bombardato il mio cagnolino. Ho il diritto di difendermi.

Cinque giorni dopo, **John Berger, Noam Chomsky, Harold Pinter** e **José Saramago**, più informati di Scalfari, potevano prendere posizione con un comunicato-stampa esemplare:

"L'ultimo capitolo del conflitto fra Israele e Palestina è iniziato quando le forze israeliane hanno rapito due civili, un dottore e suo fratello, a Gaza. Un incidente per lo più ignorato dai media, a eccezione della stampa turca.*

Il giorno seguente, i palestinesi hanno fatto prigioniero un soldato israeliano e proposto un negoziato per scambiare i prigionieri – ci sono circa diecimila prigionieri palestinesi nelle carceri israeliane.

Che questo rapimento sia stato considerato oltraggioso, mentre l'occupazione militare illegale della Cisgiordania da parte di Israele e l'esproprio sistematico di tutte le risorse – in particolare l'acqua – venga considerato spiacevole ma inevitabile è un tipico esempio del ***doppio standard*** *continuamente impiegato dall'Occidente rispetto a ciò che viene fatto contro i palestinesi, sulla terra promessa loro dai vari accordi internazionali da settant'anni a questa parte. Oggi a ol-*

traggio segue oltraggio: missili artigianali incrociano missili più sofisticati. (...)

Le provocazioni e le controprovocazioni vengono ogni volta contestate o acclamate. Ma tutti gli argomenti a posteriori, accuse e promesse, finiscono col fungere da diversivo per allontanare l'attenzione del mondo da una lunga pratica militare, economica e politica il cui fine non è nient'altro che la liquidazione della nazione palestinese. Questa pratica, benché spesso dissimulata o nascosta, ultimamente sta andando avanti sempre più rapida. E, secondo noi, va incessantemente ed eternamente riconosciuta e contrastata per quello che è".

* Faccio notare *en passant* la differenza significativa: Chomsky & Co. parlano di Palestina; invece Scalfari scrive: *"la gente di Palestina".* Qui sei stato un po' meno equivicino, Eugenio.

Gli israeliani sono convinti di avere tutte le ragioni del mondo; ma **ridurre in macerie il Libano** è solo un enorme regalo a Hezbollah, anche se Hezbollah avrebbe preferito la statuetta di plastica di una danzatrice di hula-hoop con un'apertura nella sua regione pelvica per appuntire le matite.

Hezbollah ha ucciso otto soldati israeliani e ne ha catturati due. Per tutta risposta, gli israeliani hanno ucciso trecento civili; distrutto infrastrutture, fabbriche, chiese piene di sfollati; bombardato i porti e l'aeroporto; e costretto all'esodo cinquecentomila libanesi. E meno male che **Sharon** è ancora in coma!

Il pensiero va per un momento ai falchi neo-con della guerra in Iraq, a quei dementi criminali che ci hanno guadagnato su. Ne avessero azzeccata una. **Cheney**, agosto 2002: *"Il cambio di regime in Iraq porterà un certo numero di effetti positivi nella regione: gli estre-*

misti dovranno riconsiderare la loro strategia della jihad, i moderati si faranno coraggio, e la nostra abilità di portare avanti il processo di pace israelo-palestinese sarà potenziata".

Wolfowitz: *L'invasione dell'Iraq porterà più stabilità nella regione.*

Bush: *La sistemazione del Medio Oriente potrà essere un effetto benefico della guerra in Iraq.*

Grazie agli arrabattamenti congiunti di questo branco di scalmanati irresponsabili, praticamente tutto il mondo musulmano adesso ce l'ha con gli Usa. Come se non bastasse, **in Iraq sono in ascesa i fondamentalisti e Al Qaeda, in Palestina Hamas e in Libano Hezbollah.** Non male come risultato, per gente che aveva dichiarato guerra al terrore.*

* Gli Hezbollah si nascondono fra la popolazione. Toc toc! – *È permesso? Buon appetito. Continuate pure. Lanciamo un razzo e ce ne andiamo.* –

La guerra al terrore! Perché è più facile catturare un sostantivo che **bin Laden**. E quando avranno sconfitto il terrore, sono sicuro che se la prenderanno con l'altro bastardo, lo spavento. La guerra allo spavento!

Grazie dell'entusiasmo, ma mi dispiace: oggi niente decapitazioni.

Non subito, almeno.

In aggiunta, c'è un'aggiunta: il nuovo ruolo assunto dall'**Iran**. Insomma, una situazione rassicurante, come svegliarsi e trovare la tua ragazza che fruga nelle tasche dei tuoi pantaloni.

Ma nessuno dei falchi ammette che il casino presente è legato alle decisioni che essi presero quattro anni fa. E purtroppo nessuno gliene chiede conto. Non mi aspetto che alle loro malefatte si dedichi la stessa attenzione con cui nella nostra democrazia si scandaglia l'edizione costumi da bagno di "Sports Illustrated", ma meno seghe non guasterebbero. Tre anni di guerra e gli iracheni non sono più vicini alla democrazia di quanto Pupi Avati sia vicino all'Oscar.*

* Come non detto: in Iraq nuove leggi criminalizzano i giornalisti iracheni che parlano male del governo. La democrazia è arrivata davvero.

A meno che, senza avvisarci, non abbiano già deciso di **balcanizzare** il Medio Oriente, trasformando società organizzate in fazioni etniche reciprocamente ostili, cioè più deboli e più facilmente controllabili. Una versione aggiornata del colonialismo inglese, senza le operette di **Gilbert&Sullivan.**

(Dopo la guerra, l'Inghilterra dovette ridare indietro le nazioni del suo impero. – *Una va qui, una va qui, una va qui, l'India va qui. Scusate i massacri. Le isole Falkland vanno qui – ah, no, ce le teniamo per delle stronzate che faremo in futuro.* –)

Avete presente *Syriana*, il film con George Clooney? Bello, ma difficile da seguire, per i più: troppi fatti da conoscere. Be', è in preparazione il sequel. Per cui, piantatela subito, con 'sta guerra! State rendendo il lavoro degli sceneggiatori impossibile!*

* Dato che me lo chiedete: sono a favore della soluzione con due Stati nei confini pre 1967, con qualche concessione a Israele per avere un confine più difendibile. Gerusalemme va internazionalizzata. In questo ho l'approvazione del mio giardiniere, che è il nuovo capo segreto di Hamas.

Costa Smeralda

Vacanza in Sardegna per Gabriele Muccino e la sua nuova fiamma Elisabetta Canalis. Qualche villeggiante pare si sia lamentato per gli schiamazzi notturni. Era Muccino che urlava: – *Mi sto scopando la Canalis!* –

Telefono

Com'è che chi sbaglia numero non ci crede mai? Ti rispondono sempre come fosse colpa tua. Gli dici che hanno sbagliato numero. E loro:

– *È sicuro?* –

– *Senta, le ho mai mentito?* –

– *Vabbe'. C'è Roberta?* – Ed è troppo lungo spiegargli che non c'è nessuna Roberta e che ha sbagliato numero. Per cui in questi casi dico sempre: – *Sì, c'è, ma è di là che si buca e non può venire a rispondere.* –

Esteri

Il convegno di pace sulla guerra in Libano è stato fatto a Roma dopo che l'Egitto aveva declinato l'offerta; dai lavori, Israele ha concluso che per gli Usa era ok che continuasse a bombardare e continua a farlo; ma il ministro degli Esteri D'Alema si vanta personalmente del risultato, neanche fosse il figlio di Narciso e Madonna.

Rettifica

Secondo alcune agenzie, l'attore Mel Gibson, fermato ieri per guida in stato di ubriachezza, al momento dell'arresto avrebbe insultato gli ebrei. Oggi Gibson ha spiegato che lo ha fatto per dimostrare che era sobrio.

Gibson non ne ha colpa. Stava bevendo quando all'improvviso l'acqua s'è trasformata in vino.

Chi si lamenta che Gibson è antisemita quando s'ubriaca dovrebbe sentirlo quando è fatto di crack.

Con l'età, comunque, berrà meno vino. Perché chi ha bisogno di scarpe da tennis gialle?

Non puoi ubriacarti, guidare ed essere antisemita. Se sei ubriaco, devi far fare l'antisemita a qualcun altro.

Dopo qualche giorno, Gibson ha chiesto scusa per le frasi pronunciate. Già che c'era, poteva chiedere scusa anche per *Braveheart.*

Dubito che Gibson sia davvero pentito. Il prossimo film glielo produce Hezbollah.

Brrr

Secondo una ricerca, in Groenlandia i genitali degli orsi polari si stanno rimpicciolendo. Uno scienziato è andato a misurare le palle agli orsi polari: le palle sono più piccole rispetto al passato. (Sono anni che quel tizio le misura.) Adesso si tratta di stabilire se sono più piccole per colpa dell'inquinamento industriale, o perché l'acqua è gelata.

Ultim'ora

Il Museo del genocidio oggi è chiuso per pulizia etnica.

Agosto 2006

Medio Oriente

Prosegue la guerra in Libano, mentre sembra che Iran e Siria si preparino a entrare nel conflitto stringendo accordi con la Cina prima dell'attacco preventivo Usa. Buone notizie per tutti coloro che temevano che il mondo potesse non finire durante la loro vita.

Generale Kaplinsky, come fa a sopportare le atrocità della guerra?

GK: *Penso alle vittime come fossero gente minuscola, gente minuscola che ha una durata di vita minuscola. Guardiamo le cose da un'altra prospettiva: tremila persone sono morte l'11 settembre. Mille sono morte nei bombardamenti in Libano. Ventisettemila sono invece quelle uccise dal Vioxx, il farmaco antiartritico poi ritirato dal commercio. Che volete da me?*

Dopo il massacro dei bambini palestinesi a Cana, il leader Hezbollah Hassan Nasrallah si è detto ottimista: – *'Sti israeliani finiranno col rendermi simpatico!** –

* I settimanali pubblicano troppe pubblicità di lingerie. Devono smetterla. È insano guardare le foto del massacro di Cana con un'erezione.

Nip/Tuck

Una donna romana di quarantasei anni è morta durante una plastica al seno. O, come dicono a Porto Cervo, di cause naturali.

Jolie

Angelina Jolie deve posare quel bambino che tiene sempre in braccio. È un bambino o qualcosa per coprire un tatuaggio?

Giornalismo

Dalle colonne de “la Padania”, l’ex ministro Calderoli commenta da razzista la nuova legge sull’immigrazione parlando di Bingo-Bongo. Calderoli ha detto che ha preso l’idea dal Terzo Reich. Un discorso di un certo livello, tanto che ho chiesto alla mia ragazza: – *Tu lo vedi il livello?* –

E lei: – *Io no, se vuoi guardo in garage.* –

Ma si sa, ogni giornale ha un punto di vista ben definito. “La Repubblica” ne ha uno borghese-liberal. Il “Corriere della Sera”, borghese conservatore. “La Padania” ha quello di una Fallaci che ha sniffato una tanica di benzina.

Intendiamoci: la Lega non è contro i diritti civili. È a favore dei diritti civili, ma non per tutti. Sono razzisti. Se a Lampedusa sbarcassero svedesi, sarebbe lo stesso un problema?

Il razzismo fa leva su stereotipi che ci vengono inculcati chissà come. Se vi dicessi che nel bosco ho visto un elfo ed era negro, non ci credereste. Perché abbiamo stereotipi anche per le razze inventate.*

* Razze inventate. Non lo sono tutte?

Alitalia

Il governo Prodi ha confermato **Cimoli** al vertice dell’Alitalia, la compagnia aerea che sotto la sua guida ha conseguito risultati entusiasmanti e ha raggiunto il collasso. L’anno scorso, Cimoli propose un piano di risanamento che prevedeva per loro più lavoro e meno soldi. Peccato che l'aumento delle ore di volo causi la **sindrome da jetlag cronico:** perdita della memoria più problemi cardiovascolari e dell'apparato genitourinario. – *Dove stiamo andando, comandante?* – – *Non lo so, ma almeno da quando ho la tachicardia me la faccio sempre addosso.* – È troppo, come passeggero, pretendere che il pilota del mio aereo stia alla cloche sereno, senza beghe e senza preoccupazioni per il futuro suo e dei suoi cari? E che il sorriso delle hostess non sia velato dalla malinconia? Le hostess si sentono dequalificate e prese in giro, dopo che, per essere assunte, han dovuto superare un esame rigoroso che prevede la lettura delle note di *Infinite Jest* in un simulatore di volo in condizioni di pesante turbolenza. Per ottimizzare i costi, Cimoli voleva dividere in due Alitalia: da una parte AZFly, per il trasporto aereo; e dall'altra AZService, per servizi. In pratica voleva rendere Alitalia simile alle compagnie low-cost, per rispondere alle esigenze di quei passeggeri che chiedono meno comfort e un servizio più lento.

Da Alitalia a AZFly. Prossimo passaggio: da AZFly ad A, la compagnia aerea con una sola hostess che ti accompagna a bordo dell'aereo. Di un'altra compagnia.

Ho capito che l'Alitalia era in crisi quando su un volo per New York hanno proiettato un film di Pupi Avati.

In attesa di qualche soluzione miracolistica, gli aerei Alitalia risparmieranno carburante volando in formazione a V.

Diete estive

Sta spopolando una nuova dieta. I primi due giorni puoi mangiare quello che vuoi, il terzo giorno ti fanno ostaggio in Libano per sette anni.

Madonna in concerto a Roma

L'ho vista in giro che faceva la turista e devo dire che fra le rovine sembra più giovane.

Canada

A Toronto, una coppia di lesbiche ha chiesto il divorzio. È il primo caso al mondo. I deputati conservatori sono insorti perché la vicenda può mettere in discussione la santità del divorzio.

Internet

Nuovi problemi per Microsoft: Internet Explorer, se attivato in un certo modo, può uscire dallo schermo, mangiarti i bambini e darti fuoco alla casa.

Pow!

Adam West, il Batman televisivo degli anni sessanta, ha compiuto settantacinque anni. Ha trascorso la giornata a combattere contro il suo acerrimo nemico, Capitan Prostata.

Cancellare la legge Fini

Chi meglio di un comico può difendere la legalizzazione delle droghe? A parte un musicista, intendo.

Le ricerche hanno dimostrato che ogni risata libera endorfine, cioè la morfina che il nostro stesso corpo produce. Per questo è più prudente non ridere vicino ai cani antidroga.

Le endorfine causano il senso di benessere che si prova quando si ride. In pratica, un comico non è altro che un pusher, il vostro spacciatore di droga interna. Voi qui non avete pagato per un libro di battute, avete pagato per la dose, e questo libro comico non è che una fumeria d'oppio sotto mentite spoglie. Non esagerate con la lettura.

I pericoli della droga? Un mio amico si drogava. Il suo bisogno di droga peggiorava ogni giorno di più, diventò irresponsabile, lasciò sua moglie, i suoi figli, la sua casa e si trasferì in California per abbronzarsi in spiaggia tutto il giorno con una procace attricetta dai capelli biondi che le arrivavano fino ai piedi. Non male, eh? Ma un pessimo esempio dei pericoli della droga.

Il punto è: il nostro organismo è fatto per la droga. Perché la droga (endorfine) è il regalo che la natura ci dà per indurci a fare sesso: anche il piacere sessuale è legato alla liberazione di endorfine. Per questo è più prudente non fare sesso vicino ai cani antidroga.

La natura è il primo spacciatore. Ma ciascuno di noi fa parte della natura, è natura. Quindi la natura è anche il primo consumatore. Ovvero, quando un poliziotto arresta un drogato, abbiamo la natura che arresta se stessa. E non c'è niente di più ridicolo.

Io direi: facciamo decidere la giustizia sportiva.*

* I trafficanti di droga sono dei businessmen navigati: hanno identificato una domanda del mercato, hanno implementato le strutture per soddisfarla, e guadagnano sfruttando la differenza fra spese e costi. Come qualunque multinazionale. Solo, più etici.**

** Appello ai colombiani: per favore, sintetizzate una cocaina che convinca i tossici di non avere cose così interessanti da dire. Grazie.

Bush

Il presidente Bush passerà il mese di agosto in vacanza, a pesca nei torrenti.

È bello vedere che ha il tempo di fare cose del genere, ora che tutto è sotto controllo in Medio Oriente.

Arte

Una crosta di anonimo, rimasta nascosta per quattrocento anni sotto un capolavoro di Tiziano, è stata riportata alla luce grazie a un restauro durato vent'anni. *Il clown* rimase per qualche ragione incompiuto nel 1540. Si ritiene che Tiziano lo rilavorò, forse per necessità economiche, trasformandolo nel celebre *L'incoronazione di spine*. Gli esperti hanno impiegato anni a cancellare il capolavoro di Tiziano per far affiorare la crosta originale, che sarà messa all'asta da Christie's a un prezzo di partenza di cinque euro.

Os Grilos

Edmar Fretok, un sollevatore di pesi brasiliano, ha conquistato un nuovo record mondiale eseguendo undicimila alzate in ventiquattr'ore. Fretok ha anche stabilito il nuovo record giornaliero di scoregge accidentali.

La "carta" di Hitler non poteva che perdere contro la "forbice" di Churchill.

Ambiente

Ogni giorno nel mondo vengono usati ottantacinque milioni di barili di petrolio e questo crea sconvolgimenti climatici. Dovremmo tutti fare di più in difesa dell'ambiente. Io per esempio uso solo aerei elettrici.

Palestra

Frequento da qualche tempo la Gertrude Stein, una palestra in centro.

Faccio ginnastica: sollevo pesi mentre corro sul tapis roulant. Con la leva messa in salita. E in mezzo, il tapis roulant ha un ostacolo. E il tapis roulant è sott'acqua.

Altre volte vado sul tapis roulant coi rollerblade. –*Yuuuh! Vado in salita! Vrooom! Ai cinquanta!* –

Tenersi in forma è importante. Muore la tua ragazza, puoi rimorchiare le sue amiche al funerale.

Mickey Mouse

Buon compleanno a Topolino: oggi compie ottant'anni! (Uso l'entusiasmo di Mollica, che ne ha parlato al Tg1 come fosse una notizia vera.) Topolino festeggerà nella sua villa a Miami, dove vive da sempre col suo compagno, Mighty Mouse.

Africa

Quando le nazioni ricche si riuniscono per il G8, parlano dell'Africa come una famiglia che cerca di capire cosa farne del nonno. D'altra parte, ogni giorno nel mondo c'è qualcuno che deve affrontare la decisione di staccare la spina a un parente in stato vegetativo, vuoi perché è vecchio, vuoi perché è un malato terminale, vuoi perché è noioso. I problemi dell'Africa sono il risultato di tutte le guerre giocate lì dai vari imperi nel corso dei secoli. Scusate se semplifico, ma sono solo un comico, non una rockstar irlandese.

In certe zone, l'Africa è così povera che i papponi prendono l'autobus. Come possono le nazioni ricche essere così insensibili? Cancelliamo il debito. A meno che non debbano dei soldi a me.

Formula 1

Nessuno vuole vedere un pilota morire durante una gara. Ma se succede, nessuno vuole perdersi la scena.*

* Quest'anno, il Gran Premio di Imola non verrà disputato. Trasmetteranno quello dell'anno scorso. È già tre anni che fanno così e nessuno se ne accorge.

Et tu

Gli storici hanno scoperto che le ultime parole di Cesare non sono state:

– *Anche tu, Bruto, figlio mio!* – ma: – *Non nell'inguine! Non nell'inguine!* –

Allarme terrorismo

Codice Morse diffuso su Internet.

Perversioni

In Russia hanno arrestato un uomo che stava facendo sesso con un maiale. La cosa perversa è che nel frattempo stava pensando a una pecora.

Pop art

La zuppa Campbell cambierà etichetta dopo centodue anni. La nuova etichetta mostrerà la foto di una zuppiera con la zuppa: una rivoluzione per i milioni di consumatori che mangiavano la loro zuppa dentro un cappello. Resterà invariata, invece, la ricetta veloce sul retro, per quelle volte in cui devi cucinare, ma ti sta sul cazzo la persona per cui stai cucinando.

NRA

In America, è legale comprare mitragliatrici UZI e AK47. Così adesso chi ha il porto d'armi può proteggere la propria famiglia da duecento ladri contemporaneamente.*

* Soddisfatto l'ex presidente della National Rifle Association, Charlton Heston, che per anni ha fatto pressione affinché questa legge venisse approvata usando lo slogan: "*Le pistole non uccidono la gente, la gente uccide la gente*".

Le pistole non uccidono la gente, la gente uccide la gente? No, le pallottole uccidono la gente. Soluzione: vendi pure tutte le armi che vuoi, ma niente pallottole.

Charlton Heston, si sa, fu il protagonista del *Pianeta delle scimmie*. Una cosa che non tutti sanno, però, è che Heston interpretò anche tutte le scimmie. *Le pistole non uccidono la gente, la gente uccide la gente.* E anche le scimmie, se avessero una pistola.

Scarp de tennis

In vendita una nuova scarpa da tennis con computer interno. Costa trecento euro ed è così intelligente che ti prende in giro per aver speso trecento euro per una scarpa da tennis.

Trenitalia

Rincari sui treni. Un dirigente: – *I biglietti erano fermi dal 2001.* – Senti senti: i biglietti erano più veloci dei treni.

Moda

Non è sarcastico che i grassoni siano quelli che in giro vedi più spesso in tuta da ginnastica?

Clandestini

Strage nel canale di Sicilia. Diciannove i clandestini morti sull'ennesima carretta del mare. Poteva andargli peggio: potevano arrivare in Italia.

Nasa

Marte aveva acqua. Gli scienziati alla Nasa sono entusiasti della scoperta eccezionale: finalmente hanno una frase formidabile per attaccar bottone in spiaggia.

Formula 1

Gare automobilistiche: quanta ipocrisia! Diciamo la verità: all'umanità piace vedere un uomo in fiamme che resta inscatolato in un abitacolo.

Hillary

Hillary Clinton scriverà un libro autobiografico. Col ricavato pagherà le spese legali che suo marito ha dovuto sostenere a causa delle scappatelle. S'intitolerà: *Perché scagliavo piatti contro i muri*.

Sicurezza stradale

Uno studio dimostra che gli automobilisti che guidano ascoltando musica rap hanno più incidenti, mentre quelli che guidano ascoltando musica soul hanno incidenti più sexy.

Cinque

A New York vendono rasoi con cinque lame. Se un rasoio ha cinque lame non è più un rasoio, è una falciatrice. La prima lama tira il pelo, la seconda taglia il follicolo, la terza affetta la pelle, la quarta asporta il midollo e la quinta venne usata dal mostro di Firenze.

Lingue morte

Insegnato il sanscrito a una specie in via d'estinzione.

Servizi segreti

Sismi (Servizio d'informazioni per la sicurezza militare) e **Sisde** (Servizio d'informazioni per la sicurezza democratica) vennero istituiti con la riforma del '77 e derivano dallo sdoppiamento del **Sid** (Servizio informazioni difesa). Il Sid nacque nel '65 dallo scioglimento del **Sifar** (Servizio informazioni forze armate). Il Sifar era nato il 1° settembre 1949 sulle ceneri del **Sim**, il Servizio d'informazione militare fascista, di cui il Sifar mantenne uomini e strutture, così come il Sid poi avrebbe mantenuto quelli del Sifar e Sismi/Sisde quelli del Sid. Prima del Sim le operazioni segrete venivano condotte dall'"Ufficio delle barbe finte che ascoltano i muri coi bicchieri".*

* Gennaio 2007: intesa bipartisan sulla riforma dei servizi. Il Sismi diventerà Sie, il Sisde diventerà Sin, il Cesis diventerà Dis.

I nuovi servizi non potranno svolgere attività illegali contro partiti politici, sindacati e giornalisti. Addio divertimento.

In tutti questi anni, il segreto è servito ai Servizi segreti per occultare schifezze: stragismo, tentativi di golpe, P2, depistaggi, Cossiga. Di recente però ha avuto anche un'altra funzione: nascondere stronzate. Dimostrando quanto possano essere nocivi per le menti impressionabili i film di *Austin Powers*, il Sismi aveva arruolato il ciellino **Renato Farina**, vicedirettore di "Libero", per una missione di disinformazione ai danni di magistrati e giornalisti che si stanno occupando del **caso Abu Omar**. Smascherato, Farina ha ammesso tutto, il che potrebbe significare che la verità è anche peggiore.

Farina stava combattendo da solo la Terza guerra mondiale. In tutto questo, solo cinque funzionari del Sisde parlano correttamente l'arabo. E tre di loro lavorano al bar del Sisde.

A questo punto, aspettavamo al varco **Giuliano Ferrara**, già informatore Cia, per la difesa d'ufficio. E Giulianone, giureconsulto in pigiama, non ha deluso i suoi fan, esibendosi su "Panorama" nella apologia funambolica del collega spione con uno di quegli articolacci che, se li leggi fino in fondo, poi senti il bisogno di lavarti. Negli anni, il Ferrara ha infatti perfezionato un beauty case di trucchi retorici con cui si diverte a imbellettare argomenti deturpati dalla lue, fregandosene delle conseguenze. Il fatto che siano cosmetici scadenti non gli impedisce di servirsene a ogni piè sospinto, a sostegno di qualunque tesi gli salti il ghiribizzo di avvallare, e anche della tesi contraria, se gli va. Vien da chiedersi perché lo faccia. Non può essere l'onestà intellettuale, dato che si è persa nelle trippe. C'è chi lo odia, giustamente. E c'è chi lo sopporta solo perché è piacevole da abbracciare. Sia comunque messa agli atti la sua sistematica e decennale apologia dell'illegalità in nome di due princìpi cardine: 1) tutti sono corrotti; 2) che noia sennò. Zitti tutti, sta per parlare:

Salve. Sono Giuliano Ferrara. Negli anni ho rifatto il look a ceffi del calibro di Craxi, Berlusconi, Previti e Dell'Utri. Come ottengo i miei risultati? Oggi, care amiche, vi svelerò alcuni segreti. Fate come vi dico e rimarrete sbalordite. Per prima cosa, pulite e idratate la pelle con un titolo a effetto:
E i giornalisti "Pompano".

Ravvivate lo sguardo con un contorno occhielli che cancelli le occhiaie da stress:
Tra spie e informazioni riservate nel nostro mestiere si può restare onesti, ma illibati no.

Applicate ora un fondotinta di confusione, meglio se ricco di pigmenti che riflettono la luce, per coprire le imperfezioni, sottolineare la normale luminosità della pelle e accomunare gli onesti ai disonesti:
Questo qui era una fonte per il servizio, per quest'altro il servizio era esso una fonte, un altro ancora era forse pedinato, scrutato, osservato, ascoltato e non ci si capisce più niente: chi usa chi, chi è al servizio di chi, chi è chi nel gioco eterno fra il giornalista e la spia? (G. Ferrara, *E i giornalisti "Pompano"*, "Panorama", 27 luglio 2006)

Dopo la base, è il momento di qualche ritocco alla verità con un correttore morbido e cremoso:
Nelle regole proprie del mestiere di informare il pubblico e di servire onorevolmente un libero editore (perché i giornalisti sono indipendenti, sì, certo, molto indipendenti e con la schiena molto dritta, ma sono dipendenti come tutti gli altri, e soffrono anche loro di mal di schiena) c'è una palese contraddizione. (*ibid.*)

Con un pennello grande spolverate su tutto il viso la cipria per ottenere un effetto opacizzante:
Le notizie giuste sono di due tipi, quelle ufficiali, spesso utili e di servizio, ma noiose (...), e quelle ufficiose o riservate, che invece sono sapide, appetite dal lettore (...). (*ibid.*)

Adesso un tocco di terra per scolpire i lineamenti del viso, meglio se in polvere, sfumabile:
Per procurarsi le notizie riservate, bisogna che il giornalista faccia un lavoro sporco. (*ibid.*)

Date un tocco di freschezza agli zigomi del tema principale con un blush:
Tutti cercano la soffiata (...). (*ibid.*)

Idratate le labbra, delineate il contorno con la matita e stendete il rossetto di una tenue calunnia con un pennellino:
(...) sulle memorie ambigue di Tommaso Buscetta o di altri boss, perfino fra quelli in servizio, in tanti hanno campato la vita chiedendo magari allo stato la password, non sempre gratuita, di accesso al grande pentito. (*ibid.*)

Per delle labbra irresistibili non può mancare un velo di gloss:
Il grande Lino Jannuzzi passò una giornata surreale con Michele Greco, in libertà provvisoria, nella tenuta della Favarella dove furono sgozzate dozzine di persone: e lo fece sotto l'occhio vigile di una telecamera. (*ibid.*)

Strutturate le sopracciglia con un mascara che fissi, colori e minimizzi il reato:
Insomma, il giornalista che sta ai fatti e va a caccia di notizie lavora con materiali maligni e s'infarina. Non il solo Renato Farina, tutti i giornalisti sono esposti al rischio di usare e di essere usati in grado maggiore o minore, che lo sappiano o no (...)! (*ibid.*)

Chiudete gli occhi e stendete un ombretto pietoso:
Occorre forse prendere le cose per quello che sono, raffreddare gli entusiasmi morali, spesso pericolosi, e guardare alle regole deontologiche della professione sapendo che la regola delle regole è: va', cerca, trova, riporta. (*ibid.*)

Mano al mascara. Create un effetto ciglia finte applicandolo con uno scovolino spesso:
Il giornalista reporter è una spia autorizzata che origlia (...) (*ibid.*)

E per finire, care amiche, una puntura di silicone nei punti giusti:
C'è modo di restare onesti anche in questo mestiere, ma illibati no. Dipende da una strana combinazione di cinismo e passione, che rende riconoscibile una redazione, un'impresa editoriale, il lavoro di un professionista, e li distingue da una losca portineria, da una centrale di ascolto telefonico, da un salotto di chiacchiere e veleni. (*ibid.*)

Ed ecco fatto il maquillage che trasforma Renato Farina in un giornalista che non è Renato Farina!*

* Nel prossimo numero di “Panorama”: *Tempo di vacanze*. Come strappare quella pagina, ripiegarla e creare dal nulla un simpatico cappellino.

Vaticano

Dati ufficiali della Santa Sede dimostrano un sensibile calo delle vocazioni. Il prossimo anno però è dato in controtendenza. Perché regaleranno iPod.

Sociologia balneare

Viviamo al di sopra delle nostre possibilità? Dio! Non ditemi che siamo arrivati a questo punto!

Indulto

Il parlamento ha approvato la legge sull’indulto. Ma non ha detto perché.

Fassino e Rutelli devono aver pensato: – *Ecco una bella occasione per cedere a un ricatto!* –

E dire che c’era chi temeva che cinque anni all’opposizione li avessero rammolliti.

Fumo

Negli Usa, chi fumava e si ammalava di cancro citava per danni le multinazionali del tabacco. Secondo la Corte Suprema, non possono più farlo: se fumi ottanta pacchetti al giorno per quarant’anni, non devi sorprenderti se una mattina espettori un copertone da SUV con un colpo di tosse.*

* Un mio amico ha cercato di smettere. È andato da un ipnotizzatore. Adesso non riesce a smettere di grattarsi. E ogni volta che si siede, si alza subito in piedi di colpo come se la sedia fosse bollente.

Ddl Mastella

Al G8 di Genova, quindi, i poliziotti non massacrarono nessuno. Propongo una spiegazione alternativa: entrarono alla Diaz per aumentarne l'entropia, e l'apporto energetico modificò qualche struttura molecolare. Fisici quantistici.

Costa Smeralda

Ho visto Nina Moric che indossava giacca di coccodrillo, cintura di vitello e scarpe di serpente. Questi animali non sono morti invano.

Valori cristiani

L'agenzia Fides, espressione del Dicastero vaticano per l'evangelizzazione dei popoli, ha diffuso un dossier sul tema "Il cristianesimo e la sfida dei mass media". Sul banco d'accusa, fiction e soap tv, che non rispecchierebbero i valori cristiani. Uh, non vedo l'ora che la Rai mandi in onda quello sceneggiato prodotto dalla Lux di Bernabei, *Marcinkus*.

Il rapporto si duole inoltre che i media siano tutti pervasi da situazioni ambigue, immorali o morbose, che potrebbero sviare lo spettatore e ricordargli quello che accadde nella diocesi di Boston.*

* **Raccomandazione ecclesiastica**

Alti prelati della diocesi di Boston firmarono lettere di raccomandazione per un sacerdote trasferito a New York anche se a conoscenza del fatto che era stato accusato più volte di abusi sessuali negli ultimi trent'anni. ("New York Times")

Scrivo questa lettera per raccomandare gli uffici di padre Paul Shanley, un sacerdote che a mio giudizio è quanto di meglio si possa trovare per quanto concerne la nostra difficile missione apostolica.

La vostra diocesi potrà trarre vantaggio dalla sua esperienza: ne ha parecchia, trentennale. Cercate un prete che predichi il vangelo? Che guidi il gregge nelle preghiere e nelle cerimonie? Che amministri gli ultimi riti e assolva i peccati? Che molesti i bambini? Se sì, padre Shanley è l'uomo che cercate.

Vostro in Cristo

Cardinal Law.

Pubblicità

Negli Usa è in atto una battaglia pubblicitaria senza esclusione di colpi fra Pepsi e Coca-Cola. Perché? Quando è stata l'ultima volta che un bevitore di Coca-Cola, vedendo una pubblicità della Pepsi, ha pensato: – *Forse fino a oggi mi sono sbagliato* –?

La Pepsi non sarà mai la Coca-Cola! La prova? Al ristorante, se chiedete una Coca-Cola e non ce l'hanno, il cameriere si scusa. – *Va bene lo stesso una Pepsi?* – Ti chiede di accontentarti.

Blackout

Almeno dieci le persone indagate dalla procura di Torino per il blackout che il 28 settembre 2003 lasciò l'Italia al buio. Ricordo bene quel blackout perché dovetti fare sesso senza filmare.

A Milano, i vigili del fuoco ricevettero più di ottantamila richieste di soccorso, tutte provenienti da una donna delle pulizie intrappolata in ascensore con Franco Califano.

Pestaggi

Allagamenti a Genova. La polizia ha preso gli allagamenti a bastonate. Si attende il prossimo indulto.

Tennis

Le attenzioni agli Internazionali di Roma erano tutte per Maria Sharapova. Non gioca benissimo, a dire il vero, ma abbastanza da convincere gli spettatori a masturbarsi più di prima.

Inedito

Ritrovato un racconto inedito di Hemingway. Poi perso di nuovo.

Al Jazeera

Nell'ultimo video diffuso da Al Jazeera, bin Laden legge il nuovo libro di Susanna Tamaro. Segno che è a corto di idee, dicono gli esperti, secondo i quali si tratta senza dubbio del suo video più noioso: all'inizio, la Cia aveva ipotizzato che bin Laden stesse mandando messaggi di morte in codice, ma poi sono giunti alla conclusione che il video era solo mortalmente noioso.

– *Sapevamo che bin Laden fosse malvagio,* – ha detto un agente Cia sotto copertura, – *ma non pensavamo potesse arrivare fino a tanto.* – Da quando gli hanno regalato la videocamera per il suo compleanno, bin Laden non se ne separa mai. – *Non solo insiste a girare questi maledetti video, ma ci costringe pure a sederci e a guardarli con lui,* – ha detto un terrorista di Al Qaeda. – *Che due palle!* – Al Jazeera avrebbe ricevuto un altro video in cui bin Laden legge Pennac, ma l'emittente si è rifiutata di trasmetterlo.*

* Se i terroristi alla bin Laden credono davvero che l'Occidente sia corrotto, dovrebbero smettere di usare la nostra tecnologia. Videoregistratori, cellulari, computer, aerei: tutto quello che impiegano per compiere i loro attentati. Usate le vostre spade curve. Se c'è qualcosa di più irritante di un terrorista malvagio, è un terrorista ipocrita.

Ma passiamo a notizie più allegre. È scoppiata la guerra civile in Iraq. Bush è imbufalito. – *Come osano incominciare una guerra nel bel mezzo della nostra guerra?* –

Giustizia

In Italia si potrebbe adottare la giustizia infantile. Il suo codice ha due soli commi: uno, *"L'ho visto prima io"*; due, *"Lo dico alla mamma"*. Gli effetti sono gli stessi, ma è tutto più semplice.

Vip

Lele Mora ricoverato in una clinica specializzata per disintossicarsi da se stesso. La notizia è stata confermata da un portavoce dell'agente: – *Dopo dieci anni di successi, Lele si è trovato a credere di essere chissà chi e ha deciso di prendere misure attive per far fronte al problema, per il suo bene e per quello dei suoi amici.* – Mora ha chiesto che venga rispettata la sua privacy.

Tories

In Inghilterra, il partito conservatore ha scelto come suo nuovo simbolo la quercia, dopo un attento esame degli atti parlamentari DS.

Rai

In seguito alle accuse del ministro Gentiloni, la Rai

ridurrà il livello audio degli spot televisivi. I pubblicitari hanno chiesto che venga ridotto anche il volume di Simona Ventura, allora.*

* Col sesso si vende tutto. E sono sempre più espliciti. – *Mmm, buono questo caffè, cara. Vieni, ti lecco la fica.* – Quale donna non lo comprerebbe?

Star Wars

La saga di *Guerre stellari* sarà riassunta in uno special tv di venti minuti. L'ordine dei minuti sarà il seguente: 18, 19, 20, 1, 2, 3, 7, 5, 11, 15, 9, 6, 4, 14, 13, 12, 8, 10, 17 e 16.*

* Perché in *Guerre stellari* i cattivi sono tutti attori inglesi? Perché nella Guerra di Secessione i nemici erano gli inglesi! Lo so, Darth Vader parla con una voce metallica da dentro una maschera. Ma se gliela togli, la voce vera è quella di un lord inglese: – *Gradite del tè?* –

India

Gli Stati del Kerala e del Karnataka hanno vietato la vendita e la produzione sul proprio territorio della Coca-Cola: secondo uno studio scientifico, conterrebbe pesticidi in grosse quantità. La Coca-Cola dapprima ha cercato di minimizzare, ma quando gli è stato mostrato un documentario in cui si vedono contadini indiani che spruzzano Coca-Cola sui meli come antiparassitario, ha cambiato strategia difensiva, contestando il rapporto come inaffidabile perché anch'esso conterrebbe tracce di pesticidi. La Coca-Cola ha però ammesso che molti suoi dipendenti tagliano barboni per procurarsi reni da vendere al mercato nero.

Casini ci fa

Sventato un clamoroso attentato fondamentalista in Inghilterra. Al commento di Rutelli (*"Paghiamo la guerra in Iraq"*) Casini ha replicato: – *L'11 settembre precede la guerra in Iraq, è molto grave dimenticarselo.* – Oh, ma è più grave dimenticarsi che **l'11 settembre non c'entra nulla con Saddam Hussein**, caro il mio Casini. Il legame è fasullo: lo hanno creato Bush & Co. come pretesto per la loro guerra illegale in Iraq. Guerra che ha mancato tutti gli obiettivi previsti dai falchi neo-con; e i cui sviluppi stanno dando del coglione a Giuliano Ferrara.*

* Bush intanto è tornato a parlare di *"islamofascisti"*, una definizione blasfema che butta altra dinamite sul fuoco del risentimento arabo antiUsa. Bush è l'amico tonto del gruppo. In ogni compagnia c'è l'amico tonto. Tu non ridi. Sai perché?

Senno di poi

La guerra in Libano ha insegnato tre cose. La prima è che per costringere l'Onu a intervenire basta bombardarne per sbaglio una sede. L'Onu stigmatizzerà, Elie Wiesel indignato pretenderà le scuse di Kofi Annan per aver pensato che Israele l'abbia fatto apposta come se Kofi Annan fosse nato ieri, ma poi l'Onu interverrà.

La seconda è: mai distruggere mezzo Paese, se alla fine la ricostruzione la fa Hezbollah coi soldi del ricco Iran, attirandosi in tal modo le simpatie imperiture della popolazione locale inferocita.

La terza è che un intervento come quello in Kosovo era sbagliato anche perché poi autorizza altri invasori a tapparti la bocca quando ti indigni per la *"risposta sproporzionata"*, come ha fatto Olmert con D'Alema.

Ieri per sbaglio, alcuni soldati israeliani hanno investito di gas lacrimogeno Lilli Gruber, che era lì a documentarsi per il prossimo libro. I combattimenti sono cessati per una decina di minuti mentre entrambi gli schieramenti ridevano di gusto.

Condi Rice è volata in Iraq per una missione diplomatica e da lì il suo aereo è partito alla volta di Israele, il primo oggetto a volare dall'Iraq a Israele senza detonare all'impatto.

Tg1

Non dico che Mimun sia schierato, ma Berlusconi quest'anno lo ha detratto dalle tasse come maggiordomo.

Sicurezza aerea

Dopo l'attentato sventato a Londra, si sono intensificate le procedure di sicurezza: una vera scocciatura per ogni passeggero che voglia bere esplosivo liquido dal suo biberon in santa pace.

Mentre a Londra scattava l'emergenza per l'attentato, Blair che già ne era al corrente decideva di continuare la vacanza. Tutti i giornali lo hanno criticato aspramente e i lettori dei tabloid sono rimasti così sconvolti che hanno faticato a eccitarsi con la ragazza nuda a pagina 3.

Pakistan

Rinvenuti in Pakistan un trapano dentale e denti trapanati risalenti a novemila anni fa. Trovati anche dei graffiti rupestri sull'importanza del filo interdentale.

Sardegna

Durante la vacanza in Sardegna, **Berlusconi** ha detto ai giornalisti che i leader mondiali lo considerano come un fratello maggiore perché sanno che, finita la carriera politica, possono sempre trovare un lavoro nelle sue aziende. In effetti, molti ex politici di rango sentono il bisogno di incominciare nuove attività. E non è così semplice. Per esempio, l'ex primo ministro **Aznar** serve ai tavoli in un McDonald's di Barcellona, mentre **Margaret Thatcher** appare in un porno fetish con lo pseudonimo di "Dru Berrymore".

Ipotiroidismo endemico

Scomparsa la devolution, la Lega punta alla **xenofobia** per lucrare consensi demagogici. L'altro ieri, l'ex ministro **Roberto Calderoli** ha detto: – *Come davanti al nazismo, è ancora una volta il popolo che può fermare l'invasione dei mori. Su alcune chiese spagnole che ebbero a vivere la tremenda "invasione dei mori" vige una scritta:* "mata moros". *E anch'io rifarei mia questa massima iberica.* – La Lega è fatta così. Ogni volta che sente parlare di tolleranza fra i popoli, mette mano al pistola.*

* A dodici anni, Calderoli scrisse un saggio agghiacciante che venne premiato dalla sua prof di italiano. Il saggio invocava la castrazione chimica degli immigrati. La sua idea era di impedirne la replicazione. All'età di tredici anni, da questa solida posizione nazista Calderoli si spostò a destra.

Nostradamus

Il 14 dicembre 1503 nasceva in Provenza il veggente Nostradamus. La sua ultima profezia? *"Vendete."*

Di recente, un muratore ha rinvenuto l'ultimo manoscritto di Nostradamus in un sotterraneo vaticano. Decifrate le quartine più interessanti:

+ Dopo l'ennesimo attentato sventato in Inghilterra, Al Qaeda ricorrerà alla sua ultima risorsa e infesterà la metropolitana con frotte di micidiali termiti anali.

+ La Attak ritirerà dal commercio la sua soluzione per lenti a contatto.

+ Erika verrà scarcerata e confesserà il suo desiderio di maternità in una intervista a Costanzo. Metterà al mondo una figlia, che si farà di cocaina e la ucciderà a coltellate.

+ La Cina sposterà le proprie industrie in India.

+ L'India sposterà le proprie industrie in Cina.

+ Tornerà la leva militare e stavolta non escluderà i transessuali. Inoltre sarà obbligatoria per i poveri.

+ Gianfranco Fini si ammalerà di sclerosi multipla e cambierà le sue idee su marijuana e cellule staminali.

+ I leader del G8 prometteranno di trascorrere più tempo a discutere del riscaldamento globale.

+ Previti verrà ricoverato in ospedale per infarto, ma i cardiologi non riusciranno a trovare il cuore. Dimesso, Previti tornerà al suo passatempo preferito: bucare i palloncini ai bambini.

+ La Rai deciderà di non trasmettere il reality *L'isola dell'incesto.*

+ Gli Usa sganceranno un'atomica sulla Mecca. Milioni di morti. L'episodio peggiorerà "probabilmente" le relazioni con l'Islam, diranno gli esperti.

+ Verrà scoperta una nuova suoneria cellulare di Mozart.

+ Il pelo pubico tornerà così di moda che non solo asportarlo con la ceretta diventerà reato, ma gli verranno applicate le extension.

+ Bruciando sul tempo la sinistra, Silvio Berlusconi fonderà il Partito Democratico.

+ Le mucche pazze si ammaleranno di influenza aviaria.

+ Sharon uscirà dal coma. In carrarmato.

+ Un dipinto di Rothko verrà venduto per trenta miliardi, la cifra più alta mai pagata per un quadro che anche tu potresti fare.

+ In Italia, destra e sinistra si fonderanno per formare il nuovo Partito di Centro. Il nuovo partito non avrà alcun programma.

+ Le controfigure di Brad Pitt e Jennifer Aniston si sposeranno, poi divorzieranno quando la controfigura di Brad si metterà con la controfigura di Angelina Jolie.

+ L'editore di "Penthouse" diventerà cattolico e metterà sulla copertina del mensile una Vergine "gratta&annusa".

+ Un gigantesco asteroide colpirà la Terra nel 2014. L'impatto avrà l'effetto di venti milioni di bombe atomiche simili a quella sganciata su Hiroshima. Le autorità militari prepareranno il mondo alla nuova vita post impatto detonando una bomba atomica al giorno nei sette anni precedenti.

+ A partire dal 2025, in Italia si voterà da casa col proprio computer. Quella sarà la prima volta in cui i destini di un Paese potranno essere determinati da gente nuda davanti al proprio computer.

+ Una pillola quotidiana trasformerà lo sperma maschile in formaggio Philadelphia.

+ Tom Cruise girerà *Mission Impossible 14*, ma le riprese verranno interrotte quando Cruise si spezzerà una gamba inciampando nei propri marroni.

+ L'amministrazione Bush creerà un Dipartimento per la disinformazione. Il suo primo atto ufficiale sarà un documento che nega l'esistenza di un Dipartimento per la disinformazione.

+ Come misura antiterroristica, negli Usa verranno cancellate le elezioni.

+ I cani svilupperanno facoltà cognitive, pollici opponibili e linguaggio umani, ma non lo diranno a nessuno, in modo che i loro padroni continuino a raccogliere la loro popò.

+ Per un attimo, ma solo per un attimo, una sera Maria Latella avrà voglia di fare sesso con Veronica Lario.

+ Verrà creato il Museo dell'Hip hop. Sorgerà sulle fondamenta del vecchio Museo del Doo-wop, proprio di fronte al Museo del Be bop.

+ Un settimanale scandalistico rivelerà che Gianpiero Galeazzi in realtà erano quattro persone.

+ I ristoranti coreani cominceranno a servire zuppa di cellule staminali.

+ Una celebrità americana darà un nome strano al suo neonato.

+ L'età pensionabile verrà portata a ottantacinque anni. Ma la vita media durerà trentacinque anni.

+ In Cina sarà reso potabile il benzene.

+ Una multinazionale inventerà il filo interdentale di zucchero filato.

+ Un folle ucciderà Margherita Buy esplodendole in faccia una bolla di chewing gum.

+ Nel tentativo di trovare una nuova, potentissima arma biologica, un colosso della farmaceutica legato agli apparati militari scoprirà per sbaglio la cura per l'Alzheimer, ma se ne disferà rapidamente senza dir niente a nessuno.

+ Verranno ricostruiti due Titanic. Affonderanno entrambi scontrandosi l'uno contro l'altro.

+ I robot faranno tutti i nostri lavori più faticosi, come asfaltare le autostrade in agosto e sposare Anna Falchi.

+ Michael Jackson diventerà cattolico. E sacerdote.

+ Verranno rubati tutti i dati personali degli hacker.

+ Tracollo della Lacoste quando l'esame al microscopio rivelerà che il coccodrillo sulle magliette sta masticando un neonato.

+ L'*Urlo* di Munch verrà tolto dai libri di storia dell'arte. Sarà rimpiazzato da una foto di Monica Bellucci, che ha una scollatura migliore.

+ Il Ku Klux Klan annuncerà la decisione di passare ai lenzuoli di percalle.

+ Il custode di un albergo del Sestriere rimarrà chiuso per dieci giorni nell'ascensore. Si salverà nutrendosi con le macchie di sugo della sua cravatta.

+ Pierferdinando Casini perderà parte del suo elettorato quando verrà sorpreso a eseguire un aborto clandestino su una cameriera filippina.

+ I governi regaleranno ai cittadini nuovi robot: li aiuteranno nelle faccende domestiche e osserveranno ogni loro mossa.

+ Il CPT di Lampedusa sarà trasformato in Centro di ricerche. Verranno condotti centinaia di esperimenti per determinare il punto preciso in cui un abuso diventa una tortura. Si concluderà che questo punto è del tutto soggettivo, a seconda che tu sia un prigioniero o una guardia. Però lo si può determinare facilmente con un manganello.

+ Dick Cheney verrà spedito nello spazio. La Nasa non darà spiegazioni. Nessuna spiegazione sarà necessaria.

+ La gente smetterà di leggere i giornali quando si accorgerà che sulla maggior parte dei fatti che accadono non può farci nulla.

+ Un gruppo di tifosi ultrà diventerà il nuovo equipaggio dello Shuttle. Nell'ambito di un esperimento volto a determinare l'influenza della gravità zero sulle teste di cazzo.

+ In seguito alle polemiche, verrà ritirato dal commercio l'iPod che trasmette solo urla di donne seviziate.

+ Moggi verrà inquisito di nuovo quando risulterà, dagli accertamenti, che aveva truccato anche il Fantacalcio.

+ Le multinazionali del tabacco offriranno "sigarette gratis per tutta la vita" ai fumatori malati di cancro, invece dei miliardi di risarcimento.

+ Si terrà a Roma il Primo convegno mondiale dei commercialisti. Tema: Al Qaeda e l'Iva.

+ Verrà creata in laboratorio una margarina che ti risponde.

+ Il primo cane clonato verrà infestato dalle prime zecche clonate.

+ Tornato al governo, in un atto di follia prostatica Silvio Berlusconi ruberà in un supermercato cinese all'Esquilino mezza libbra di salmone affumicato del Pacifico, scaduto da dodici giorni. Immediatamente il Parlamento approverà una legge che depenalizza il reato di furto di mezza libbra di salmone affumicato del Pacifico scaduto da dodici giorni in un supermercato cinese all'Esquilino.

+ Una nuova ricerca dimostrerà che ai polli d'allevamento piace essere mangiati.

+ Un chirurgo plastico verrà arrestato con in mano una sacca di bocche rubate.

+ Tutti i grattacieli di New York diventeranno di torrone e tutti gli alberi di Central Park produrranno bistecche di castrato e tutti gli oceani conterranno solo crema pasticcera. E poi Costanzo si sveglierà.

+ Demoliranno il quartiere dov'è nato Paolo Bonolis. E non sarà una coincidenza.

+ Si scoprirà che i necrologi pubblicati dal quotidiano "Libero" in realtà sono elenchi di persone che Feltri vorrebbe morte.

+ Annamaria Franzoni verrà condannata per l'omicidio del piccolo Samuele. A sua discolpa, la Franzoni dirà che sperava che l'infanticidio aiutasse in qualche modo il processo di pace in Medio Oriente. Dopo qualche mese, una nuova perizia della scientifica la scagionerà dimostrando che la Franzoni si era addormentata mentre stava martellando a letto.

+ I Pooh resteranno sepolti vivi da una valanga di donnole.*

* I Pooh vennero scoperti nel 1492 su un'isola deserta da Cristoforo Colombo. Colombo li ascoltò e decise di portare sulla barca solo dei pomodori.

+ Clemente Mastella verrà colpito ripetutamente dai fulmini.

+ Microsoft sfiderà le religioni organizzate mettendone sul mercato una propria versione.

+ La pena di morte diventerà legale in Italia. Sgomento del leghista Borghezio perché la legge lo escluderà dall'eseguire personalmente le esecuzioni.

Onu

Mille morti dopo – Bush ha le sue priorità – la **risoluzione 1701** suona la fine della ricreazione in Libano, con mezzo Libano distrutto, Israele più vulnerabile, Hezbollah più forte e Iran più strategico. Oggi il leader iraniano **Ahmadinejad**, un uomo con gli occhi così vicini che sembra George Bush, ha chiesto che Israele sia trasferita in Europa. La Svezia andrà in Asia, il Giappone in Sudamerica, il Perù in Medio Oriente. L'Australia resterà in Australia.

Completata l'uscita dal Libano del Sud, le truppe israeliane sono tornate a casa, per trascorrere più tempo a invadere le proprie famiglie.

I libanesi tornati nelle proprie città distrutte dicono che non hanno capito lo scopo della devastazione. Il motivo per cui non l'hanno capito? Guardano il Tg1 di Mimun.

Bush

Bush, un uomo con gli occhi così vicini che sembra Ahmadinejad, ha criticato l'Onu per la copertura morale di Stati che alimentano il terrorismo. Poi ha aggiunto: – *Abbiamo un impegno solenne a difendere i nostri cittadini dal terrorismo, ad attaccare le reti terroristiche e a privarle di ogni rifugio sicuro.* – Alludeva alla saletta per terroristi al terzo piano del palazzo dell'Onu.

Riferendosi quindi alle perdite umane della guerra in Iraq, Bush ha assicurato che sarà migliorato il sistema con cui la **Guardia nazionale** comunica la notizia ferale alle famiglie dei caduti. In pratica non verranno più impiegati **clown con telegrammi**. I poveri clown facevano del loro meglio, ma alla fine rendevano i famigliari solo più tristi.

Infine Bush ha confermato che non c'è nessun piano di attacco contro l'Iran.

Lo attaccheranno senza alcun piano, come con l'Iraq.

Bush ha attaccato l'Iraq in modo **illegale** e **mentendo** al mondo intero, ma è tutto ok, perché Bush ha solo obbedito agli ordini tassativi dell'imperatore Xee, Doge Supremo della Confederazione Intergalattica dei Sistemi Solari della Confederazione Intergalattica, il quale lo ha richiamato alla lettera del Trattato di Phfannz-3, firmato dagli Usa nell'anno 9014 e con validità retroattiva.

Fashion

Le sfilate della prossima primavera-estate sono già fuori moda, scrive "Vogue".

Waffen-ss

Con una sbalorditiva intervista alla "Frankfurter Allgemeine Zeitung", lo scrittore premio Nobel **Günter Grass** ha confessato che da giovane era nelle SS col papa. E Gandhi.

Prigioniero di guerra degli alleati, Grass nel campo incontrò un altro diciassettenne, **Joseph Ratzinger**. Dice Grass: – *Io volevo diventare un artista, mentre lui voleva entrare nella Chiesa e fare carriera.* – È esattamente l'impressione che Ratzi ha dato una volta eletto papa. Quando si affacciò al balcone, non vedevi un papa, vedevi uno che era contento di essere arrivato al vertice della ditta.

C'è chi si è indignato con Grass. – *Perché ha aspettato sessant'anni per fare questa rivelazione?* – Semplice. Ha voluto aspettare che l'altro diventasse papa. Non solo SS, ma anche paraculo.

Schifani

Il "Corriere della Sera" riporta la notizia secondo cui l'onorevole Schifani, che in passato aveva abusato dei suoi privilegi all'ingresso di un cinema, stavolta ha fatto la fila al ristorante come tutti. Non solo: dal sito di Forza Italia apprendiamo che durante la serata il senatore Schifani è andato in bagno e ha anche cagato come tutti.

Siamo sicuri che Schifani sia davvero senatore? Magari è solo un tizio con una fotocopiatrice. Chi è che verifica, tanto?

Iztacalco

Una infermiera messicana ha messo al mondo il suo ventiquattresimo figlio. Ha detto che non ne farà più perché vuole anche una carriera.

Günter

In Germania proseguono le polemiche sulla confessione tardiva di Günter Grass a proposito della sua militanza nelle SS. Il quotidiano "Bild" ha calcolato che, in seguito alla confessione, la vendita del suo nuovo libro autobiografico, se si escludono i diritti derivanti dalle traduzioni all'estero, gli renderà quasi due milioni di euro. – *Anch'io sono stato nelle* SS, – ha prontamente ammesso in un'intervista-shock Alessandro Baricco. – *Se è per questo, anch'io,* – ha rivelato Susanna Tamaro. – *Sì, ma l'ho detto prima io,* – ha concluso Baricco.

Plutone

Al congresso dell'Unione astronomica internazionale tenutosi a Praga in settimana, gli scienziati hanno deciso di escludere Plutone dal novero dei pianeti del sistema solare. Perché è gay.

In questo modo, gli astronomi hanno messo ordine tra la spazzatura che si trova nel nostro spazio cosmico: Plutone infatti è un oggetto di diametro inferiore alla Luna e, a quella distanza dal Sole, ci sono parecchi corpi analoghi che potrebbero ugualmente essere definiti "pianeti", compresa una lavatrice che Aldrin eliminò per sbaglio dall'Apollo 11 durante la storica missione. Raggiunta la zona di polvere meteoritica e ghiaccio denominata fascia di Kuper, che si estende oltre Plutone, ma dentro l'area di influenza del Sole, la lavatrice ha accresciuto nel tempo il proprio diametro grazie alle concrezioni e adesso viene spesso scambiata per Plutone. Se Plutone è un pianeta, allora lo è anche la lavatrice di Aldrin, devono aver pensato gli scienziati. Che si fa, si dichiara "pianeta" una lavatrice? Via via via. E così adesso il problema è risolto.

Senza considerare che aggiungere nuovi pianeti ridurrebbe di molto le nostre chance di vincere miss Universo.

Un gruppo di scienziati ha cercato di spiegare al presidente Bush i motivi del declassamento di Plutone. Dopo un po' ci hanno rinunciato e gli hanno detto che è stato distrutto da Darth Vader.

Iraq

Ucciso al-Zarkawi, uno dei principali leader di Al Qaeda. Titolo del "New York Post": *Riscaldate le vergini*.

Secondo la tradizione islamica, gli spettano settantadue vergini in paradiso. Ma gli studiosi del Corano non sono unanimi: per alcuni sono settantadue vergini, per altri ci sarebbe un errore di traduzione e in realtà sarebbero settantadue gattini.

Ma questo è successo due jihad fa. Ieri, visita del

presidente Bush in Iraq. Una visita a sorpresa: gli iracheni si sono sorpresi che fosse ancora presidente.

Il primo ministro iracheno Comekazzo Sikiama gli ha detto: – *Se sapevo che veniva, avrei fatto costruire un'infrastruttura.* –

Il fatto che Bush sia rimasto in Iraq per cinque ore è un preciso messaggio al popolo iracheno. E il messaggio è: – *Me ne vado da 'sto cesso di posto il più presto possibile.* –

Le compagnie petrolifere oggi hanno diramato un comunicato ufficiale per lamentarsi dell'aumento del costo dei barili di legno.

Prodi proda

Il sito Internet di "Repubblica" ha invitato i surfisti a far domande al presidente del Consiglio **Romano Prodi**. In poche ore gliene sono arrivate migliaia, più o meno quante le questioni che non ha ancora risolto, ma con questa scusa il quotidiano ha potuto scegliere, fra quelle, le domande giuste, cioè quelle che poteva benissimo fare da solo senza fingere di darne il potere ai lettori (i giornalisti, in un forum, avrebbero potuto replicare alle saponette di Prodi, gli smanettoni invece ciccia). Il **marchettone** di risulta è stato poi pubblicato, in modo che la presa per il culo coinvolgesse anche i lettori fino a quel momento ignari. Titolo: *L'Italia torna tra i grandi*. Occhiello: *"Il ceto medio riavrà il potere d'acquisto che ha perso"*. Toh, chi si vede: la promessa elettorale che Prodi dimenticò di promettere in campagna elettorale. Come ricorderete, poco prima che, in una scena vesuviana, quella vecchia baldracca di Berlusconi pompinasse con l'Ici il telespettatore nel lupanare di Vespa, un Prodi verginella di primo pelo si era limitato a fare una sega a Montezemolo accennando alla riduzione del cuneo fiscale. A eruzione avvenuta, qualcuno s'è accorto che nessuno aveva spiegato al ceto medio perché gli conveniva votare Prodi. Il marchettone ci mette una pezza. Bla bla bla e abbiamo già cominciato. Fra parentesi le risposte vere.

Presidente Prodi, l'Italia ha rischiato seriamente di rimanere isolata sulla missione di pace in Libano. Come giudica l'accordo raggiunto venerdì a Bruxelles, con la Ue e l'Onu?

Numerosi i motivi, valutare con ottimismo e soddisfazione, pur con tutte le cautele del caso, si può tranquillamente dire, il bacino del Mediterraneo, l'Europa, l'Onu, autorevole, multilaterale, sono certo che si avvierà un percorso virtuoso, Medioriente, Palestina.

(Buonasera. Una cosa prima di cominciare: non è vero che per hobby uccido prostitute. Quanto alle risposte che darò, sono un professionista. Non smetterò di parlare finché non vi ho esaurito.)

La trattativa diplomatica con la Francia è stata molto difficile. Chi ha avuto più meriti tra lei e Chirac?

Ritengo che, la nostra attività di intense relazioni, anche nei momenti in cui serpeggiava il maggiore scetticismo, partner internazionali, la situazione poteva degenerare pericolosamente, motivo di grande soddisfazione per tutti.

(Guerra con la Siria.)

Come giudica il comportamento dell'opposizione sulla missione in Libano e sulla politica estera? È possibile una collaborazione bipartisan?

Improntati, massima trasparenza, Fini, Casini e Letta interlocutori attenti e aperti al dialogo e all'impegno che non può che essere un impegno di tutti.

(Sono semplicemente un capo di governo con una bocca da sfamare.)

È possibile pensare a una riforma del sistema pensionistico i cui costi non gravino interamente sulle spalle delle giovani generazioni, già penalizzate dalla precarietà del lavoro? Mi spiego: esistono categorie fortemente privilegiate che percepiscono pensioni altissime (ufficiali di carriera dell'Esercito, funzionari Banca d'Italia, dirigenti ecc.), è fattibile l'ipotesi di una loro significativa riduzione, a fronte della necessità di ripristinare, in questo Paese, un minimo di giustizia sociale?

Due sono i problemi che mi ha posto: il dramma delle giovani generazioni e quello delle pensioni più basse che non bastano nemmeno per i bisogni più elementari della vita. Sono proprio le direzioni in cui ci siamo impegnati in campagna elettorale.

(Caro lettore, ti spiego che domanda mi hai fatto, cambiandotela. Era: le pensioni altissime verranno ridotte o no? Non ti ho risposto affatto, ma non puoi replicare. Quanto all'ingiustizia sociale, è sempre stato così ovunque. Jonas Salk, inventore del vaccino antipolio, non riusciva a rimorchiare. Riccardo Scamarcio invece non ha problemi. Li avrebbe se avesse avuto la polio. Dov'è la giustizia?)

Cosa vorrebbe che, in un futuro, si ricordasse del suo governo? Quale l'immagine che vorrebbe percepissero i cittadini?

Prestigio internazionale, una scuola e una ricerca degne di un paese moderno, maggiore giustizia sociale, soprattutto fiscale.

(Ti preoccupi dell'immagine percepita? Eccone un altro a cui Berlusconi ha fatto il lavaggio del cervello. Ti ho risposto come fosse una domanda vera. Con una risposta berlusconiana. Mi sono divertito alle tue spalle. Non ridevo così tanto dalla volta che il parrucchino di Schifani è rimasto intrappolato fra le chiappe di Berlusconi.)

Accanto alle doverose iniziative in tema di lotta all'evasione fiscale, quali saranno le iniziative tese a dare anche allo Stato-esattore un volto più etico nei rapporti col cittadino? (Rimborsi eterni, contenziosi costosi per il cittadino e non per l'amministrazione, amministrazione meno neghittosa ecc.).

Ne ho discusso per ore e ore, grande serietà, equità, rilancio di questo fondamentale settore, i ministri avranno tanto da lavorare.

(Tutti hanno uno scopo nella vita. Magari il tuo era di farmi questa domanda.)

Presidente Prodi, non crede che la politica per l'immigrazione che questo governo sta promuovendo sia in netta controtendenza con gli eventi accaduti negli ultimi anni nonché con le politiche portate avanti dagli altri Stati Ue? Perché mentre tutti chiudono le frontiere e mettono in discussione la "società multiculturale", noi rendiamo più facile il conseguimento della cittadinanza e pensiamo alla chiusura dei CPT?

Ogni immigrazione di successo deve poi sfociare nella cittadinanza come è successo per gli italiani in Belgio, Svizzera e Germania. Quanto ai CPT, attuare nel modo più rispettoso possibile dei diritti di tutti.

(L'immigrazione di insuccesso è infatti una bella gatta da pelare. È ovvio quali parti corporee sono interessate e sarebbe perverso menzionarle.)

È apprezzabilissimo lo sforzo di voler creare una situazione di giustizia fiscale. I tempi sono realisticamente lunghi. Non crede che bisognerebbe trovare una maniera per "premiare" e/o "indennizzare" i lavoratori dipendenti che da tempo immemorabile pagano sempre tutto il dovuto? D'accordo seguire le leggi dell'economia ma forse anche

la giustizia sociale dovrebbe essere tenuta nel giusto conto.

In sette, otto anni è possibile sconfiggere l'evasione e vivere in un Paese dove i "furbetti" non sono invidiati, ma condannati.

(Con l'indulto.)

Non è tuttavia possibile distinguere tra buoni e cattivi, dividendo gli italiani in categorie.

(Credevi il contrario? Ma allora sei davvero un pirla! Faremo nuove leggi per i reati finanziari. Ai trasgressori verranno confiscati i loro libri di Camilleri.)

Nell'attuale legislatura è prevista una sorta di risanamento per quello che un tempo era considerato il ceto medio? Ad esempio io mi sono laureato dieci anni fa e da allora lavoro da dipendente percependo mediamente uno stipendio di milleseicento euro al mese.

Su base europea, l'indice di povertà relativa dell'Italia è del 19%, a fronte del 15% degli altri Paesi comunitari. Il ceto medio riavrà quel potere d'acquisto e quella dignità di ruolo sociale che merita. Politiche di riequilibro finanziario, lotta senza quartiere all'elusione fiscale e all'evasione. È finita l'epoca dei condoni che creano l'alibi all'illegalità. È una mia formale promessa.

(Le altre erano informali. Più in generale, credo che Dio ami tutta l'umanità. Ma non tutti allo stesso tempo. Questo spiega la tua sfiga. Parli di ceto medio. Te ne impipi degli operai. Fai bene. Tutto quello di cui parlano è ciò che succede in fabbrica. Estremamente noiosi. Se dovessi cercare un aggettivo per descrivere le loro conversazioni, "noiose" è quello che mi uscirebbe dalle labbra. – Ciao, oggi ho avvitato dei fanali a delle scocche. – – Non mi dire! Rimorchierai un sacco di ragazze. – *Il vantaggio di essere un ope-*

raio è la vita piacevole che puoi permetterti. La fabbrica è un posto dove puoi fare tutto quello che vuoi, purché tu abbia avvitato fanali a un milione di scocche alla fine della giornata.)

In campagna elettorale ho spesso sentito parlare della detraibilità almeno parziale delle spese di affitto della casa di abitazione. Dopo le elezioni non ho più sentito nulla di questa proposta che mi sembrava sensata, di interesse generale e utile anche al controllo di una quota di evasione. Era solo una promessa elettorale o avrà un seguito?

Documento di programmazione economica e finanziaria, il rilancio della politica abitativa, un grande piano di edilizia residenziale pubblica, adozione di misure di affitto agevolato e, dove possibile, detraibile, con particolare riferimento alle giovani coppie e agli studenti universitari. L'azione riformistica di settembre partirà proprio dalla casa.

(Ieri notte ho sognato che ero il più grande domatore di leoni. Ero in gabbia con quindici leoni della foresta quando il mio sgabello si rompe. Così questi trenta leoni della foresta escono dalla gabbia e mi inseguono. Eccomi lì, inseguito per le vie di Bologna da cinquanta leoni della foresta, quando scopro di essere finito in un vicolo cieco con davanti un muro di venti metri e dietro centocinquanta leoni della foresta. Immagina la scena: intrappolato in un vicolo cieco con un muro di cinquanta metri e trecentocinquanta leoni della foresta dietro di me. Come diavolo sono riuscito a salvarmi? Mi sono tolto gli occhiali, ho detto che ero Gigi & Andrea e me ne sono andato camminando.)

Quando metterà mano alla riforma della Rai che minimizzi l'influenza dei partiti e di Mediaset al suo interno? O le sta bene così? Rispetti il programma elettorale.

L'avevo detto in passato e lo ripeto anche a lei: non può esistere Paese veramente libero dove non ci sia una stampa e un'informazione realmente svincolata da interessi e controlli. Mettere in pratica questo semplice principio in Italia è una delle sfide politiche più difficili che si possano immaginare. Le cose come sono oggi non mi stanno affatto bene. Neanche un po'. Metterle a posto è molto difficile ma non smetterò mai di provarci. Anche se ogni giorno mi accorgo con sempre maggiore amarezza che ormai quasi nessuno pensa che la Rai sia un servizio pubblico. Un servizio di cui il Paese ha sempre più bisogno.

(Non sono il tipo di persona che usa normalmente l'interiezione "cazzo", ma se la usassi ora sembrerebbe che ho qualcosa da nascondere. Ho le mani legate. Rutelli e Fassino mi hanno imposto Cappon. Rutelli è l'amico che non riesci a evitare. Fassino l'ho incontrato l'altro giorno e gli ho detto: – Piero! Era freddo il sottosuolo, stamattina? – *Gentiloni lascerà tutto così. Ha la faccia di uno che s'è scopato Maria Montessori. Di recente. Ho capito che sulla Rai decidono i partiti, non il governo. Possono i partiti togliere la Rai dalle grinfie dei partiti? Impossibile. Dovrei farlo io, ma non posso. Non c'è speranza. Luttazzi non tornerà più in Rai.)*

Sono un cittadino italiano residente all'estero e seguo la politica italiana costantemente con giornali (italiani ed esteri) e Internet. La mia domanda è semplice. L'impressione che si ha dall'esterno è che la sinistra antagonista nell'Unione conti di più di quello che è il suo numero; il continuo "personalismo" di certi personaggi continua a drenare la credibilità dell'Unione e del suo programma. Non pensa che un allargamento del governo (anche con appoggio esterno) non giovi alla governabilità futura dell'Italia?

Il governo è una vera squadra. Lo dimostra la compattezza nei voti e nelle decisioni.

(Tipo quelle sulla Rai.)

Il grande sforzo, proposte, settori di competenza, l'attività di questi primi tre mesi, cambiare volto e passo alla nostra politica interna e internazionale, il ruolo dell'opposizione, attuare il nostro programma.

(La buona notizia è che se gli spettatori diventano ancora più stupidi, dimenticheranno come cucinare il crack.)

Premesso che il programma di governo prevede l'eliminazione dello "scalone" che dal 2008 innalzerebbe a sessant'anni e trentacinque anni di contributi il pensionamento per anzianità, vorrei sapere come il governo intende procedere, visto che sinora non è stata formulata alcuna proposta ufficiale.

Superare la discontinuità, raggiungere la condizione di equilibrio senza ridurre le prestazioni, l'allargamento della popolazione attiva, l'emersione contributiva, l'aumento dei tassi di occupazione in particolare tra le donne e le fasce più anziane, la vita lavorativa adattata all'allungamento della vita media, incentivi che rendano conveniente rimanere al lavoro, presto buone novità in materia.

(Se una cosa è sbagliata, il suo contrario in genere è giusto, ma non sempre. Ad esempio: rubare dalle tasche della gente è sbagliato, ma lo è anche mettere cose nelle tasche della gente. È bello crescere, però superati i sessant'anni tutto quello che accade non fa che deprimerti. Gli anziani in casa di riposo vorrebbero uccidersi tutti, ma non sanno come farlo, con un budino. O forse l'età porta saggezza. Chi infila i petardi nel sedere dei cani? Gli anziani? No. Sono saggi. D'altra parte, se l'età porta saggezza, com'è che le vittime di truffe domiciliari sono sempre gli anziani? Poi fri-

gnano: – Si approfittano di noi perché siamo anziani. Ci hanno detto che se volevamo una nuova bmw bastava che mettessimo due milioni in contanti in un sacchetto dentro una cabina telefonica. All'inizio eravamo scettici perché ci avevano già fregato così altre dieci o undici volte prima, ma se ne approfittano perché siamo vecchi. – *No. Perché siete tonti.)*

Volevo chiedere al Premier quando si discuteranno i provvedimenti per la costruzione di asili nido e dei bonus per i figli fino ai diciott'anni come promesso in campagna elettorale.

Dalla prossima Legge finanziaria.

(Cos'è 'sta puzza? Stai lessando una capra?)

L'indulto che il suo governo ha approvato era il prezzo politico da pagare a Berlusconi per potersi garantire una opposizione più accondiscendente?

No, era un doveroso gesto di clemenza verso migliaia di disperati che hanno solo visto ridotta la loro permanenza in un sistema carcerario vicino al collasso. Mi chiedo dove sono finiti coloro che applaudivano in modo corale e senza riserve Giovanni Paolo II quando chiedeva l'amnistia.

(Il papa pensava proprio a Previti e a Consorte. Per fortuna però l'indulto lascia il sistema carcerario così com'è.)

Cosa ha intenzione di fare il governo per aiutare le donne che lavorano e che hanno dei figli?

Il confronto con le parti sociali, le politiche di sostegno, tutela e incentivo per le donne lavoratrici, sindacati e aziende, nuove regole per la diffusione del part-time, anche nel settore pubblico.

(Mi piacerebbe darvi un bacio con la lingua, ragazze, ma ho fatto un piercing e mi si è infettato.)

Vorrei chiederle in che tempi e con quali strumenti e soluzioni ritiene di poter porre fine al precariato quale unica modalità corrente (e perenne) di lavoro, soprattutto giovanile.

Abbiamo già cominciato a regolare in modo più serio il precariato.

(La natura non è crudele. La natura è indifferente. Creeremo altri sottosegretari.)

In percentuale, cosa vorrebbe vedere nel nuovo Partito democratico in termini di iscritti: quanti DS, quanti Margherita e quanti nuovi provenienti da altri partiti e soprattutto dalla società civile che fino a quel momento non erano dentro la politica?

La casa del Partito democratico ha bisogno di quattro colonne: una visione aperta del mondo, l'ottimismo, l'esperienza di chi ha fatto politica, il cuore di chi vive la società. Se non vi è il contributo di tanti altri cittadini, la somma diventerà una sottrazione.

(Ma i girotondi la smettano di rompere le palle e ci lascino lavorare.)

Desidererei sapere se il governo intende varare una vera e propria "politica energetica" che abbia come prima finalità la riduzione della dipendenza dall'importazione di petrolio e gas naturale. Sarei anche interessato a sapere da quando potremo vedere le prime azioni concrete in merito a questa materia: forse dalla prossima finanziaria?

Sulla politica energetica, sul risparmio energetico, sulla tutela dell'ambiente e la non dipendenza dalle fonti tradizionali siamo impegnatissimi.

(Niente incentivi a chi vuole mettere pannelli solari in casa.)

La cabina di regia, una risposta adeguata, un problema che è ormai di vita o di morte.

(Il figlio di Mastella si è sposato nella tenuta di campagna così le galline potevano beccare il riso.)

Cosa intende fare il governo per riequilibrare a favore del cittadino comune lo strapotere dei cosiddetti "poteri forti" (banche, telefonia, aziende energetiche ecc.) che operano in regime di monopolio privato o di cartello e verso i quali non si hanno possibilità di contrattazione o scelta?

Abbiamo già cominciato con buoni esempi.

(Bersani che concilia coi tassisti e io che sanguino dal retto.)

Caro Prodi, come è possibile che il governo lasci al suo posto il capo del Sismi? Delle due l'una: o Pollari era al corrente del rapimento di Abu Omar, e dunque si è reso complice di un grave reato, oppure non sapeva cosa stessero organizzando i suoi più stretti collaboratori, e dunque è un assoluto incapace. In ogni caso era sicuramente al corrente dell'opera di disinformazione organizzata dal Sismi ai suoi danni.

Il sistema di sicurezza di un Paese è articolato e complesso, situazioni delicate, fermezza, serenità, l'importante è che l'Italia sia sempre al sicuro da azioni terroristiche e violente. Questo è quanto il governo chiede ai servizi.

(Charlie Chaplin diceva che la vita è una tragedia quando è vista in primo piano, ma una commedia in campo lungo. Se i servizi segreti violano la legge non sono fatti miei.)

Signor presidente, secondo lei, il rapido avvio di un processo mirato a un pieno ingresso di Israele nell'Unione europea potrebbe costituire, insieme all'adesione della Turchia, un passo importante per la pacificazione del Medio Oriente? L'idea di un'Europa portata avanti dai padri fondatori, la grande visione di una patria europea garante della pace e dello sviluppo solidale espressa nel ma-

nifesto di Ventotene potrebbe dimostrare in questo difficile frangente la sua grandissima attualità.

La politica di vicinato può talvolta essere utile almeno quanto quella dell'allargamento, proprio perché vincola tutti i Paesi, siano essi membri o meno, a rispettare regole condivise senza forzare decisioni politiche non ancora interamente condivise.

(Questo è un argomento così poco importante che ho deciso di parlarne. Come funziona il capitalismo imperialista? Uno ha bisogno approssimativamente di quanti tavoli e sedie? E poi?)

Il suo governo ha battuto ogni primato quanto al numero di ministri, viceministri e sottosegretari, nonostante la riduzione dei costi della politica sia stata uno dei leitmotiv della sua campagna elettorale: ritiene ancora possibile un intervento correttivo sui costi della nostra democrazia?

Questo aumento non è costato un euro in più al contribuente.

(Anzi mi chiedo perché non li abbiamo raddoppiati, se le cose stanno così come dico. Ne approfitto per ringraziare le migliaia di persone che hanno scritto lettere di congratulazioni per i primi cento giorni del mio governo. E anche le due che le hanno imbucate. L'altro giorno poi mi è arrivata per posta una catena. Adesso devo spedirne una a dieci altre persone.)

Cosa si intende fare di concreto per la ricerca? Vivo la realtà della mia compagna biologa, e altri trenta-quaranta-cinquantenni precari a novecento euro, periodi di "buco" di disoccupazione tra un contratto e l'altro, giovani ricercatori motivati che non sanno domani cosa andranno a fare.

Alla ricerca si provvederà con nuove risorse e nuovi incentivi. Molto presto.

*(Ballerò a tip tap tutto il secondo atto dell'*Aida *di Verdi.)*

Caro Prodi, quando nascerà finalmente il Partito democratico? E quando nascerà chi sarà il leader e il candidato premier? Ancora lei?

Possiamo dire che è già nato, come dimostrano i gruppi unici dell'Ulivo in Parlamento.

(E il fatto che non è ancora nato.)

Polemiche

Rovente carteggio fra Adriano Sofri e Marco Travaglio. Sofri ha dato del cretino a Travaglio, Travaglio ha ricordato a Sofri tutte le volte che Sofri ha difeso Berlusconi e soci sui giornali berlusconiani. Sofri si è così incazzato che ha spezzato le sue catene e ha buttato giù la Torre di Pisa.

Settembre 2006

Maltese dorme

Curzio Maltese chiude la sua intervista a **Mario Monicelli** ("la Repubblica", 1° settembre, p. 51) con questa domanda: – *Dante è uno che prende il suo papa, Bonifacio VIII, e lo sbatte all'inferno, ne parla come un dannato. Ora vorrei capire se fra gli eroi della satira contemporanea, sempre pronti a vantare il proprio coraggio, ce n'è uno capace di tanto con Ratzinger.* –

C'è, c'è. Ed è lo stesso che Maltese, ogni volta che gli capita di scrivere sull'editto bulgaro di Berlusconi, **dimentica sempre di citare** dopo Biagi e Santoro. 8 orizzontale: *"Fa rima con 'sti cazzi"*.

Una buona notizia dall'Iraq

"La forza bruta senza la saggezza cade sotto il proprio peso." Orazio (65 a.C., *Odi*)

Guerra in Iraq, una succursale della **Halliburton**. Settembre è il più crudele dei mesi per gli iracheni: più di tremila le morti violente. A quanto pare, mentre **Bush** sta combattendo la sua guerra al terrorismo globale, gli iracheni stanno combattendo la loro **guerra dei cinquecento anni** fra sunniti e sciiti. Secondo Bush, in Iraq non è in atto alcuna guerra civile. Sorprendente! Ma lo dice Bush. Devo crederci.

È bello vedere un politico che non è così insicuro da ammettere che ha fatto uno sbaglio.

Questo è il primo indizio che il tuo Paese è messo male: quando hai nostalgia dei tempi in cui le morti violente erano solo duemila al mese.

Che ne è del vecchio *divide et impera*? Sunniti e sciiti sono già divisi. Se Bush conoscesse la storia, saprebbe almeno approfittare fino in fondo della contingenza. E invece per colpa sua l'Iraq adesso è l'ascella del mondo. Ecco cosa succede quando una nazione potente elegge un somaro. Non ho nulla contro gli idioti, ma non dovrebbero essere presidenti Usa. Tanto varrebbe rimettere Saddam al suo posto. Non accadrà, perché chi ha voglia di rifare tutte quelle statue?

O forse è solo sfiga. Non dimentichiamo però che questa sfiga cominciò quando **Rumsfeld** assunse **Cheney** nell'amministrazione **Nixon**.

In Iraq, le condizioni di acqua, elettricità, fogne, terrorismo sono peggiorate rispetto all'epoca di Saddam. Ma migliorate rispetto all'impero ottomano.

Mi piacerebbe vantarmi perché avevo previsto la catastrofe tre anni fa, ma anche allora era così ovvio che adesso non c'è gusto.

La buona notizia? Fra i morti iracheni non c'è nessuno che conoscete.

Ironia della sorte: un cadavere maciullato da una bomba a grappolo aveva in tasca il biglietto vincente della lotteria di Baghdad.

Il presidente **Talabani** si è detto fiducioso del fatto che entro la fine dell'anno le forze armate irachene avranno il controllo del Paese. – *Inoltre,* – ha aggiunto, per mettere le cose in prospettiva, – *sono ugualmente fiducioso del fatto che riuscirò a scoparmi Monica Bellucci.* –

Secondo un sondaggio, finalmente la maggioranza degli americani ha capito che non c'è alcun legame fra la guerra in Iraq e la guerra al terrorismo. Per colpa delle bugie di Bush & Co., ci hanno messo tre anni per arrivarci. È ora di passare al piano B. O, come direbbe Bush, il piano A.

È sbagliato paragonare Bush a Hitler, ma è legittimo paragonare la sua politica a una band anni ottanta che ha avuto successo con una canzone e poi è sparita. Ad esempio i Predatori dell'arca perduta. (No, quello era un film. Cazzo! Scusate.) I Righeira, ecco. Johnson Righeira una volta tirò una bottiglia di birra in testa a uno del pubblico. Questo comportamento ricorda in qualche modo Bush.

Oggi un rapporto del Pentagono ammette che la violenza in Iraq sta peggiorando e squadroni della morte stanno uccidendo migliaia di civili. Il titolo del rapporto è "Missione compiuta".

Nel settembre 2004, per l'anniversario dell'attentato al World Trade Center, la **Cnn** ha ritrasmesso sul suo sito Internet la cronaca di quel giorno. Bush stava cercando siti porno ed è sbiancato: – *Oh, no! L'hanno fatto di nuovo!* –

Nel pomeriggio, Bush ha poi incontrato il presidente cinese Hu alla Casa Bianca. Si sono raccontati aneddoti di condanne a morte.

Sundance

In una intervista a "GQ", Robert Redford confessa: – *Vorrei fare un film con Paul Newman.* – E chi non vorrebbe?

Rutelli

Lo vedi fare il piacione in tv e capisci che si è fatto eleggere in Parlamento perché era l'unico modo con cui poteva costringere gli altri ad ascoltarlo.

Conflitto di interessi

Il governo Prodi vuole risolvere il problema del conflitto d'interessi. C'è attesa per vedere come **l'Unione** riuscirà a mandare tutto in vacca anche stavolta.*

* Il giorno prima della caduta del governo Prodi 1, Violante ha proposto un disegno di legge secondo cui chi è in conflitto di interessi, ad esempio Berlusconi, può lo stesso candidarsi alle elezioni, ma se viene eletto dovrà alienare le sue aziende a un blind trust o a un acquirente, oppure, visto che ormai è presidente del Consiglio, farà una legge che annulli quella di Violante.

Attenzione a Violante, pericolo costante.

Schifani all'attacco: – *Difenderemo i diritti di Berlusconi a tutti i costi.* – C'è gente che per il potere venderebbe sua madre. Schifani te la consegnerebbe a domicilio.

Arrestato in serata **Confalonieri**. Aveva fatto di nuovo il paragone con piazzale Loreto. Applicata la legge prevista in questi casi: lo Stato italiano non rinnoverà le concessioni tv a Berlusconi.

Nasa

Misteriosa esplosione in una galassia vicina alla nostra. Gli scienziati preferirebbero non sapere cosa l'ha causata.

Africa

Trovato nel deserto del Sahara un dinosauro mummificato che ha ancora qualche brandello della pelle originale. Che è più di quanto si possa dire di Sophia Loren.

K

Alcuni ricercatori hanno scoperto che Mozart morì di febbre reumatica. E voi che pensavate che le vostre analisi ci mettessero troppo!

Tachi

Il professor Susunu Tachi dell'Università di Tokio ha creato un abito che rende invisibile chi lo indossa. Si tratta di un balzo tecnologico che, se sviluppato ulteriormente, potrebbe condurre a un sovraffollamento dei bagni femminili nei licei. Il professor Tachi riconosce che la tecnologia è ancora nel suo "stadio embrionale", richiede macchinari difficili da usare e sarebbe troppo costosa per il consumatore medio. In più, non è che ti renda proprio invisibile. – *A dirla tutta, fate come se non ve ne avessi neanche parlato,* – ha concluso il professor Tachi.

Suri

"Vanity Fair" ha pubblicato le prime foto di Suri, la figlia di Tom Cruise e Katie Holmes. A cinque mesi dal parto nessuno l'aveva ancora vista e c'era chi dubitava della sua esistenza. Tutti a chiedersi che fine avesse fatto. Tranquilli. È sull'astronave madre e sta benissimo.

Ucci ucci sento odor di Comanducci

Salve, sono il Daniele Luttazzi della televisione.

Nel marzo del 2001, una tv francese, **Antenne 2**, mandò in Italia una troupe per documentare il caso scoppiato con la mia intervista a Marco Travaglio. Mentre quelli di Antenne 2 erano al Teatro dell'Angelo, dove registravo, videro precipitarsi all'interno un figuro livido che raggiunto **Freccero** in redazione lo ricoprì di improperi. Urlava per farsi sentire da tutti. E tutti lo sentirono. – *Cos'è questa storia delle interviste? Dopo aver fatto ridere l'Italia, adesso vogliamo diventare gli zimbelli d'Europa?* – Uscendo mi incrociò. – *Le proibisco di dare interviste alla tv francese!* – Risposi: – *Sono liberi giornalisti e questo è un Paese libero. Lei piuttosto chi è, che viene qua a urlare?* – Si allontanò infuriato nel suo trench di pelle da spia dell'Ovra. Mi spiegarono che era un funzionario Rai, si chiamava **Comanducci** ed era stato testimone di nozze di **Previti**. Quelli di Antenne 2 filmarono di nascosto tutta la scena e mi chiesero se potevano usarla, ma io li invitai a non farlo perché avrebbero solo messo nei guai Freccero, e non era il caso.

Nella Rai berlusconiana, Comanducci divenne il potentissimo direttore del personale: chi entrava in Rai doveva passare da lui. Dipendenti e precari tremavano al solo pensiero. Leggo oggi sull'"Espresso" che il direttore generale **Cappon** gli avrebbe chiesto di farsi da parte e Comanducci gli ha risposto con *"un diluvio di singhiozzi"*. Psicologia dei kapò di sempre.

Cappon è rimasto sbalordito, quasi senza parole. Le sue sopracciglia devono ancora scendere.*

* La settimana seguente "l'Espresso" pubblica una lettera della Direzione Generale della Rai (!) in cui si precisa che *"al termine dell'incontro, nel corso del quale il direttore generale ha confermato la propria stima a Gianfranco Comanducci, uno scambio di ricordi familiari ha creato un momento di comune commozione, che nulla aveva a che fare con gli argomenti trattati*". (Lasciatemi indovinare: l'arresto di Previti? NdR)

Capito che tipo sono i Comanducci?

L'oppio è l'oppio dei popoli

Quando, nel 2001, gli Usa rovesciarono il regime talebano e insediarono **Karzai**, questi promise che avrebbe ampliato il divario fra ricchi e poveri, esteso la corruzione a giudici e polizia, coinvolto ministri in scandali immobiliari, e ceduta l'economia a mafia e narcotraffico. È stato di parola e l'Afghanistan oggi può sorridere alle avversità.

Antonio Maria Costa, funzionario Onu all'Ufficio droghe e criminalità, ha dichiarato al "New York Times" che quest'anno in **Afghanistan** è stato battuto ogni record nella raccolta di oppio: seimilacento tonnellate (il doppio rispetto all'anno scorso), ovvero il 92% della fornitura mondiale, un 30% in più del consumo annuo nel mondo. Noodles, puoi continuare a sorridere.

L'amministrazione **Bush**, insieme all'Europa, aveva fatto convergere in Afghanistan miliardi di dollari per un programma di eradicazione delle piantagioni di oppio. Ottimo lavoro, ragazzi. Medaglie per tutti. Quando riuscirete ad azzeccarne una, fatemi un fischio.

Costa attribuisce la colpa ai **talebani**, che starebbero riprendendo il controllo della parte sud del Paese. Poi, imitando Harry Belafonte, è uscito di scena cantando: – *Ehi, mister Taliban, tally me brown sugar / Daylight come and me want get stoned.* –

Con tutto quell'oppio in giro, è sorprendente che il nemico talebano sia così sveglio. Un momento: i talebani sono sempre stati CONTRO le coltivazioni di oppio. Sotto i talebani, il raccolto dell'oppio era calato dell'80%.

Comunque sia, è un fatto di quelli che giustificano futuri interventi armati. Ricordate la guerra al terrore? Purtroppo la guerra alla droga e la guerra al terrore hanno dato come risultato l'incremento esponenziale della guerra, della droga e del terrore. O le menti politiche-militari-strategiche occidentali sono completamente incapaci, o questi risultati sono voluti. Più terrore infatti significa più soldi all'industria militare, mentre più droga significa più fondi neri Cia.*

* Dennis Dayles, ex capo di una unità speciale della Dea (Drug Enforcement Agency):

"Nei miei trent'anni di servizio in America Centrale, i soggetti più rilevanti delle mie indagini quasi invariabilmente risultavano lavorare per la Cia." (Peter Dale Scott & Jonathan Marshall, *Cocaine Politics: Drugs, Armies, and the Cia in Central America*, University of California Press, Berkeley 1991)

Puoi avere la guerra alla droga come puoi avere la guerra al terrore o la guerra alle calze autoreggenti. (Per favore, no!)

Nessuno accenna alla domanda di derivati dell'oppio da parte dei consumatori americani, europei e asiatici, che alimenta il mercato. Per i capitalisti, **l'economia di mercato** è sempre la cura di ogni male, ma non quando si tratta di droga. Di recente, **Keith Richards** è caduto da una palma, si è schiantato contro una palizzata con una moto d'acqua, ha abbattuto un cipresso con una Maserati ed è precipitato con un deltaplano dentro un altoforno, eppure il giorno dopo era su un palco a suonare, in una forma smagliante. Un giorno gli scienziati capiranno che il futuro della medicina non sono le cellule staminali: è l'eroina, l'analgesico più potente mai creato dall'uomo.*

* Il più potente in realtà è l'idromorfone, ma con quel nome nessuno l'ha mai preso sul serio e per questo da anni è in analisi con problemi d'alcolismo.

Il problema è che **l'oppio rappresenta un terzo del prodotto lordo afghano** e nessuno potrà intervenire in proposito, pena l'affossamento della già macilenta economia nazionale. Qualche tempo fa venne proposto di comprare tutto il raccolto e bruciarlo. Fecero una prova e fu un disastro: i fumi imbambolarono tutto il Medio Oriente per mesi e cessarono tutti i conflitti, un bel guaio per l'industria della guerra. Inoltre aumentò a dismisura la richiesta di hamburger.*

* Le canne fanno venire fame. L'ho spiegata troppo? Questo però spiegherebbe **Ferrara**.**

** E l'epidemia mondiale di McDonald's.

Il giorno in cui morì **Bob Marley** è un giorno che i suoi fan fanno fatica a ricordare in modo distinto. Tutto questo oppio sarà comunque molto utile ai reduci dall'Iraq.

La soluzione che nessuno vede: legalizzare l'oppio

ovunque e tassarlo. Alternativa ugualmente efficace: non dare più notizie sull'Afghanistan.

Love affairs

Finita l'estate, **Muccino** e la **Canalis** si sono lasciati. Gabriele, se mi stai leggendo: smettila di telefonarmi a casa. Elisabetta non vuole più parlare con te.

Letteratura

Alberto Moravia è ancora morto.

Scienze applicate

Creato in Svizzera il primo androide col cervello di un topo. In Italia potrebbe già fare il presidente della Commissione di vigilanza Rai.

Moggiopoli

Il calcio è un rito moderno che consiste nel bere birra, sputare bucce di lupini e urlare, mentre guardi miliardari anabolizzati che corrono dietro a una palla. (Se ti danno tutti quei soldi per giocare, il minimo che puoi fare è rovinarti la salute.) Ci sono gli anticipi, i posticipi, le coppe, le amichevoli, i processi, i commenti. Tutta questa libertà è francamente nauseante.*

* Importerei da noi l'usanza dei telecronisti sudamericani di urlare *Goooooooooooooooooooooooool!* a ogni gol. Servirebbe a distrarre il pubblico dalle pastette. Per qualche motivo, l'usanza di urlare *Fuorigiocooooooooooooooooooooooo!* a ogni fuorigioco non ha mai preso piede da nessuna parte. Quanto ai calciatori che si fanno il segno della croce prima di entrare in campo, spero che quando sbagliano il rigore pensino: – *Gesù oggi non mi ha fatto segnare.* – Sennò è solo scaramanzia.

A sorpresa, qualche mese fa scoppia lo scandalo

Moggi e d'un tratto capisci perché guardare la *Domenica sportiva* ti faceva rimpiangere l'integrità morale dei dibattiti da **Biscardi**. **Ostellino**, uno che si guadagna da vivere sfidando le convenzioni, nella sua solita colonna di abbagli sul "Corriere della Sera"* ha scritto che in America il sistema Moggi lo insegnano addirittura all'università. Sì? Provate a truccare un campionato dell'Nba e guardate cosa vi succede. Poi ditelo a Ostellino.

* L'anno scorso, Ostellino sostenne che la mafia era "anche" un fattore di sviluppo economico per la Sicilia. Non ridete. Anche voi direste stronzate simili, se foste cretini. Lessi questa cazzata immane e mi dovetti allontanare dal giornale per cinque minuti. Poi tornai. Ostellino era ancora lì.

Il calcio italiano è malato gravemente. Conciliabolo. Hanno eletto **Matarrese**. Seguirà il *Requiem* di Mozart.

Veltroni ha paragonato il sistema Moggi al wrestling, ma è un paragone sfuocato. Tariamo meglio il diaframma. Moggi è della provincia senese. A Siena c'è il **Palio**, l'entusiasmante gara medievale in cui, per vincere, sono leciti tutti i colpi bassi. Puoi corrompere i fantini. Puoi corrompere il mossiere. Puoi addirittura attentare al cavallo della contrada avversaria. Fa tutto parte del gioco ed è il motivo per cui, sul Palio, non si scommette: un dirigente dei **Lloyd's** di Londra ha spiegato, infatti, che con una gara così è impossibile calcolare il rischio, decidere favoriti e outsider, stabilire le puntate. Il Palio rispecchia l'indole italiana: scaltra, passionale e infida. Il Palio ti insegna che devi sempre stare all'erta, stringere alleanze, preparare trabocchetti. Poi ha ragione chi vince, secondo il miglior **Machiavelli**. Ecco dunque il paragone giusto: Moggi aveva trasformato il calcio in un Palio. S'era solo dimenticato di dirlo a tutti gli altri.*

* Anche a chi, ingenuo, continuava a giocare al Totocalcio. Nessuno dei truffati chiede a Moggi un risarcimento? Una bella class action gli toglierebbe dalla testa la voglia di farsi rivedere in

giro, specialmente adesso che, a suo dire, una casa di produzione gli ha offerto un ruolo cinematografico. Nella fiction, Moggi è un procuratore di calcio che va in Argentina e si ritrova intrappolato dentro un fagiolo. Come ne esce? Con una scoreggia.

Ieri la **Ventura** ha lasciato che Moggi, giustamente squalificato per le sue colpe gravissime, rivoltasse la frittata a proprio favore con una faccia epossidica e la sicumera di quattro Mastella. (Mastella era in collegamento e diceva corbellerie, ma da tifoso. Non va confuso col ministro della Giustizia inglese, che ha un nome diverso.) Poi SuperSimo ha congedato Moggi con baci e abbracci, manco fosse **Bettarini**. Ne è seguita una polemica che le porterà guai. L'anatema di **Anna Falchi** sta funzionando.*

* Galliani: – *Faremo un codice etico a cui tutti dovranno attenersi.* – Hanno bisogno di un codice etico. Senza, sono smarriti. Il codice sarà di ottocento pagine. Con una sola frase ripetuta milioni di volte: *Non fregare. Non fregare. Non fregare.*

Appena scoperto, Moggi dichiarò: – *Lascio il calcio. Mi hanno ucciso l'anima.* – Gli juventini sconvolti: – *Moggi aveva un'anima?* –

Da segnalare l'editoriale ipocrita di Italo Cucci (Raisport, AN) che invoca un cambiamento totale nel mondo del calcio senza nominare neanche una volta Fabrizio Maffei (direttore di Raisport, AN) sotto la cui responsabilità la *Domenica sportiva* era diventata la *Domenica sportiva secondo Moggi*.

Alle accuse in merito di Varriale (giornalista di Raisport che poi Maffei esautorerà, scatenando le proteste della redazione) Maffei replicò: – *Non commento.* – Fantastico. Ehi, Galliani! Se hai bisogno di un uomo per redigere il tuo codice etico, c'è Maffei.

Giochi sporchi

Insomma, Saddam Hussein non aveva né armi di distruzione di massa né legami con Al Qaeda. (Ma era vicino a Cheney.) Dal 2003, milioni di pacifisti nel mondo protestano contro la guerra di Bush per questo motivo: basata su bugie, strumentalizzava in modo cinico il dolore suscitato dall'attentato dell'11 settembre per giustificare l'invasione illegale dell'Iraq, dando così ai seguaci di bin Laden nuovi argomenti per il loro proselitismo infernale.

I **giornali tradizionali** furono di una lentezza pleistocenica, rispetto alla blogosfera di sinistra, nell'accorgersi del **pacco confezionato da Bush & Co.** Una giornalista, Judith Miller, all'epoca scrisse quattro articoli sul "New York Times" che accreditavano l'ipotesi di un Saddam con le armi di distruzione di massa. In realtà stava facendo **propaganda** insieme ad altri giornalisti embedded, coi quali poi venne travolta dal **Cia-gate**. Quando tornai sull'argomento in questo blog, i blogger italiani neo-con si scatenarono, dandomi addosso nei modi più lerci.

Di oggi la notizia che li sputtana per l'ennesima volta (era già successo con lo scandalo **Niger-gate**): un rapporto del **Senato americano** conferma che non c'era alcun rapporto fra Saddam e Al Qaeda. **Gli Usa non erano in alcun modo costretti ad attaccare l'Iraq. Bush & Co. hanno ingannato tutti**, cercando di farlo credere sin dall'inizio. Vi hanno ripetutamente alluso nei loro discorsi pubblici, mentre molti media, specie la **Fox tv** e i quotidiani di **Murdoch**, contribuivano a fare ammuina: negavano che Saddam avesse armi di distruzione di massa insinuando che Saddam avesse armi di distruzione di massa. Come se non bastasse, **Rumsfeld** proibì agli strateghi militari di elaborare un piano per il dopoguerra in Iraq, minacciando di licenziare chi avesse parlato di una eventuale **Fase 4** (sicurezza, stabilità, ricostruzione): sarebbero serviti troppi soldati e l'opinione pubblica americana non avrebbe visto con favore l'impegno in una guerra lunga. Lo ha raccontato oggi al "Daily Press" il generale di brigata Mark Scheid, all'epoca colonnello al Comando centrale per le operazioni militari americane in Medio Oriente.

E così, secondo un sondaggio dell'altro ieri, adesso il **49% degli americani crede alla balla che Saddam sia collegato all'attentato dell'11 settembre**.* Non pago, due giorni fa **Bush** ci ha riprovato. Ha detto: – *Siamo in Iraq per combattere il terrorismo, che dopo l'11 settembre è una minaccia.* – Un giornalista finalmente gli ha chiesto cosa c'entri Saddam con Al Qaeda. – *Niente,* – ha risposto Bush, come se il tonto fosse l'altro. **Bush in pratica ha ammesso di essere un criminale di guerra.** Una risposta inaspettata. Deve essere un nuovo piano del malefico **Karl Rove**.

* E il 38% non sa neppure che l'attentato è successo!

A proposito di giochi sporchi, con l'approssimarsi delle elezioni la rete **Abc** stasera manderà in onda un docu-drama (*The Path to 9/11*) in cui si inventano fatti fasulli per dare a Clinton la colpa di non aver fermato bin Laden a suo tempo. Le bugie che la Abc trasmetterà sono il prodotto di **David Horowitz** e **David Cunningham**, due noti attivisti di destra. Horowitz ha creato il Center for the Study of Popular Culture, un "think tank" finanziato fra gli altri dal miliardario di estrema destra **Richard Mellon Scaife**. Erano di Scaife anche i due miliardi e mezzo di dollari dell'Arkansas Project, un'operazione sporca che consisteva nel pagare persone che raccontassero storie negative su Clinton, che poi risultarono false. Il padre di Cunningham è **Loren Cunningham**, fondatore del gruppo evangelico di destra Youth With A Mission (YWAM). David Cunningham ha fondato The Film Institute (TFI), dedicato *"alla trasformazione divina dell'industria cinematografica e televisiva dall'interno".* Lo sceneggiatore chiamato all'opera da Cunningham è un altro attivista di destra, **Cyrus Nowrasteh**. Dopo le proteste dell'opinione pubblica e degli storici, pare che la Abc abbia deciso di togliere la scena in cui Clinton è uno dei terroristi che dirottano gli aerei contro le Torri Gemelle.

Si attendono altre polemiche quando la Abc riprenderà il controverso docu-drama su Bush trasmesso nelle passate stagioni: *Lost*.

Abc è **Abc-Disney**. Negli Usa c'è già chi propone di **boicottarne tutti i prodotti**. Dopo aver visto la prima puntata, Pietro Gambadilegno ha preso le distanze dalla Disney e si è licenziato.*

* La Disney ha appena acquistato la Pixar. Il presidente Bob Iger ha detto che era importante che la Disney tornasse al suo passato glorioso, quando era al primo posto nel campo dei disegni animati. Questo gli lasciava solo due possibilità: comprare la Pixar, o scongelare Walt Disney. Già pronto il nuovo progetto: *Biancaneve 2: la vendetta di Brontolo*.

Il docu-drama della Abc non dice ovviamente che, ai tempi di Bush padre, bin Laden era finanziato dalla Cia per fronteggiare i sovietici in Afghanistan.

E che nei suoi video bin Laden porta un Timex. L'America sarà anche il grande Satana, ma ovviamente fa orologi migliori.

CENNI STORICI

Afghanistan. Nel **1973** un colpo di stato detronizza il re Zahir Shah. Nel '78 il **Partito democratico del popolo afghano** (PDPA), filosovietico, con la "rivoluzione d'aprile" instaura la Repubblica democratica dell'Afghanistan, guidata da **Mohammad Taraki**. Ma le riforme del nuovo regime (sovietizzazione, laicizzazione) generano malcontento nella popolazione. In questo contesto comincia a organizzarsi la resistenza islamica armata.

A metà del '79, la guerriglia islamica sostenuta da Iran, Pakistan e Cina controlla quasi l'80% del territorio afghano. Taraki viene ucciso. L'**Urss**, temendo l'estensione della ribellione islamica alle vicine repubbliche di Turkmenistan, Uzbekistan e Tagikistan, invade l'Afghanistan nel dicembre '79.

Nel **gennaio '80** gli Usa danno al Pakistan aiuti economici e militari per fermare l'avanzata dell'Urss in Afghanistan. **Zbigniew Brzezinski**, ex consigliere per la Sicurezza nazionale Usa, dice a "Le Nouvel Observateur" il 15 gennaio 1998: *"Secondo la versione ufficiale della faccenda, gli aiuti ai mujaheddin da parte della Cia sono iniziati durante il 1980, ovvero dopo che l'armata rossa aveva cominciato l'invasione dell'Afghanistan. La realtà, rimasta fino a oggi strettamente celata, è completamente diversa: fu il 3 luglio 1979 che il presidente Carter firmò la prima direttiva per aiutare segretamente gli oppositori del regime filosovietico di Kabul. Quello stesso giorno scrissi una nota al presidente nella quale si spiegava che a mio parere quell'aiuto avrebbe determinato un intervento armato dell'Unione Sovietica in Afghanistan".*

I **servizi segreti pakistani** (Isi) ricevono intelligence e finanziamenti da Usa e Arabia Saudita (sono questi gli anni dell'alleanza economica tra la famiglia Bush e la famiglia saudita dei bin Laden). L'ISI gestisce autonomamente i fondi americani e la guerra contro la Russia viene presentata al popolo afghano e ai volontari arabi come una jihad islamica contro gli infedeli comunisti.

Agli inizi dell'89, la sconfitta russa (13.310 morti e 35.478 feriti) contribuisce in modo determinante alla dissoluzione dell'Urss.

Il Pakistan vuole installare un governo islamico a Kabul, così da concentrarsi sulla delicata questione del Kashmir (uranio) dove era in corso una guerra con l'India. Inoltre un governo islamico-sunnita in Afghanistan avrebbe permesso un controllo del vicino Iran islamico-sciita (malvisto dagli Usa) e contemporaneamente della Russia.

Gli Usa sostengono la jihad fino alla definitiva scomparsa dell'Urss (dicembre '91), quindi spostano la loro attenzione altrove **(guerra del Golfo, 1991)**.

Fra le diverse fazioni della resistenza islamica esplode la guerra civile. Nel 1992 i mujaheddin tagiki sostenuti dall'Iran e fedeli a **Massud** conquistano Kabul, sconfiggendo gli afghani-arabi appoggiati dal Pakistan. Gli scontri proseguono fino al 1994, quando compaiono i talebani, che nel 1996 prenderanno Kabul. Russia e Usa tornano a occuparsi della zona.

La guerra contro la Russia e la successiva guerra civile hanno fomentato **un acceso fanatismo islamico** di impronta wahabita-saudita. Tra l'82 e il '92 ben trentacinquemila musulmani provenienti da tutto il mondo hanno combattuto in Afghanistan pagati con soldi sauditi e pakistani. Il Pakistan ha creato centinaia di madrassa e campi militari in Afghanistan, usati più volte come centri di reclutamento e addestramento per i soldati da spedire in Kashmir, Kosovo e Cecenia.

Per Brzezinski, questo è stato il prezzo pagato per liberare l'Europa centrale dalle maglie dell'impero sovietico.

L'8 dicembre 1991 l'Urss cessa di esistere. Si forma la Comunità di stati indipendenti (Csi): Russia più ex repubbliche sovietiche.

In Asia centrale si concentrano appetiti diversi. Comincia di nuovo il **"Grande Gioco"**. Il Turkestan occidentale comprende Kazakistan, Uzbekistan, Tagikistan, Turkmenistan e Kirghizistan. La zona non solo è ricca di risorse naturali, fonti energetiche, materie prime e oppio, ma è anche via di transito per gasdotti, oleodotti e droga orientale.

In Uzbekistan si trovano gas e oro, in Kirghizistan i metalli, in Turkmenistan soprattutto gas (nel 1998 è stato il quarto produttore mondiale di gas, che al 95% viene esportato).

Per l'estrazione e il trasporto di gas e petrolio la fanno da padroni Russia **(Gazprom)**, Usa **(Unocal e Chevron)**, Turchia e Cina. Chi controlla le vie del petrolio ne detiene il potere.

Al momento dell'indipendenza, queste repubbliche del Turkestan, senza sbocchi marittimi, dovevano servirsi della rete di trasporto dell'ex Urss, inadeguata. Più conveniente puntare verso l'Oceano Indiano. **Il caso del Turkmenistan ci porta alla guerra di oggi**. A metà degli anni novanta, la **Gazprom** chiude il rubinetto che porta il gas turkmeno all'Occidente. Se lo tiene per sé. Il Turkmenistan vorrebbe servirsi allora del porto iraniano di Bandar-Abbas sul golfo Persico. **Gli Usa si oppongono** al progetto e contropropongono: a) un gasdotto Caspio-Turchia (Baku-Ceyan) e b) un appoggio al progetto pakistano di un gasdotto Turkmenistan-Afghanistan-Pakistan (porto di Gwadar). L'idea pakistana coinvolgeva la statunitense Unocal e la saudita Delta-Oil. Usa e regime talebano sono in buoni rapporti e la via di passaggio rappresentata dall'Afghanistan è aperta.

Nel '99, la "Strategic Review", dello U.S. Strategic Institute di Boston, scrive: *"La regione Asia centrale-Medio Oriente contiene la più grande concentrazione mondiale di riserve di idrocarburi e merita l'attenzione statunitense. Assicurare alle compagnie Usa la leadership nello sviluppo delle risorse nella regione e azzerare l'influenza russa e iraniana sull'esplorazione e sviluppo dei campi energetici, nonché sulle direttrici delle pipelines per l'esportazione costituisce la base di quella politica".*

Fra le raccomandazioni dell'esperto:
1) Realizzare le condotte transcaspiche (tra cui la Baku-Ceyan) anche per mettere fuori gioco le vie controllate da Iran e Russia.
2) Contenere la penetrazione russa nella regione.
3) Sostenere la Turchia, fedele alleata contro Russia e Iran.
4) Controllare l'Iran.
5) Collaborare col Pakistan sia perché possibile punto di passaggio per l'esportazione del gas, sia in chiave anti Iran.
6) Aumentare la presenza militare americana in Asia centrale.

Le altre potenze nel frattempo fanno lo stesso gioco nei confronti degli Usa.

L'Iran va accrescendo il suo potenziale militare. Ha siglato un accordo con Mosca per oltre trecento milioni di dollari all'anno di rifornimenti bellici. Punta al nucleare.

Anche la Cina ha stretto un accordo per l'acquisto di armi dalla Russia, facendo pace su alcune questioni relative ai confini.

Quando, nel **1993**, cambia il contesto strategico, l'Afghanistan disintegrato torna a essere interessante per i detentori del potere mondiale. Le ex repubbliche sovietiche vogliono capitali americani. Permettere all'Iran il controllo dell'area avrebbe significato ridurre l'influenza degli Usa e dell'Arabia Saudita sulle ex repubbliche. L'**Iran** voleva il petrolio del Caspio. In questo momento, quindi, Usa e Arabia Saudita si ritrovano alleati.

Il Pakistan, maggior produttore mondiale di oppio, voleva invece il controllo delle vie della droga. Durante la guerra afghana, il Pakistan decide di trasferire le piantagioni di oppio in Afghanistan. **Col consenso della Cia e dell'Isi** l'Afghanistan arriva ai vertici della produzione mondiale di oppio. Circa il 3% del ricavato va al Pakistan, che lo utilizza per diventare una potenza nucleare.

Comparsi nel '94, i **talebani** (letteralmente "studenti di teologia coranica") nel febbraio '95 arrivano a Kabul e sconfiggono i mujaheddin e il debole governo di Rabbani. I talebani sono sunniti e vogliono costruire una "vera" società islamica. Sostenuti economicamente e militarmente dal Pakistan, nel '98 i talebani controllano il 90% del territorio afghano. Con un governo talebano filopakistano il Pakistan pensava di soddisfare l'alleato americano, che sosteneva il progetto Unocal di un gasdotto attraverso l'Afghanistan. Nel '98, Osama bin Laden manda a monte l'intero disegno.

Nei primi anni sessanta lo sceicco saudita **Mohammad bin Laden**, diventato miliardario con commesse edili provenienti direttamente dalla famiglia reale, comincia a fare investimenti in America. Mohammad muore in un incidente aereo. Gli subentra il figlio **Salem**, fratello maggiore di Osama, che nel '73 fonda una compagnia aerea in Texas. Suo socio è il cognato **Khalid bin Mafhouz**, banchiere della casa reale saudita nonché proprietario della più grande banca privata del mondo. I due vogliono entrare nei circoli finanziari americani importanti per poi condizionare la politica americana secondo gli interessi della dinastia saudita.

Grazie a **John Bath**, imprenditore, agente Cia per l'Arabia Saudita, agganciano **George Bush senior**, petroliere, influente uomo politico del Partito repubblicano, direttore della Cia dal '76.

Nel '78, **Bush figlio**, l'attuale presidente, fonda la **Arbusto Energy** e i due sauditi, tramite Bath che fa da prestanome di Salem, contribuiscono al capitale iniziale. Bath procurerà ai due molti affari importanti.

Bush padre diventa vicepresidente Usa nell'81 e presidente nell'88. Bush figlio guadagna milioni di dollari grazie ai finanziamenti dagli arabi e dall'entourage di papà. Tra l'86 e il '90

Mafhouz compra il 20% delle azioni **Bcci**, la banca usata dalla Cia come copertura per il riciclaggio del denaro della droga, denaro usato anche per finanziare i mujaheddin afghani nella loro guerra contro l'Urss.

Nell'87 Mafhouz acquisisce il 17% azionario della **Harken Energy**, società di Bush figlio.

Nell'88, Salem bin Laden muore come il padre in un incidente aereo e nel '90 il sodalizio Bush-Mafhouz termina. Bush figlio, prevedendo la crisi del petrolio kuwaitiano e la conseguente guerra del Golfo fatta dal padre, vende tutte le azioni della Harken finché il prezzo è ancora alto; quando la Harken fallisce, fallisce anche la Bcci. Mafhouz scompare di scena e ripara in Irlanda. Attualmente è ricercato come braccio destro di Osama bin Laden.

Durante la guerra contro l'Urss, il giovane Osama combatte al fianco dei mujaheddin, finanziato dalla Cia. Nel '91 l'America invade il Golfo. Osama ripara in Sudan: grazie alle sue immense risorse finanziarie crea un vasto movimento islamico antiamericano, che poi indottrina nel caos della guerra civile afghana. Si sposta in Afghanistan e qui, nel '96, con la mediazione del Pakistan, conosce il **mullah Omar, leader dei talebani**.

Mediante un'abile operazione politica e gli aiuti finanziari e militari che poteva offrire ai talebani, bin Laden toglie ai pakistani il controllo di buona parte del regime talebano e lo indirizza contro l'America. Nel 1998, bin Laden fa attentati contro le ambasciate americane in Africa. Gli Usa bombardano postazioni di Al Qaeda. L'**Unocal** abbandona il progetto del gasdotto. Ma una guerra è prematura: Clinton è alle prese coi Balcani e col Kosovo.*

* C'è chi si chiede perché bin Laden, uno che è più ricco di Elton John, faccia il terrorista. Questo è ragionare come le ragazzine: – *Oh, mi ha lasciato. Deve essere colpa mia.* –

Con Bush figlio, va al potere l'amministrazione più guerrafondaia degli ultimi anni, e la più legata agli interessi delle lobby petrolifere. Dal marzo 2001 all'agosto 2001 gli Usa danno un ultimatum ai talebani: consegnateci bin Laden (e lasciateci costruire il gasdotto Unocal) o vi seppelliamo *"sotto un tappeto di bombe".* L'ultimatum cioè venne posto PRIMA dell'11 settembre.

Nell'agosto del 2001, **Reuel Marc Gerecht**, operativo Cia in Medio Oriente, spiegò ai lettori dell'"Atlantic Monthly" perché bin Laden avesse poco da temere dall'intelligence americana:

*Gli Usa spendono miliardi di dollari in operazioni mirate contro bin Laden e Al Qaeda, dopo gli attentati alle ambasciate Usa in Tanzania e in Kenya (agosto 1998). A metà degli anni ottanta, Osama bin Laden era a **Peshawar**, la capitale della frontiera nord-orientale del Pakistan, vicino al **passo Kiber** che porta in Afghanistan, dove organizzava e pagava volontari musulmani per la guerra contro i sovietici. Lì nacque in clandestinità Al Qaeda. Quando dovevano servirsi di mezzi di comunicazione moderni, bin Laden e i suoi raggiungevano Peshawar. Peshawar, crogiuolo di ogni tribù afghana, è anche la base dei talebani. L'antiterrorismo occidentale deve infiltrare Peshawar, ma è difficilissimo, dato che si è sempre come sotto controllo. Anche un agente Cia musulmano potrebbe poco: la sua identità sarebbe comunque nota ai servizi segreti pakistani, che sono ovunque. Se cercasse di spacciarsi per quello che non è, verrebbe presto scoperto. Il Pakistan e gli Usa non sono alleati, quando si tratta di bin Laden o dei talebani. Occorrerebbero agenti senza copertura ufficiale (NOCs), cioè non legati apertamente al governo Usa. Questi agenti dovrebbero essere di estrazione mediorientale, parlare correttamente l'arabo, e recitare per anni la parte del fondamentalista musulmano nelle montagne afghane, con cibo scadente e niente donne. Un giovane funzionario la riassume così:* – La Cia non implementa operazioni che includono la diarrea come stile di vita. – *L'ambasciata Usa a Islamabad raccomanda ai diplomatici un profilo basso, limitarsi alla zona dell'American Club, per evitare di imbattersi in un fondamentalista. Un agente di grande talento, **Robert Baer**, arrivato lì nel 1987 dopo aver raccolto per anni informazioni sugli Hezbollah libanesi e la jihad islamica palestinese, suggerì alla Cia di ricavare intelligence sull'Afghanistan dalle vicine repubbliche ex sovietiche. La Cia rispose che era troppo pericoloso ed era inutile preoccuparsi. Da allora, l'Afghanistan è la centrale operativa (addestramento, reclutamento) del terrorismo islamico antiamericano. Per sconfiggere bin Laden è necessario appoggiare **Ahmad Shah Massud**, leader dell'unica formazione afghana che combatte i talebani. Coman-*

dante esperto della guerriglia mujaheddin antisovietica, il suo esercito si scontra quotidianamente con le unità militari di bin Laden sui fronti pakistano, afghano e cinese-turcomanno. Massud è l'unico che possa spezzare l'alleanza tribale dei talebani. Appoggiarlo costringerebbe bin Laden a lasciare l'Afghanistan, dove i servizi segreti e le forze militari Usa e alleate non possono raggiungerlo.

Poche settimane dopo, due giorni prima dell'11 settembre, Massud veniva assassinato. Per molti analisti, quello fu il segnale perché gli attentatori dell'11 settembre si attivassero.

Sappiamo com'è andata a finire. Il 7 ottobre 2001 gli Stati Uniti attaccano l'Afghanistan. Nel giro di un mese i talebani vengono sconfitti. Gli Usa si insediano in Uzbekistan. Alla fine di maggio del 2002 si ripristina il piano Unocal per la costruzione della pipeline Turkmenistan-Afghanistan-Pakistan.

La notte del **20 marzo 2003** gli Usa entravano nell'Iraq meridionale, mettendo subito sotto controllo l'area di **Rumaila**, dove si trova il più importante giacimento petrolifero iracheno, con riserve stimate in venti miliardi di barili. È il quinto del mondo e ha dimensioni paragonabili alle intere riserve nazionali statunitensi. Le quotazioni del greggio chiudevano il primo giorno di guerra con il brent a 25,50 dollari al barile: il minimo trimestrale. Gli operatori mostravano di credere alla guerra rapida. Dopo cinque anni di guerra, il petrolio è sopra i sessanta dollari al barile e bin Laden è ancora uccel di bosco.*

* La Cia deve aver pensato: *"La vita media in Afghanistan è quarant'anni. Bin Laden ne ha trentasette. Aspettiamo."*

A nulla sono valsi gli innumerevoli tentativi dell'agente speciale Cia **Wile E. Coyote**. Coyote ieri sarebbe rimasto spiaccicato sotto un'incudine ACME che nelle intenzioni doveva schiacciare il terrorista miliardario. Bush ne è uscito illeso.**

** A questo proposito, ecco una notizia interessante:

Wile E. Coyote vince la battaglia legale contro la Warner Bros.

Wile E.Coyote, il celeberrimo attore di cartoni animati, ha vinto la battaglia legale per il riconoscimento dei danni subiti in quarant'anni di incidenti sui set della Warner Bros. La svolta del processo, uno dei più lunghi nella storia di Hollywood, è maturata in seguito alle testimonianze cruciali di altre star della Warner Bros., anch'esse coinvolte in incidenti durante le riprese dei cartoni animati Looney Tunes: Gatto Silvestro, Elmer Fudd e Foghorn Leghorn. Al signor Coyote andranno cinquecentocinquanta milioni di dollari per *"reiterata esposizione al pericolo e incidenti continui causati da negligenza colposa"*. Il signor Coyote ha citato in giudizio Warner Bros., Looney Tunes e la ditta di gingilli ACME Co.: tutt'e tre potrebbero adesso essere denunciate dalle altre star che subirono le stesse vessazioni.

L'avvocato del signor Coyote, Fessler Drodz, ha ringraziato, a nome del cliente, i giudici e la giuria. *"Dopo quasi mezzo secolo di schiacciamenti sotto incudini, dinamite esplosa in faccia e cadute continue nei canyon,* cinquecentocinquanta *milioni di dollari sono la giusta ricompensa. Il nostro caso ha dimostrato che la Warner Bros. ignorò deliberatamente anche le più elementari norme di sicurezza. Per esempio, quando al signor Coyote veniva chiesto di cadere da un ciglio nel burrone sottostante, non veniva mai allestita una rete di protezione. Al massimo gli si mettevano a disposizione un trampolino o una molla gigante, che però non facevano che catapultarlo su, contro lo spuntone di roccia da cui era caduto, il quale invariabilmente si spezzava; e quando il mio cliente, tornato giù col solito fischio da picchiata, si schiantava al suolo, lo spezzone di roccia arrivava subito dopo a spiaccicarlo definitivamente o a trasformarlo in una fisarmonica. Da parte dello studio, un trattamento criminale. Anche la* ACME *Co. è ugualmente colpevole dei danni subiti dal mio cliente in quanto i loro prodotti erano sempre difettosi. La loro dinamite gli esplodeva sempre in mano bruciacchiandolo o riducendolo a un mucchietto di cenere; i loro pattini a rotelle con retrorazzi avevano dispositivi frenanti insufficienti o inesistenti, per colpa dei quali il mio cliente finiva sempre o contro la mesa o contro pannelli stradali, che attraversava lasciando la propria silhouette; e dalla loro vernice nera dipinta sulla roccia per simulare una galleria uscivano sempre treni veri che gli passavano sopra. Col giudizio di oggi, il mio cliente può gettarsi alle spalle gli incubi del passato e godersi il meritato riposo."*

Il signor Road Runner, collega di Wile E. Coyote e suo arcinemico sullo schermo, raggiunto dai giornalisti nella sua villa di Los Angeles ha preferito non rispondere, limitandosi a dire: – *Beep*

beep! – prima di fare la lingua e sfrecciare via in una nuvola di polvere.

Promemoria:

Tra i finanziatori più importanti della campagna elettorale di Bush ci sono i **petrolieri texani**.

Dick Cheney è stato dirigente dell'**Halliburton**, società di ingegneria e servizi per l'industria del petrolio.

Condoleeza Rice è stata dirigente della **Chevron** per dieci anni ed è esperta di Kazakistan.

Il consulente principale della **Unocal** è **Henry Kissinger**.

Appena due settimane fa, nella conferenza stampa del 21 agosto, **Bush** ribadiva che *"Saddam aveva la capacità di fabbricare armi di distruzione di massa (...) e aveva relazioni con al-Zarqawi"*, nonostante un rapporto Cia dell'ottobre scorso dicesse esattamente il contrario. Dopo la sconfessione del Senato, Bush ha già cominciato a usare una nuova analogia per pararsi il culo di fronte all'opinione pubblica: in sintesi, bin Laden è il Teschio rosso e lui è Capitan America.*

* Gli Usa hanno mancato bin Laden una volta per ventiquattr'ore, poi per sole sei ore. La paura adesso è che lo oltrepassino e così poi sia lui a inseguire loro.

Bush ha spiegato che se gli Usa se ne andassero dall'Iraq *"le conseguenze sarebbero completamente prevedibili"*. Detta da lui, che finora non ne ha azzeccata una, è una bella presa per il culo.

Non vedo l'ora che il rapporto del Senato americano venga pubblicato nella sua interezza: salterò la prefazione di Carlo Rossella e andrò subito a leggermi la parte dove Bush si becca l'impeachment.*

* Elenco sommario delle accuse possibili contro Bush:

1. Initiating a war of aggression against a nation that posed no immediate threat to the U.S. – – a war that has needlessly killed 2500 Americans and maimed and damaged over 20,000 more, while killing between 50-100,000 innocent Iraqi men, women and children.

2. Lying and organizing a conspiracy to trick the American people and the U.S. Congress into approving an unnecessary and illegal war.

3. Approving and encouraging, in violation of U.S. and international law, the use of torture, kidnapping and rendering of prisoners of war captured in Iraq and Afghanistan and in the course of the so called War on Terror.

4. Illegally stripping the right of citizenship and the protections of the constitution from American citizens, denying them the fundamental right to have their cases heard in a court, to hear the charges against them, to be judged in a public court by a jury of their peers, and to have access to a lawyer.

5. Authorizing the spying on American citizens and their communications by the National Security Agency and other U.S. police and intelligence agencies, in violation of the First and Fourth Amendments and the Foreign Intelligence Surveillance Act (FISA).

6. Obstructing investigation into and covering up knowledge of the deliberate exposing of the identity of a U.S. Cia undercover operative.

7. Obstructing the investigation into the 9/11 attacks and lying to investigators from the Congress and the bipartisan 9/11 Commission – – actions that come perilously close to treason.

8. Violating the due process and other constitutional rights of thousands of citizens and legal residents by rounding them up and disappearing or deporting them without hearings.

9. Abuse of power, undermining of the constitution and violating the presidential oath of office by deliberately refusing to administer over 750 acts duly passed into law by the Congress – – actions which if left unchallenged would make the Congress a vestigial body, and the president a dictator.

10. Criminal negligence in failing to provide American troops with adequate armor before sending them into a war of choice, criminal negligence in going to war against a weak, third world nation without any planning for post war occupation and reconstruction.

Sintomi di recessione in Usa. Il deficit ormai è così alto che Bush adesso potrà invadere solo una nazione all'anno.

9/11

Bin Laden ha trascorso l'anniversario dell'11 settembre in casa, a guardare il programma di Mammucari.*

*** "Amica" intervista bin Laden**

E vai, nella moda, con gli abiti dai colori squillanti, abolito il grigio che fa pensare ai superstiti delle Torri Gemelle (...)
"la Repubblica", *20 settembre 2001*

Cos'è lo stile? Desiderio di molti, traguardo di pochi, lo stile si riconosce al primo sguardo: è individualismo, originalità, espressione del carattere. Come direbbe Oscar Wilde, *"si dovrebbe essere un'opera d'arte oppure finire sempre le frasi con un paradosso"*. Abbiamo chiesto a un personaggio di forte personalità come intende lo stile.

"AMICA": Come definiresti il tuo stile?
BIN LADEN: Un melange di vintage anticonvenzionale con il dettaglio che fa la differenza.
"AMICA": Che cosa non ti sorprenderemo mai a indossare?
BIN LADEN: I pantaloni pitonati. Pratico l'arte di suggerire più che quella di esibire. Comunque, mai dire mai.
"AMICA": Se dovessi ridurre il tuo guardaroba a due capi, quali sceglieresti?
BIN LADEN: Un abito lungo e uno corto, per potermi poi sbizzarrire con gli accessori. Ma non ci riuscirei mai: sono famoso per le mie valigie enormi.
"AMICA": Di chi ti piacerebbe saccheggiare il guardaroba?
BIN LADEN: Madeleine Vionnet, la sarta che inventò il taglio in sbieco.
"AMICA": Se potessi godere di un credito illimitato, in quale negozio andresti a fare shopping?
BIN LADEN: Ovunque ci sia Tiffany. Ma godo di un credito illimitato dappertutto.
"AMICA": Qual è il segno che più ti distingue?

BIN LADEN: La semplicità. E il mio kalashnikov.
"AMICA": Che cosa ti fa più orrore?
BIN LADEN: Le ciccione coi fuseaux.

Forse non tutti sanno che...

...le radiazioni di una giornata a Chernobyl non sono maggiori di due raggi X dal dentista. A cento metri dal sole.

...l'Ebola è una malattia così rara che ancora non ci hanno fatto nessun galà di beneficenza.

...Marilyn Monroe era fatta di magnesio.

...a nessuno interessa vedere barboni che fanno pattinaggio artistico.

...la pillola è stata l'invenzione più rivoluzionaria nella storia dell'umanità. La più grandiosa. La pillola. Già il fatto che tutti sappiano di quale pillola sto parlando lo dimostra. C'è la pillola contro le aritmie, ma non è LA pillola. Questo dimostra anche quali sono le nostre priorità come specie umana.

...nel 2005 si sono spesi più di venti miliardi di lire in alimenti biologici. Come risultato di questo enorme consumo di cibi sani, la gente sta meglio, è più felice e si gode di più la vita. Non tutta la gente. Solo quella che vende cibi biologici.

...alcune persone puzzano. A volte così tanto che non sei offeso, sei impressionato.

...essere scaraventato a terra ogni tre minuti e mezzo ti tiene sveglio.

...un Albert Einstein con un buffo accento spagnolo non avrebbe convinto nessuno.

...è possibile resuscitare passerotti morti dal freddo con un accendigas piezoelettrico.

...se la nostra bocca fosse al posto delle orecchie, la cornetta del telefono sarebbe identica a com'è adesso, ma parleremmo sopra e ascolteremmo sotto.

...Giordano Bruno morì nel rogo leggendo serenamente il quotidiano libertario "Eresia oggi".

...per festeggiare papa Ratzinger, la ditta tedesca Schildkrot ha messo in vendita novecentonovantanove esemplari numerati di un bambolotto vestito con una copia esatta della veste papale. Il prezzo è centotrentanove euro, indulgenze-giocattolo comprese.

...il grande attore inglese Laurence Olivier recitava il monologo dell'*Amleto* roteando in aria quattro clave fiammeggianti.

...Il sandwich è stato creato dal conte di Sandwich, cui piaceva il poker e non voleva smettere di giocare per andare a mangiare. A casa sua, poker tutti i giovedì sera: il conte di Sandwich, il marchese di Supplì, il visconte di Muesli e il barone di Piadina.

...ai critici musicali piace Elvis Costello perché gli assomigliano tutti.

...l'inferno non è la piccola stanza buia e fumosa che immaginava Dostoevskij. L'inferno è una piccola stanza buia e fumosa con dentro un televisore sempre acceso su un varietà della Ventura.

...dopo il restauro dell'*Ultima cena* di Leonardo da Vinci, nel piatto di Gesù adesso c'è la testa di Mina.

...la frase che una donna non deve mai dire al proprio uomo è: – *Sei come tuo padre.* – Specie se state facendo sesso.

...l'Italia non è pronta per la prossima catastrofe ambientale. Ma è pronta per quella dopo.

...i reading di Baricco rendono il dormire a teatro una virtù.

...nei programmi della De Filippi si piange così spesso perché Costanzo puzza di cipolle.

...l'auto blu di D'Alema la riconosci subito: è quella con dietro il cartello *"Trasporti eccezionali"*.

...i clown riducono l'ansia nella maggior parte dei bambini ricoverati. Solo una minoranza ne resta traumatizzata per sempre.

...il film catastrofico *Poseidon* è il remake di un classico degli anni ottanta, *Poseidon Adventure*, il quale a sua volta era il remake di un porno gay dove il protagonista veniva sodomizzato con la testa nel water.

...l'aria è più salmastra quando il tassista sternutisce.

...in aumento l'obesità fra i gatti domestici. Troppa tv, pochi topi.

...un ingegnere indiano ha ricostruito al computer la voce della Gioconda di Leonardo. Sembra Barry White.

...Britney Spears non è più seguace della kaballah. Dice che le fa venire il mal di testa.

...contraddicendo la sua immagine di nerd, Einstein aveva molte amanti. Scoperto dalla moglie, abbassò la testa e disse: – *Stavo lavorando alla mia teoria del campo unificato.* –

...la merda di mucca potrebbe sostituire il petrolio, dicono i ricercatori. Molto contrari gli addetti alle pompe di benzina.

...dozzine le nuove specie animali scoperte nella giungla indonesiana. Foto e descrizioni incluse in un libro di cucina.

...scoperto cosa spinge i pedofili a stuprare bambine: sentire il crack della pelvi.

...il piano di Bush per il Medio Oriente confonde i terroristi.

...bin Laden stravede per Whitney Houston. Nasrallah è pazzo di Beyoncé.

...l'ex ministro Gasparri ha risolto la congettura di Poincarè.

...ritrovato il quindicenne che secondo la tradizione tibetana sarebbe la reincarnazione del Buddha. Era in un hotel di Miami con la cinquantenne reincarnazione di Messalina.

...per decifrare i messaggi in codice di Bernardo Provenzano serve uno speciale anello decodificatore, in omaggio la settimana prossima su "Topolino".

...nessuno conosceva padre Pio meglio del suo maggiordomo.

...non ha senso testare cosmetici sui conigli perché sono già graziosi.

...è vietato usare il cellulare mentre si guida perché è difficile guidare, telefonare e fare le corna agli altri automobilisti contemporaneamente.

...secondo uno studio, i pazienti trattati con sonniferi hanno più incidenti d'auto dei pazienti trattati con placebo.

...è stato recuperato dalle profondità dell'Antartico il ghiaccio più vecchio del mondo. Ci hanno versato sopra il whisky più vecchio del mondo.

...ci sono un sacco di cose misteriose riguardo i treni italiani: ad esempio perché qualcuno ci salga volontariamente.

...è sempre opportuno dire a tuo figlio che l'hai adottato. Specie se non è vero.

...la vera differenza fra le persone è nel modo con cui si affronta la vita. Un mio amico ha avuto un incidente d'auto che l'ha sfigurato. Otto operazioni di chirurgia plastica per ricostruirgli il volto. Già che c'era, s'è fatto ingrandire il pene. Perché no?

...in una tv privata di Milano, quello delle previsioni del tempo s'è addormentato durante la messa in onda. La cosa bizzarra è che lui e quello dello sport sono finiti abbracciati a cucchiaio.

...è possibile amare anche una banana, quando non la si conosce abbastanza bene.

...un padrone ha vegliato per quarantott'ore il suo cane morto.

...le nuvole trattengono acqua. Specie in quei giorni del mese.

...il 43% dei fan di *Star Trek* vorrebbe vedere il parrucchino di William Shatner sulla testa calva del capitano Picard.

...sei un vero tifoso della Roma quando ami tua moglie perché assomiglia a Totti.

...sono utilissimi e preziosi, ma c'è qualcosa di psicotico negli impianti eolici.

...esiste un'arte marziale chiamata Déjà-Fu: è simile al Kung Fu, solo che quando vieni colpito hai l'impressione di essere già stato colpito in passato.

...il regalo più venduto lo scorso natale è stata la Bibbia letta da Fiorello. Con la voce di Camilleri.

...in Inghilterra il cannibalismo venne praticato fino a duemila anni fa. Quella fu anche l'ultima volta che in Inghilterra si trovò qualcosa di buono da mangiare.

...Valentino Rossi vince solo quando mette una carta da gioco con la molletta sulla ruota posteriore.

...degli scienziati hanno inserito il gene di un pesce fosforescente in una scimmia, creando una scimmia che al buio è luminosa. Questo per venire incontro alle esigenze di chi non riesce a trovare la sua scimmia al buio.

...il criminale nazista Erik Priebke ha scritto le parole di *Roma nun fa' la stupida stasera*.

...il ristorante di fronte alla Carnegie Hall, il Carnegie Deli, ha un'acustica migliore: puoi sentire la gente che mangia la minestra fino al retrobottega.

...secondo l'astrofisico Stu Tennis, autore del celeberrimo *Nessuno ha mai finito di leggerlo anche se è piuttosto breve*, è convinto d'aver dimostrato che la luna è composta da milioni di piccoli led luminosi, più piccoli del nucleo di un atomo, che Dio accende ogni notte poco prima di andare a letto.

...se un ristorante ha dei "cuochi" che "cucinano" "pietanze", un McDonald's non è un ristorante: è ustionare una polpetta.

...Stephen King ha scritto in vita sua miliardi di pagine, senza contare quelle che ha scritto durante questa frase.

...i cerchi nel grano non sono opera di extraterrestri. Sono opera di extraterrestri ubriachi.

...nel 1957, a Trieste la bora soffiò così forte che una donna restò strangolata dalla sua sciarpa.

...centocinquant'anni fa veniva inventato l'ombrello. Il giorno dopo, l'inventore lo dimenticò in treno e dovette inventarlo di nuovo.

...in Germania hanno tagliato degli alberi piantati a forma di svastica sessant'anni fa dai nazisti. Nel bosco adesso c'è un buco a forma di svastica.

...picchiare i propri alunni è reato, a meno che il motivo non sia sottilmente sessuale.

...la calotta polare artica si sta sciogliendo così rapidamente che sono ricomparsi i cammelli artici.

...la molecola dell'innamoramento dura un anno. Poi diventa la molecola del lasciami guardare la partita in pace.

...Gregorio VI, Pio III e Pio VII sono passati alla storia come "i tre papi isterici".

...a Pasqua il Colosseo viene riempito di caramello mou.

...Alba Parietti non ha alcuna intenzione di trovarsi un posto come impiegata comunale.

...nella vita tutto tende all'entropia. Agli inizi, il partito nazista era un gruppo di bird-watching.

...qualunque coglione può prendere un pezzo di marmo e scolpirci qualcosa. Ci vuole del genio per lasciarlo così com'è.

...apri una donna a caso e dentro ci troverai una villetta con giardino.

...l'uso del Viagra può causare cecità. Ma ne vale la pena, dicono gli esperti.

...i generali sono un caso emblematico di arresto dello sviluppo: a cinque anni, tutti vogliamo essere un generale.

...gli scienziati sono scettici sulla fusione fredda causata dall'Alka Seltzer.

...Riccardo Muti è bravo, ma ti dà sempre l'impressione che usi la musica come accompagnamento al suo dirigere l'orchestra.

...cantare da dentro una pipa può essere pericoloso per la salute.

...dodici varietà di zanzare sono state incluse nella lista delle specie in via di estinzione. Secondo gli esperti, se non si ricorre presto ai ripari questi insetti noiosissimi rischiano di scomparire per sempre.

...il *Ritratto di donna* di Picasso è stato venduto all'asta per novantacinque milioni di dollari. Si poteva guadagnare anche di più se fosse stato dipinto meglio.

...dopo il divorzio, ci sono sei fasi di elaborazione del lutto: shock, rifiuto, paura, puttane dell'Est, erezioni, accettazione.

...non esiste in commercio cibo per gatti al sapore di topo.

...nessuno sa perché c'è un piccolo buco alla metà di una biro.

...chiunque può diventare un alcolizzato. Ti servono solo il bar giusto e la sfiga giusta.

...occorre fare molta attenzione con le lamette da barba "Hattori Hanzo".

...John Wayne era un nano.

...non è necessario nuotare più veloce di uno squalo. Devi solo nuotare più veloce di chi sta con te.

...l'80% della popolazione europea è pessimista sul futuro. Quello che ne è rimasto.

...sono i pinguini ad allargare il buco nell'ozono.

...il papa ieri ha telefonato al 113. Ha chiesto se per caso hanno ritrovato un grande cappello bianco a doppia punta. Secondo gli inquirenti, il cappello del papa sarebbe stato rubato. Si teme che i ladri vogliano fondare una propria religione.

...Ignazio La Russa sarebbe un'ottima moglie.

...secondo dei neurologi inglesi, i pazienti in coma potrebbero essere consapevoli di ciò che accade intorno a loro. Quindi d'ora in poi niente sveltine con l'infermiera nella stessa stanza.

...se perdiamo la guerra al terrorismo, i terroristi avranno vinto.

...Francesco Rutelli era il batterista dei Lunapop. Due giorni prima che incidessero il loro primo disco, venne sostituito.

...qualcuno dovrebbe cominciare a paragonare il culo di Aida Yespica a Hitler.

...è sempre un brutto segno quando il tuo alibi contiene la parola "calibro 9".

...il riscaldamento globale è la causa delle deboli vendite di igloo.

...la democrazia non garantisce i diritti umani, ma solo una scelta maggiore di biscotti per la prima colazione.

...una donna giapponese è stata sfrattata dal suo appartamento insieme coi suoi centottantadue gatti robot.

...i funghi contengono un sacco di vitamina D. E ce n'è ancora di più nei funghi velenosi.

...Franco Carraro pesa settantacinque chili. Senza profumo, settanta.

...la Nasa non trova più i filmati dello sbarco sulla Luna. Si teme siano rimasti sulla Luna.

...un giapponese sa recitare a memoria tutti i numeri di pi greco fino all'83.431° decimale. Sa a memoria anche l'unico numero telefonico che è nella sua agendina.

...i marines hanno un'arma a microonde che cuoce letteralmente il nemico. L'unico inconveniente è che prima devi bucare il nemico con una forchetta.

...finiti gli arresti domiciliari grazie all'indulto, Cesare Previti s'è recato al circolo per giocare a tennis con Adriano Panatta. Panatta gli ha insegnato come migliorare il servizio. Previti gli ha insegnato come corrompere il giudice di sedia.

...se dici che ti manda Freccero, ti fanno pagare la metà nei pornoshop di via Veneto.

...una pensionata venezuelana ha trovato una patatina fritta con sopra l'immagine di Cristo. Era in un sacchetto di "Patatine Gesù Cristo".

...le mucche tengono una lista delle persone che mangiano carne per quando si vendicheranno.

...i pesci provano dolore quando abboccano all'amo, solo che sono muti e non li senti urlare. I pescatori torturano dei muti. Quello che provano i vermi, poi, è al di là di ogni immaginazione.

...l'universo si espande. È ora di trasferirsi in campagna.

...se un energumeno ti chiede: – *Cazzo vuoi?* –, "Tua sorella" è la risposta sbagliata.

...ci metteranno un po' a fare la pace in Medio Oriente perché Israele non ha abbastanza munizioni per il cessate il fuoco.

...a Natale si scopa di meno per via di tutti quei cappotti sul letto.

Malesia

Un uomo di novant'anni ha sposato una donna di ottantotto. Matrimonio semplice e commovente. Luna di miele disgustosa.

Pay per view

Spettatori di tv porno scandalizzati da cartoon Disney.

Watson&Crick

Scoperto un gene che può dare successo nel campo della genetica.

Lo statista

Nel 1939 le leggi razziali di Mussolini costringevano all'esilio la famiglia del piccolo Andrea Viterbi. Cresciuto negli Usa, Viterbi inventò l'algoritmo che oggi fa funzionare i telefonini in tutto il mondo.

Vittorio Sgarbi in un salotto della nobiltà romana

La contessa, accarezzandolo: – *Oh, ma che simpatia! Mi ha fatto tutte le attribuzioni sul parquet!* –

Scoperto un nuovo farmaco contro l'herpes.

Sarà in vendita la prossima settimana. E poi di nuovo fra qualche mese.

Superjumbo

Successo del volo di prova del Superjumbo Airbus. Quattrocentosettantaquattro passeggeri a bordo, solo trecentododici i bagagli smarriti. Ne costruiranno subito un altro che possa volare anche nella pioggia.

R.i.p.

Non so quando morirà Berlusconi, ma so quale sarà la notizia quel giorno:

"È morto Silvio Berlusconi. Venduti gli organi".

Quando morirà mi dispiacerà. Mi dispiacerà che lui non lo sappia.

Enigma

Riattivata la macchina "Enigma" con cui i nazisti scrivevano i propri messaggi segreti. Servirà a decifrare i testi di Fabri Fibra.

Auto

La Jaguar ha ritirato dal commercio cinquemila esemplari del modello XK8, erede del modello E degli anni sessanta. Un difetto alle sospensioni posteriori faceva perdere olio. I proprietari erano comunque soddisfatti. – *Credevamo fosse un dispositivo tipo l'auto di Diabolik,* – hanno detto molti.

La Jaguar ha tenuto a sottolineare che il problema comunque non ha nulla a che fare con la funzione principale del veicolo: far scopare calvi di mezza età.

Verona

Un anziano contadino ha ucciso la moglie a colpi di martello. Lo aveva disturbato mentre stava leggendo la Bibbia.

Statistiche

Il 25% degli uomini ha fatto sesso mentre guidava. Devo cambiare auto.

EL&P

Gli Emerson, Lake & Palmer si riuniranno per un mega-tour in Asia. Ve li ricordate? A me piacevano Emerson e Lake, di Palmer non me ne fregava una sega.

Esteri

Il ministro degli Esteri D'Alema ha accolto alla Farnesina il fratello del presidente della Nigeria. Rispondendo a una e-mail di questi, D'Alema gli ha dato venticinquemila euro per riscuotere venti milioni di dollari custoditi in una banca africana.

Paese che vai

In Thailandia usano la merda di elefante per fare carta da imballaggio. Una cosa che aggiunge un certo non so che ai tuoi regali di natale.

Florida

Un chirurgo di Miami ha aumentato di tre misure i seni di una paziente senza avvertirla. Lei gli ha fatto causa e il giudice le ha fatto vincere un milione di euro. Più che altro per vederla saltare di gioia.

Sempre a Miami c'è un medico che prescrive clisteri al caffè. Non provateci. Il vostro culo resta sveglio tutta la notte.

Lab test

Scienziati americani hanno aumentato le capacità intellettive del cervello dei topi. Così adesso possiamo avere hamburger più svegli.

Treccani

Novità storica per la celebre enciclopedia: dopo ottant'anni, compare la voce "sessualità". È nel capitolo sulle cicogne.

Gaffe

E adesso un uomo che non ha bisogno di presentazioni (e non ne merita alcuna). In un discorso all'Università di Regensburg, durante la sua visita in Germania, **papa Ratzi** ha commentato il Corano. Una mossa prudente. I musulmani in effetti si stavano chiedendo: – *Cosa ne penserà, il papa, del Corano?* –

Il papa, uno che suona Beethoven al piano tenendo un cane lupo fra le gambe, ha collegato la Guerra Santa al terrorismo. Questa è una buona notizia, se odiate gli arabi. La **Fallaci** stamattina sfoderava un sorriso a trentadue denti. Ed era morta! (I funerali si terranno in forma strettamente xenofoba.)

Molti leader musulmani si sono infuriati: secondo loro, le parole del papa hanno offeso Maometto. Aspettate che vedano le sue vignette!

Il direttore della sala stampa vaticana, **padre Federico Lombardi**, ha smorzato i toni della polemica: – *Non era certo nelle intenzioni del Santo Padre svolgere uno studio approfondito sulla jihad e sul pensiero musulmano in merito, e tanto meno offendere la sensibilità dei credenti musulmani facendo un collegamento implicito fra Guerra Santa e terrorismo. Il papa coltiva un atteggiamento di rispetto e di dialogo verso le altre religioni e culture che a volte esprime con un cazzeggio ameno.* –

La massima autorità religiosa turca, **Ali Bardokoglu**; il portavoce di al-Fatah in Cisgiordania, **Fahmi al-Zaarir**; la guida spirituale dei Fratelli musulmani, **Mohammed Mahdi Akef**; il segretario generale del Partito della comunità islamica degli Emirati, **Haken al-Mutairi**; e il capo dell'Assemblea sciita degli Ulema, **Sayed Baqer al-Mohri**, tutti chiedono al papa di scusarsi. Padre Lombardi li ha tranquillizzati dicendosi certo che ci penserà papa Urbano IX, più o meno fra cinquecento anni.

La vicenda è l'ennesima prova che non si può ragionare fra persone religiose, di qualunque religione esse siano, perché la religione non è ragionevole: aver fede significa sospendere il proprio pensiero razionale. Ogni religione dice al mondo: – *Noi non crediamo ai fatti.* –

"Il papa ha offeso il Profeta" scimitarrano su Internet i forum islamici che pubblicano i comunicati di **Al Qaeda**. Attesa una risposta ufficiale del papa. Fermi, niente consigli: lasciamo che si scavi la fossa da solo.*

* Desiderio esaudito. Appena due giorni dopo questo post, papa Ratzi ha pronunciato questa sorta di autocritica: *"Sono vivamente rammaricato per le reazioni suscitate da un breve passo del mio discorso all'Università di Regensburg".* S'è rammaricato delle reazioni, non di quello che ha detto! Avanti il prossimo papa.

Quando l'anno scorso la Sony pubblicò la nuova campagna Playstation con la foto di un ragazzo incoronato di spine, i cattolici andarono su tutte le furie e il direttore di "Famiglia cristiana" scrisse che *"s'era superato il limite".* La Sony dovette ritirare la pubblicità e chiedere scusa. La nota diffusa diceva: *"Sony Computer Entertainment Italia esprime* ***rammarico per le reazioni*** *causate dalla propria campagna pubblicitaria 'Dieci anni di passione'."* (Papa e Sony devono avere lo stesso pr.) Subito cestinata la campagna successiva, con detenuti di Auschwitz che giocano alla Playstation e lo slogan *"Il gioco rende liberi".*

Secondo alcuni, il papa sta pensando di dimettersi. Secondo altri, no. Secondo altri ancora, si dimetterà ma continuerà a suggerire su quali cavalli scommettere.

Che a nessun artista di nessuna biennale salti in mente di mettere il Corano in una fontana di Duchamp, o qua scoppia la Quarta guerra mondiale.

Telefono

Oggi, tanti anni fa, Meucci brevettava il primo telefono. L'aveva inventato qualche mese prima, ma dovette aspettare che sua moglie finisse la telefonata.

Ultim'ora

Rimosso il trattino da Marco Tronchetti-Provera.

Scambio

Prodi è in Cina, nell'ambito di uno scambio culturale: noi gli mandiamo Prodi, loro ci mandano uno yak che sa contare fino a dieci.

Miss Italia

Ieri, finale di miss Italia 2006. Ha vinto la diciannovenne Claudia Andreatti, una ragazza bellissima, ma un po' sbadata. Oggi pomeriggio ho dovuto telefonarle perché ha dimenticato la corona nella mia stanza d'albergo.

Ottobre 2006

Nuova stagione tv

Buona domenica contro *Domenica in*. Immaginate nelle case la lotta per il telecomando.

New labour

Tony Blair ha annunciato che l'anno prossimo si ritirerà dalla vita politica. Ha inoltre smentito di essere il cagnolino di Bush. Poi ha pisciato sulla gamba di un reporter e se n'è andato.

Casa Bianca

Bush ha ricevuto a Washington il presidente del Pakistan per un colloquio ionformale. Bush ha ringraziato il Pakistan perché combatte contro il terrorismo e lo alimenta.

Bush sta perdendo in Iraq, in Afghanistan e alla Playstation.

Comica finale

In un lunapark di Parigi, un uomo con una gamba di legno è salito sulle montagne russe. Durante il giro della morte, la gamba gli è volata via, ha colpito tre birilli e l'uomo ha vinto una bambolina.

Novembre 2006

Se Dio avesse voluto che credessimo in lui, sarebbe esistito

Francesco Merlo oggi su "Repubblica": *"La satira è lo sfottò"*. Bocciato.

Premesso che lo scandalo è sorto in seguito a parodie davvero bonarie (e questo dà la misura di quanto il Paese sia arretrato durante i cinque anni neri di Berlusconi); l'argomento più insidioso usato in queste ore contro la parodia religiosa dei comici radio-televisivi è nascosto nell'intervento al Tg2 di **Dino Boffo**, direttore dell'"Avvenire":

"Credo che questa satira volgare nasconda una punta di vigliaccheria: si bersaglia un uomo che non può difendersi per la natura stessa della sua alta missione. Certo, i diritti della satira sono fuori discussione, ma la satira ha anche dei doveri che si incontrano con il diritto dei cittadini a essere rispettati nei sentimenti più profondi. Mi chiedo se oggi c'è bisogno di una satira che offende il Paese. Ne risente il sentimento stesso della democrazia".

Boffo fa sfilare in parata tutti i temi frusti con cui i tromboni, da sempre, cercano di tappare la bocca alla satira.

Innanzitutto, quello della *volgarità*.
Poi quello della *vigliaccheria.*
Quello della *sacralità.*

Quello dei *doveri*.

E quello del *rispetto per i sentimenti profondi* dei cittadini.

(Che poi i diritti della satira siano fuori discussione, non è così fuori discussione, in realtà, dato che Boffo è direttore di un giornale, l'"Avvenire", che nel 2001 sentenziò *"Ben venga la chiusura di* Satyricon*"*. I tromboni, si sa, sono sempre molto liberali.)

Quello che sfugge a tutti i commentatori dell'ultima ora, oltre alla loro ignoranza in materia, è **la natura della satira**.

Tanto per cominciare, la discussione, tanto cara ai politici nostrani, sulla necessità di **paletti alla satira**, non dovrebbe neppure essere ammessa. La satira esprime opinioni, e chi vuole conculcarla (cioè in genere proprio i suoi bersagli, che essendo persone di potere non vedono l'ora di esercitarlo) vuole conculcare il tuo diritto di esprimere le tue opinioni.

È nella **Costituzione**, il discorso potrebbe finire qui.

In più, l'effetto collaterale dei paletti è che la satira dentro i paletti è satira "permessa", quindi non è più satira. È questo che vogliamo? Io no. Loro sì.

Tutti dicono: ***"La satira è contro il potere"***. Nessuno si chiede perché, eppure non è così scontato. Il motivo è culturale e risponde a una esigenza umana, quella sì profonda: la salute dello spirito, del nostro immaginario, che oscilla costantemente fra sacro e profano.

Nell'antichità, questa percezione delle cose era evidente, e ai culti seri facevano da contraltare culti comici: entrambi erano dotati di una loro sacralità.

Nel medioevo, il carnevale (legato alle feste pagane agricole dell'antichità) sovvertiva l'ordine del reale e le sue gerarchie. I buffoni erano eletti re per burla, e i potenti venivano letteralmente smerdati e aspersi di urina. Abbassamenti, profanazioni, detronizzazioni, travestimenti e parodie erano gli strumenti con cui **la satira carnevalesca celebrava l'eterno ciclo vitale della morte e della nascita.**

I chierici stessi, nel periodo pasquale, officiavano messe blasfeme che parodiavano i riti e i testi sacri.

La satira ha quindi innanzitutto questa **natura ambivalente: distrugge e nel contempo rinnova.** L'attacco della satira al potere è secondario rispetto all'attacco più importante: quello contro la morte. La satira è il popolo che festeggia la sua vittoria contro la morte.

(Per inciso, questo è il vero significato di ogni festa in piazza, ma chi se lo ricorda più?)

Ecco perché (e torniamo a Boffo e ai bacchettoni come lui) **è sbagliato parlare di volgarità della satira**. La satira esibisce il corpo grottesco, dominato dai bisogni primari (mangiare, bere, defecare, urinare, scopare), per celebrare la vittoria della vita: il sociale e il corporeo sono uniti gioiosamente in qualcosa di indivisibile, universale e benefico.

È invece mortifero il loro tentativo di arrestare il respiro fra sacro e profano. Nessuno c'è mai riuscito perché, per fortuna, lo spirito umano è immortale e la sa lunga.

Non c'è quindi neppure **vigliaccheria**, dato che il papa non è affatto la personcina inerme che Boffo vuole accreditare. Fra i poteri, quello della Chiesa è sempre stato accanto a quello degli Imperatori. (Come non ricordare **papa Wojtyla accanto al generale Pinochet**?)

Il **plagio di massa** operato dalla religione ha purtroppo una funzione sociale di controllo; e diventa **pericolosissimo quando la religione, forte del numero, tende a far coincidere il peccato col reato**, e a condizionare l'attività dei governi. Gli esempi in questo senso sono all'ordine del giorno (staminali, Pacs, eutanasia) e ormai insopportabili.

Il guaio è che non puoi correggere un'istituzione quando è una religione. **Guardate come i musulmani in certi paesi lapidano le loro donne.** Non potrebbero farla franca, se non fosse per motivi religiosi. L'odio viene da qualche meandro profondo, ma le religioni gli danno una cornice nobile. Ecco perché sono pericolose.

Altri poi hanno usato il tema "vigliaccheria" in una seconda accezione: i satirici attaccano il papa, ma hanno paura di attaccare i leader islamici. NON È VERO. Battute, vignette e monologhi contro l'integralismo islamico ce n'è ormai a bizzeffe. Quando in Italia diventerà famoso un leader islamico integralista, dovrà sopportare anche lui gli oneri satirici della ribalta, come è toccato a **padre Georg**.

Quanto alla "sacralità", i primi ad averla profanata sono stati **i preti pedofili**. (Come ha ricordato un recente documentario della Bbc, per vent'anni un certo **cardinal Ratzinger** fu responsabile dell'applicazione del documento segreto del Santo Uffizio *Crimen Sollicitationis* in base al quale, per prudenza e per non fare scandalo, quei sacerdoti non venivano rimossi dall'incarico pastorale, ma semplicemente spostati in un'altra parrocchia.)

Per non parlare di **monsignor Marcinkus** e delle trame che legavano lo Ior alla mafia, a Sindona e alla P2.

Ed è blasfemo che milioni di persone muoiano ogni anno in Africa di Aids anche perché la Chiesa condanna l'uso del preservativo. Il condom a quanto pare è contro gli insegnamenti di Cristo. Anche se Cristo non ne ha mai parlato, se non per lamentarsi del fatto che si rompono facilmente. Durante il sesso anale.

I doveri della satira? Uno solo: far ridere l'autore. È questa la vera deontologia del comico. L'unico giudice della satira è il suo autore.

(Per la diffamazione e la calunnia le leggi ci sono già. E già che ci sono, dico che andrebbero riviste, per impedire al potente di turno di vessare con processi pretestuosi l'autore satirico che l'ha colto in flagrante. Vedrei con favore un **"comma Luttazzi"** così configurato: tu puoi anche farmi causa per venti miliardi, ma se io vinco la causa, i venti miliardi li dai tu a me. Così la prossima volta fai meno il gradasso.)

Boffo usa poi i cittadini come scudi umani appellandosi al rispetto dei loro sentimenti profondi. Come abbiamo visto, storicamente e culturalmente i sentimenti profondi dei cittadini sono di altro genere (il popolo liberato in festa, lo spirito umano reso sano grazie all'oscillazione fra sacro e profano), SOLO CHE I CITTADINI SE NE SONO DIMENTICATI anche grazie al mortifero plagio religioso cui, nei paesi cattolici, vengono sottoposti fin dalla più tenera età.

Era questo l'argomento insidioso cui accennavo all'inizio: Boffo tira in ballo la democrazia, che non c'entra nulla, per usare il popolo contro se stesso.

L'interpretazione religiosa del mondo è una delle tante possibili. Ma io non posso dar retta a chi crede di parlare con Dio, dai! È da psicotici!

Editoria

È in vendita il nuovo libro di Nicolò Ammanniti. Non lo leggerò finché non l'avrò completamente ignorato.

Money

Il 2% delle persone più ricche del mondo possiede la metà della ricchezza mondiale. Ma danno buone mance.

Letteratura

J.D. Salinger investito da un'auto guidata da Thomas Pynchon.

Dicembre 2006

Cile

È morto il dittatore Augusto Pinochet, l'ultimo superstite di Woodstock.

A migliaia piangono la sua dipartita. Vabbe', a centinaia. Una dozzina? Ok, i parenti. E neanche tutti.

Jingle Bells

Il tradizionale party natalizio alla Casa Bianca quest'anno è stato un disastro, ma secondo Bush no, è stato un successo e così il party sta andando avanti e nessuno sa come uscirne.

Iran

Tutti se la sono presa con Ahmadinejad perché ha negato l'Olocausto. In realtà, Ahmadinejad ha detto: – *L'Olocausto non è niente, rispetto a quello che ho in mente io.* –

Istat

Secondo l'ultimo rapporto Istat sulla criminalità, nel 2006 sono aumentati i crimini violenti, e sono diminuiti i crimini gentili.

Catwalk

Gli stilisti italiani hanno firmato un manifesto contro l'impiego di modelle anoressiche nelle sfilate di moda. Si è dimesso per protesta il presidente della Lega modelle anoressiche.

Cuba

Anche questo capodanno Fidel Castro terrà l'annuale discorso alla Nazione. Ma a causa della malattia il discorso durerà solo otto ore.

Parenti serpenti

Sul "Corriere Magazine" oggi in edicola, Sabelli Fioretti intervista Davide Parenti, l'inventore delle *Iene*. Riporto il passo che mi riguarda:

Hai detto: *"Daniele Luttazzi è diventato un eroe, però in realtà se tornasse indietro non lo rifarebbe più".* (1)

PARENTI: Luttazzi è un'intelligenza formidabile. Però ha una serie di difettucci, per esempio se tu gli copi una battuta, il giorno dopo fa l'inferno. (2)

Chiunque lo farebbe.

PARENTI: Tutti rubiamo tutto. Noi due abbiamo fatto insieme *Barracuda* rubando a Letterman. (3)

Glossa 1

Le Iene non fanno satira, ma giornalismo con sfottò: e lo sfottò è reazionario. Da quando lo dico, Parenti non perde occasione per sfruculiare, anche in modo pesante. Per cui Sabelli Fioretti lo provoca ricordandogli una sua uscita infelice all'epoca dell'esordio di *Matrix*.

Ricordo bene quell'episodio. Per l'occasione, **"io Donna"**, settimanale del "Corriere della Sera", intervistò Mentana e Parenti, coautore del programma. A un certo punto, i due sostengono che a ***Satyricon*** intervistai Travaglio senza rendermi conto del danno economico che me ne sarebbe derivato e che se me ne fossi reso conto non lo avrei fatto dato che ci tengo ai miei soldi! Prego?

Replicai con una lettera micidiale delle mie:

*È tipico dei mascalzoni farsi beffe di una vittima sostenendo che in fondo il sopruso le è convenuto; ed è patognomonico della morale corrente che in questi cinque anni in tanti abbiano usato questo argomento per mettersi in luce presso il Grande Prepotente di cui essi sono a libro paga; ma le calunnie dette contro di me da Davide Parenti ed Enrico Mentana a Guia Soncini (*Torno dopo il tg, "io Donna", *20 agosto 2005) raggiungono, credo, un nuovo zenit di carognaggine. Secondo costoro, che non mi conoscono affatto, la mia intervista a Marco Travaglio nel 2001 a Satyricon fu un accidente nel quale incappai per caso,* "anche se poi Luttazzi ha capito che tanto valeva cavalcarli e fare l'eroe civile". **Parenti**: – È così attaccato ai soldi che se avesse capito che ci rimetteva anche solo centomila lire... – *(A differenza, par di capire, di Parenti e Mentana, che se da anni macinano miliardi sulle reti di* **Berlusconi** *evidentemente è perché non sono né tirchi, né sprovveduti, né opportunisti come il sottoscritto.) Ai due conviene ignorare che c'è anche chi certe cose le fa, pur consapevole dei danni che dovrà subire, solo perché la sua coscienza glielo impone. È bello averne una.*

Parenti risponde che intendeva dire altro; la Soncini (ex pupilla di Ferrara al "Foglio")* si chiama fuori, allarmata dall'aggettivo patognomonico; **Mentana** dopo un mese mi incontra per caso in giro per Roma, mi chiama e mi tende la mano, imbarazzato. Mi dice che lui non c'entra nulla: ha fatto tutto Parenti, ma è stato frainteso dalla sintesi della Soncini. Poi mi chiede se può telefonare a Parenti per passarmelo. Ok. Parenti si scusa: – *Daniele, che piacere mi fa questa telefonata, tu non sai, ero in Francia quando è uscito l'articolo, mi ha telefonato Andrea Pezzi incazzato per questa cosa, io quella notte non ho dormito...* –. Mi conferma: voleva solo dire che sa quanto sono indipendente. E allora perché non lo ha detto? Comunque gli dico che stia tranquillo, per me è tutto chiarito. Mentana mi saluta così: – *Daniele, se vuoi venire a* Matrix, *quando vuoi, davvero.* – Ringrazio, ma faccio presente che non posso andare a casa di chi mi ha fatto cacciare dalla Rai; e che, dopo tutto quello che ho detto di Berlusconi, non sarei credibile. Mentana: – *Allora ne fai una questione di coerenza. – Già. – E io la rispetto.* – Vorrei anche vedere.

* Giuliano Ferrara non perde occasione per confermare la sua natura verminosa, nel caso improbabile che uno se ne scordi in seguito all'asportazione autoptica del cervello. Il 9 gennaio 2006, a *Otto e mezzo,* rivolto a Berlusconi ha detto che *"Biagi, Santoro e Luttazzi una bella pedata nel sedere se la meritavano"*. Ritanna Armeni non ha fiatato, dev'esserci una clausola nel suo contratto.

Glossa 2

"Il giorno dopo fa l'inferno." Gli mando ogni volta un sms dove lo ringrazio del fatto che i suoi autori usano in tv le mie battute, visto che io ormai non posso più farlo (per colpa del suo padrone).

Questi saccheggiano, ma il "difettuccio" è il mio che me ne accorgo!

E questo, bontà sua, è solo uno di "una serie di difettucci". Meno male che c'è Parenti a ricordarmi che non sono perfetto. Potrei montarmi la testa e credere di essere Parenti.

Glossa 3

Precisiamo: *Barracuda* era la versione italiana del *Letterman*, su questo non ci piove; ma le cose che facevo io erano le mie (monologhi, battute, sketch come la sindone di Martina Colombari), mentre le gag con gli ospiti, cui contribuiva Parenti, erano spesso prese dal *Letterman*. *Unicuique suum.*

Lo stile di Parenti è illustrato alla perfezione dalla trovata del test sulla droga ai parlamentari ignari. Sabelli Fioretti gli chiede:

Perché l'avete pubblicizzato prima?

PARENTI: Si potrebbe anche pensare che fosse una grande paraculata perché era la prima puntata e avevamo bisogno di una notizia forte che ci desse attenzione. E in effetti è stato così.

"In effetti." Paraculata **al cubo**:

primo perché hanno fatto credere che il test evidenziasse la contraddizione di quei parlamentari che si dicono contro la droga e poi ne fanno uso. Essendo il test anonimo, era inservibile a questo fine;

secondo perché hanno strumentalizzato ai fini dell'audience un tema serio e vero;

terzo perché hanno fatto il test ai parlamentari, senza farlo anche a se stessi. Se siete per la liberalizzazione, ragazzi, dov'è il problema?

Gennaio 2007

Buon anno!

Capodanno indimenticabile. Era quasi mezzanotte. "Dieci, nove, otto..." La mia ragazza si volta e mi fa: – *Ti lascio.* – "Sette, sei, cinque..." – *Cosa?* – "Due, uno, AUGURI! Buon anno!"

Attende ordini

Intervista del "Corriere Magazine" a **Giancarlo Leone**, vicedirettore Rai, plenipotenziario ai palinsesti, l'uomo che un mese fa **il papa** ha nominato come consulente per la comunicazione vaticana:

"CORRIERE": Lei, da vicedirettore, dopo quello di Santoro e Biagi, favorirà anche il rientro di Daniele Luttazzi?

LEONE: Non mi sembra che qualcuno abbia fatto richieste in questa direzione.

Somalia

Bush ha bombardato la Somalia. Per distrarsi un po' dalla guerra in Iraq.

Caserta

Si è concluso il conclave dell'Unione. Prodi ricoverato in ospedale per allucinazioni. Crede di essere a capo di una coalizione.

Mercurio

Dopo il clima eccezionalmente mite dei giorni scorsi, le temperature si abbasseranno in modo drastico nelle prossime ventiquattr'ore. Quindi ricordatevi di versare più sciroppo per la tosse nella vostra cioccolata calda.

Clima

Che belle giornate! Non c'è più l'inverno. A Roma oggi è praticamente estate. Fa talmente caldo che i DS si stanno sciogliendo.

Iraq

La situazione in Iraq sta migliorando. Prima era il caos, adesso è l'anarchia.

Bush ha deciso di inviare altri ventimila soldati in Iraq. Bush ha detto: – *Il nemico in Iraq è lungi dall'essere sconfitto.* – Chiunque esso sia.

Febbraio 2007

Bagattelle per un massacro

Ieri Veronica ha chiesto a Berlusconi le pubbliche scuse. E oggi Berlusconi le ha accettate.

Nasa

La Nasa ha annunciato che costruirà una stazione spaziale sulla Luna. Dove? Fra i due McDonald's.

Darwin

Scoperta in Amazzonia una nuova specie animale. Anche noi siamo nuovi, per loro.

Slip

Sono arrivati nei negozi di intimo maschile gli slip Wonderjock. Sono una specie di Wonderbra per le palle. Tre misure: piccolo, medio e molto insicuro.

Salone dell'auto

Le auto ibride sono la nuova moda del momento: il pubblico ha capito l'importanza delle istanze ecologiste. L'auto ibrida riduce l'inquinamento: il motore si accende bruciando benzina, poi prosegue bruciando cuccioli di foca.

Di.Co.

Non voglio dare troppe informazioni in giro perché la maggior parte dei miei lettori sono Br, ma ieri il governo ha sfornato i Di.Co., la proposta di legge sui diritti/doveri dei conviventi. I Di.Co. piacciono a Rutelli: infatti sono una cagata.

Da sottolineare l'impudenza dei parlamentari italiani: i parlamentari conviventi, infatti, hanno gli stessi diritti di quelli sposati. Ad esempio l'assistenza sanitaria estesa al convivente. Ma i reggenti negano questo diritto a noi sudditi. Questo fatto è talmente schifoso che non riesce neppure a commentarsi da solo.

Alle prossime elezioni voglio candidati che non si vergognino di ciò che sono: – *Salve a tutti. Sono un candidato cattolico. Convivo da dieci anni. L'anno scorso ho frodato il fisco. Raggiungo l'orgasmo solo provando dolore. E quando nessuno mi vede mi mangio le caccole del naso. E vi prometto che se verrò eletto gli uomini sposati potranno frequentare spogliarelliste dell'Est e, se verranno scoperti, le mogli non potranno ottenere gli alimenti. So che è una posizione rischiosa, potrei giocarmi il voto delle donne, ma rifiuto di compromettere i miei princìpi solo per un calcolo politico o per obbedire agli anacronistici dettami di Ruini. Votatemi.* –

È caduto il governo Prodi

– *Adesso qual è la soluzione?* –

E Prodi: – *Ah, non lo so. Fino a ieri siamo stati occupati a inventare il problema.* –

Cade il governo Prodi, e subito tutti i commentatori, i tg e i talk-show a dare la colpa ai due senatori di sinistra che non hanno votato, Turigliatto e Rossi.

Ma è un falso. Se anche i due avessero votato a favore, infatti, in base al regolamento del Senato la soglia dei voti necessari si sarebbe alzata di uno: quindi un voto sarebbe comunque mancato.*

* I senatori Turigliatto e Rossi. Tutti a chiedersi: – *Chi cazzo sono?* – Nessuno ne aveva mai sentito parlare. La moglie di Turigliatto ieri apre il giornale. Gli fa: – *Tu sei al Senato?* –

C'è allora chi ha dato la colpa ai due senatori a vita che si sono astenuti, Andreotti e Pininfarina. Possiamo dare la colpa ad Andreotti e Pininfarina? Oh, mi piacerebbe: sarebbe come comprare una scarpa col calzino incorporato. Ma anche questo è sbagliato.

Ogni disastro non ha mai un solo colpevole. È sempre il risultato di una catena di eventi.

Berlusconi teme di perdere le elezioni e cambia la legge elettorale con una porcata.

Il 49% degli elettori vota ancora Silvio Berlusconi nonostante cinque anni fallimentari.

Vince d'un soffio l'Unione.

Nasce una maggioranza debole, specie al Senato.

È urgente fare la Finanziaria e gliela lasciano fare.

Il Partito democratico stenta a nascere: la Chiesa vuole bloccare il Partito democratico per evitare la deriva laicista su eutanasia, Pacs, eccetera.

I DS subiscono a sinistra il pressing dei pacifisti, che raccolgono sempre più consensi su temi come Vicenza e Afghanistan. Nei DS Mussi minaccia la scissione e la confluenza a sinistra.

Che fare? Cedere alla sinistra pacifista sulla politica estera o restare amico di Condoleeza Rice? Era il dilèmma di D'Alema. Era il dalèmma.

A questo punto del poker, D'Alema, che è permaloso come un campo minato, va a vedere: – *Se si va sotto al Senato, tutti a casa.* –

E così è stato. Come vedete, il disastro è una catena di eventi. Lo so che sembra folle, ma vi assicuro che aveva un senso quando la settimana scorsa me l'ha spiegato, Cossiga.

Marzo 2007

Bush

A Hollywood gireranno un film sulla guerra in Iraq. Avuta la notizia, Bush ha detto: – *Che bellezza! Non vedo l'ora di vederlo per sapere come va a finire.* –

Spagna

Una donna di sessantasette anni ha dato alla luce un bambino. Madre e figlio stanno bene, ma il dottore ha ancora un po' di nausea.

Cinema

Aida Yespica non sarà l'amante lesbica di Bambola Ramona nel prossimo film di Tinto Brass. Era solo un mio sogno.

Aprile 2007

Pasqua

Cristo è morto in croce. Nessuno però dice che è morto d'invidia perché il ladrone alla sua destra aveva una croce più bella.

Intro duzione

Sfanculare il Minotauro

Si infittiscono le richieste di laureandi per interviste al sottoscritto, da inserire in tesi di corsi sulla comunicazione o sulla letteratura. Rispondo volentieri, ma prima accertatevi che alle vostre domande io non abbia già risposto. Nel sacchetto delle biglie, ***risposte random*** *più o meno recenti che potranno esservi di qualche utilità. Colgo l'occasione per scusarmi coi fan che hanno comprato l'ultimo numero di "Playboy" pensando di trovarci la mia intervista annunciata. Doveva esserci, ma per motivi editoriali l'hanno rimandata a chissà quando. Adesso ricevo un sacco di e-mail di gente che dice di aver speso nove euro e tutto quello che si ritrovano nella mano senza pisello è un diorama di va-*

gine e niente Luttazzi. Nessuno sembra arrabbiato più di tanto, comunque. Siccome non avevano avvisato neanche me, ho girato tutte le edicole della città in cerca dell'ultimo numero di "Playboy". Dicevano sempre che era finito e mi raccomandavano altre riviste del settore. Ci saranno cinquemila testate diverse che abbracciano l'intero spettro delle curiosità umane. Una s'intitola: "Gravide nude". Essere incinta è meraviglioso e tutto il resto, ma se è questo quello su cui ti masturbi, sei strano. Ovviamente, se a essere incinta è la Melandri è tutto un altro paio di maniche. Spero vi rendiate conto, comunque, che mentre noi siamo qui a ridere e a scherzare, da qualche parte, magari proprio in questo momento, Teo Mammucari si sta scopando Thais Souza Wiggers.*

* La Melandri. Mi piacerebbe venirle in bocca. Niente di che. Mi piacerebbe venire in bocca anche alla Mussolini.

Luttazzi che fa il comico è come Wittgenstein che va al cinema a vedere Marilyn Monroe. Irritato dalle interruzioni, colpisce l'intensità della sua concentrazione. È uno di quei geni che vengono consumati dalle esigenze del proprio talento. Si potrebbe stilare una lunga lista di cose che ingolfano la nostra vita (bollette, figli, auto da riparare): Luttazzi sembra essersene privato una volta per tutte. La sua compulsione a divertire è controbilanciata solo dal piacere di sconvolgere. Luttazzi ha bisogno di stimoli continui per tenere alla larga la noia della vita quotidiana. (Luttazzi ha una soglia molto bassa per la noia.) *Avventura e audacia* è il suo motto, e preferisce vivere nelle camere d'albergo perché la vita anonima gli corrisponde. I suoi monologhi sono devastanti: battute brillanti, adulte, spietate, divertenti, sorprendenti, vive, purificatrici; una satira vera, spinosa, solidissima e diretta contro

chi ne ha bisogno. Ti fa ridere così tanto che dimentichi momentaneamente di indignarti dalla rabbia. Daniele, dicono di te che sei l'equivalente comico delle unghie sulla lavagna. Oh, scusa! Ti stiamo disturbando?

Uh? No, no. Stavo ascoltando in cuffia la *Sacra Bibbia* letta dal babbo di Mel Gibson.

Come si diventa comici?

Non c'è una regola, ma il fatto di non avere un soldo, abitare coi tuoi genitori ed essere ancora vergine a trentatré anni aiuta. Se ci riesci.

Qual è il segreto della – – –

Rapido. Devi essere rapido.

È stata una gavetta dura?

Una sera mi sono trovato sul naso un'unghia mangiata. Non capivano le mie battute e nel frattempo mi sputavano in faccia le loro unghie mangiate. *"Se foste un omicida cannibale e steste divorando le viscere della vostra vittima, credo vi arrabbiereste parecchio vedendo che nel frattempo la vittima sta leggendo la 'Settimana enigmistica'."* Pf-tui! Arrivava l'unghia. Facevo spettacoli in posti improbabili in coppia con un mio amico comico che aveva un'emiparesi. Io andavo in scena prima di lui. Sapevo il suo pezzo a memoria. Una volta decido di fargli uno scherzo e recito il suo pezzo, emiparesi e tutto. Quindi lo presento dicendo: – *E adesso un comico che rifà esattamente quello che faccio io, ma solo per prendere in giro chi ha degli handicap.* – Lui entra e non fa in tempo a cominciare che uno del pubblico gli urla: – *Bastardo!* –

Qual è la comicità migliore?

Quella che illumina angoli bui della mente. Pensa a **Giuliano Ferrara** dentro una vasca da bagno con

Berlusconi e Dell'Utri che gli pisciano addosso e **Previti** che gli caga in bocca. Va già meglio, no?

Andrai a pisciare sulla tomba di Berlusconi?
No, non ho voglia di fare la fila.

L'umorismo è l'arma più potente contro demagoghi e tiranni?
Ovvio. Quanto sarebbe durato Hitler se Woody Allen avesse fatto monologhi su di lui? Adesso che ci penso: quanto sarebbe durato Woody Allen?

Perché ce l'hai con la religione?
Le religioni sono assurde. Gli ebrei non mangiano carne di maiale. Una legge rituale vecchia di cinquemila anni, quando non era stata ancora inventata la salsa Worchester. Quanto al cattolicesimo, il messaggio è: se metti in discussione l'amore infinito di Dio, vai all'inferno per l'eternità. Mi sembra ragionevole.*

* La Chiesa ha bisogno del diavolo perché permette una risposta semplice: – *È colpa sua.* – E così ostacolano il sesso perché *"è diabolico"*. In sostanza, con la religione, gente che non fa abbastanza sesso cerca di impedire a tutti gli altri di farlo.

Quali sono i tuoi hobby?
Costruisco modellini di aeroplano usando il mio pene come colla.

Se potessi passare tre ore con la donna dei tuoi sogni, chi vorresti e cosa faresti?
Bambola Ramona. Mi tufferei nelle sue tette. Se infilaste fra le lenzuola anche Daniela Santanché che mi succhia il pisello morirei felice. Con la Santanché correrei un grosso rischio, però: se dovesse sgridarmi per un qualche motivo, verrei all'istante.

Vai in scena volendo offendere la gente?

No, è un talento naturale. Una volta dovevo registrare delle pubblicità per uno stracchino. Poi mi hanno sentito su Radio Deejay e hanno deciso che non ero il tipo di testimonial che volevano per il loro prodotto. Erano offesi.

Eri troppo offensivo per vendere dello stracchino?

A quanto pare. Quando **Linus** l'ha saputo, ha mandato la Ginger a comprare una confezione di quello stracchino. Poi l'abbiamo assaggiato in diretta e abbiamo detto che aveva un sapore schifoso. Poi ce lo siamo spalmato dentro le mutande.

È vero che una volta hai aperto una serata di Loredana Lecciso?

Sì, è stato a Gallipoli. Prima di entrare in scena, il manager mi fa: – *Ci sono donne e bambini fra il pubblico; battute pulite, mi raccomando.* – Io entro e ci provo. Sono sicuro che saprò trovare qualche aneddoto pulito da raccontare. Dico: – *Una volta qua a Gallipoli ho visto un circo. L'attrazione era una contorsionista dai capelli rossi. Può fare molto freddo qua a Gallipoli in inverno. Ehm. (pausa) Da qui raggiungo Bari e* – – – Niente da fare. Dopo tre minuti sto già facendo il mio solito monologo. Erano in programma altre tre date con la Lecciso, ma dopo quella sera il mio agente mi chiama e mi dice che avevano telefonato quelli del suo entourage, e che "*a loro piacevo tantissimo, ma...*" Che è la frase in codice con cui nel mondo dello spettacolo ti dicono: – *Hai chiuso, pistola.* – Quando ti dicono tutto il bene possibile, è la fine.

La tua definizione del termine "censura"?

Censura è impedire che una persona possa esprimere pubblicamente il proprio **punto di vista**. Può essere attiva (la persona e/o le sue opere vengono rimosse d'imperio) e passiva (la persona e/o le sue opere non hanno più l'accesso ai mass media). In passato (anni cinquanta e sessanta) si trattava di una funzione pubblica: il censore impediva le offese allo Stato, alla religione, alla morale. Oggi i censori difendono gli interessi dei padroni della tv.

La televisione italiana fa un larghissimo uso dell'autocensura: secondo te, cos'è l'autocensura?

Parlare d'altro per convenienza. Com'è il tempo? E il traffico?

Ti sei mai autocensurato? Se sì, per quali ragioni?

No, mai. L'unico criterio, per un comico, è la propria risata. Se una cosa lo fa ridere, la dice. Così superi anche la censura del tuo Super-Io: se una cosa ti fa ridere, la dici anche se ideologicamente non la condividi. La pulsione inconscia, grazie al meccanismo comico, raggiunge la coscienza beffando il controllo del Super-Io. Pasolini scriveva che la società borghese digerisce, amalgama, assimila tutto; e che però in ogni opera in cui l'individualità, la singolarità si affermano con originalità e violenza, c'è qualcosa di inintegrabile. Da leggere, a questo riguardo, *Nebbia e galline*: le purghe di Stalin viste attraverso gli occhi di Maria Laura Rodotà.

Perché la censura colpisce soprattutto i comici che fanno satira? Eppure anche la satira è tutelata dall'art. 21 della nostra Costituzione.

La satira è un punto di vista e un po' di memoria. Cioè commenta in modo divertente dei fatti. **È la memoria dei fatti a dare fastidio.** La Rai arrivò a censurare *Blob* che aveva fatto un semplice collage delle frasi dette da Berlusconi durante i suoi dieci anni di attività politica. Il semplice collage evidenziava le sue menzogne reiterate. In Rai sanno che Silvio è a disagio quando i fatti vengono rivelati. Mi ha colpito l'oblio a sinistra. Fanno a gara per non nominarmi. Prima era Biagi e Santoro. Poi Biagi, Santoro e Fazio. Adesso è Biagi, Santoro e Guzzanti. Sono come l'amante di cui non vogliono parlare.

Secondo te, la censura è ineliminabile? Qual è la soluzione per eliminare/limitare la censura?

Una società resa adulta da un'educazione alla libertà avvertirebbe il bisogno di una democrazia vera, non sarebbe spaventata dall'eterodosso e giudicherebbe intollerabile, ovvero riprovevole, la censura. C'è tanto lavoro da fare. *"Mi piace il ragù. Mi piace anche tastare le liceali nei tram. È tutta questione di prospettiva."*

Hai fatto trasmissioni anche a Mediaset. Hai subito censure anche in quelle occasioni?

A ***Maidiregol***, su ottanta battute settimanali me ne venivano approvate otto: quelle divertenti, sì, ma non troppo abrasive. (La **Gialappa's** scartava alcune mie battute con la scusa che il loro pizzaiolo sottocasa non le avrebbe capite. Perché loro erano più intelligenti del pizzaiolo sottocasa.) Dopo una mia battuta (*"Priebke condannato all'ergastolo. Si vede che non ha fatto in tempo a iscriversi a Forza Italia"*) ci furono interrogazioni parlamentari e strigliate varie. Risultato: alle riunioni del lunedì mattina cominciò a partecipare anche il produttore Mediaset di quel programma. Una volta che ti individuano, ti controllano. Nel '96 feci il talk-show ***Barracuda*** su Italia 1. Nella prima puntata intervistai Claudio Martelli. Su Berlusconi, **Martelli disse: – *Berlusconi non è un politico, è un piazzista.* –** La frase venne tagliata, a mia insaputa, al montaggio. Dissi che me ne andavo, era una censura intollerabile. Mi mostrarono il mio contratto che conteneva una penale miliardaria. Finii il programma come da contratto e poi lasciai Mediaset.*

* Martelli aprì con sicumera: – *Forza, mi faccia domande cattive.* – Rivederlo a *L'incudine* su Italia1 nel ruolo di intervistatore-tappetino di Berlusconi (marzo 2006) mi ha confermato che il tempo è davvero un vendicatore mascherato. Basta aspettare.

Nell'intervista a "Vanity Fair" dell'8 dicembre 2005, **Fatma Ruffini**, l'eminenza grigia di Rti, all'epoca producer di *Barracuda*, dice di me: – *Abbiamo avuto qualche scontro. Certe battute di Luttazzi erano troppo volgari, io le tagliavo.* –

"Vanity Fair": ***Oggi rifarebbe un programma con Luttazzi?***

Fatma: *Non penso che il Luttazzi di oggi accetterebbe i miei tagli.*

Insomma, il problema era la mia volgarità, non la loro censura! **La volgarità è sempre il pretesto principe.** In America, con questa scusa tagliavano Lenny Bruce: ma erano gli anni cinquanta! In realtà, ogni battuta satirica esprime un'opinione ed è questa che ti tagliano.

Oggi non lavorerei a Mediaset non per i tagli bonari di Fatma, ma perché a partire dal 2001 sono uscite le sentenze su Dell'Utri, Previti e Berlusconi, e ho letto gli atti dei relativi processi. Vorrei che li leggesse anche Fatma, e **i comici di sinistra** che lavorano a Mediaset fregandosene.

– Hai letto l'intervista a Fatma su "Vanity Fair"? –

– L'ho letta? Non passa giorno che non legga "Vanity Fair". –

Come mai non ti vogliono in tv?

Sanno che faccio ridere su cose di cui non vogliono che si rida. Prendete *Il silenzio degli innocenti*. Sono morto dalle risate: un tipo che uccide donne grasse per scuoiarle e indossarle come fossero cappotti! La pubblicità di quel film ammoniva: *"È così pauroso che dopo aver visto questo film non riuscirete a dormire"*. Ho pensato: "*Io mi sento così dopo aver visto un film con* ***Boldi*** *e* ***De Sica***. *Ognuno dei loro film fa schifo. Come ci riescono? Forse dovrebbero scuoiare Boldi e De Sica e mettere le loro pelli addosso a persone divertenti"*.

Non ti piace la comicità alla Vanzina?

Preferisco i film porno a quelli dei Vanzina. I film porno sono meno prevedibili.

Hai mai pensato di fare cinema?

Un anno fa ho ricevuto una proposta interessante dai produttori dell'*Incredibile Hulk*. Dovevo interpretare il pacco nei suoi pantaloni. Ho rinunciato a causa di un impegno teatrale con la Compagnia della Rancia: ero il primo linfocita T ad abbandonare la nave nel musical sulla vita di Freddy Mercury.

Ci sono argomenti su cui vieti a te stesso di fare battute?

No. Mi stupisco sempre quando qualcuno trova offensiva la battuta su un argomento scabroso e non si incazza per l'evento in sé. Non ho mai visto un monologo comico molestare bambini in sacrestia o bombardare popolazioni civili per prendersi il loro petrolio.

Cosa faresti se potessi tornare in tv?

Vorrei essere il protagonista di una versione rinnovata del *Grande fratello*. Io dentro la casa con **Fabrizio Cicchitto** e un martello. Qualcosa che non avete mai visto. E non vorrete più rivedere.

Ti resta il teatro.

Faccio monologhi da quindici anni su e giù per lo stivale e il mio entusiasmo è intatto, anche se a ogni stagione spendo in carburante più di Cape Canaveral. La mia carica è ancora quella degli esordi. *"La satira, se non è eccessiva, non fa ridere."* (Mel Brooks). Certo, a furia di esagerare, il rischio, col tempo, è di fare la fine del ginecologo che non si diverte più a drogare e stuprare le sue pazienti. Ma ho presente questo rischio e ci starò attento.

Cosa faresti se non facessi il comico?

Non ci ho mai pensato. È troppo deprimente.

Raccontaci la tua giornata-tipo.

Messa insieme al papa alle ore sette, breviario, riflessione, contemplazione del Signore. Colazione insieme e poi per me inizia la giornata con la preparazione della corrispondenza, che arriva ogni giorno in quantità notevole. Segue un colloquio con il Santo Padre. Nel pomeriggio lo accompagno nelle udienze private nella seconda loggia. Verso sera mi faccio un chierichetto e – – – no, no. La mia giornata-tipo comincia con me che mi sveglio irritabile e piango. Poi supero la cosa e mi metto al lavoro. Vado alla mia scrivania, leggo, scrivo. Comincio buttando giù tutto quello che mi passa per la testa, purché sia disgustoso. Lo faccio per intrattenere me stesso. Se andassi in onda con quel materiale, verrei arrestato. Poi mi farebbero l'elettroshock. Poi mi farebbero vedere un film con Boldi e De Sica. Verso mezzogiorno, toeletta. Quindi pranzo frugale: due cracker, un bue. Passeggiata sulla spiaggia. Ritorno a casa. Sesso con la mia ragazza, che è lì che mi aspetta nell'armadio. Doccia. Di nuovo alla scrivania. Alle sette mollo tutto ed esco a fare pesi: in giardino, così la mia vicina di casa, una squillo d'alto bordo, può rifarsi gli occhi. Ecco perché sono così muscoloso.

Qual è la tua stagione preferita?

Mi piace l'inverno perché d'inverno mi viene la tosse. E così posso curarmi col Guaiacalcium, uno sciroppo a base alcolica col gusto di anice. Ci metti un chicco di caffè ed è come bere la sambuca. Me ne scolo una bottiglietta alla volta. Se hai la febbre a quaranta ancora meglio: dopo una bottiglietta di Guaiacalcium, il delirio diventa interessante. Siccome da piccolo mia madre mi curava con quello sciroppo, il Guaiacalcium è il mio oggetto transazionale. In pratica, per il mio inconscio, fa le veci di mia madre che non c'è. L'inconscio è davvero un giandone.

Cosa ti piacerebbe fare che non hai ancora fatto?

Vorrei realizzare un videogioco con tutti i personaggi feriti negli altri videogiochi. – *Ragazzi, ci facciamo una partita a* Super Hospital*?* Super Hospital pro-evolution 5*, intendo.* –

E mi piacerebbe andare in Africa. Fare la lotta con un orango sarebbe divertente. È sempre stato il mio sogno, far capire a un orango chi è il boss. E dopo averlo umiliato, regalargli un ghiacciolo di consolazione.

Mi riassumi il caso *Satyricon*?

Lessi per caso il libro di Travaglio sulle origini della fortuna di Berlusconi, raccontava cose importanti, documentate. Non se ne parlava. Io sono curioso. Ho invitato l'autore in trasmissione e gli ho fatto qualche domanda in proposito. In una democrazia le domande sono lecite. Siamo in democrazia, no? Lo ripeto soprattutto per quelli che da giovedì mi controllano il telefono.

Bene, ora hai visto che cosa è successo. Te l'aspettavi?

Davvero no. È stato un interessante esperimento sul grado di libertà in Italia. In una democrazia, un politico ha tutto il diritto di dire: *"Non mi è piaciuto"*. Quando un politico dice: *"Non mi è piaciuto, quindi non va più in onda"* siamo al maccartismo. Ho fatto domande legittime, che molti avrebbero voluto fare, ma che in tv nessun giornalista faceva*; il tutto durante una campagna elettorale alla camomilla, con una sinistra allo sbando, che non voleva darlo a vedere. "L'Espresso" titolò: *Vota Luttazzi!* Ovvero, non c'era di meglio, in giro. Ho costretto la gente a schierarsi e questo si paga. Ma si sa, la satira comporta dei rischi. L'estate scorsa stavo affogando a Sabaudia e nessuno mi ha soccorso perché tutti pensavano che stessi facendo una satira dell'annegare.

* L'unico a ricordarlo pubblicamente, in questi anni, è stato Paolo Flores D'Arcais: *"Lo scandalo è che su tutto ciò si sia esercitata una micidiale censura televisiva da inciucio, incomprensibile per i giornalisti stranieri, rotta solo da uno spazio di giornali-*

smo informativo vero, offerto da un comico nella sua trasmissione. Basterebbe questo, perché il giornalismo-giornalismo debba almeno un gigantesco grazie a Daniele Luttazzi, e il giornalismo di regime o di inciucio debba coprirsi il volto per la vergogna delle proprie omissioni, censure, servilismi". (Paolo Flores D'Arcais, *Il ventennio populista*, Fazi, Roma 2006, pag.154)

E perché c'è stata questa reazione, secondo te?

L'ho capito leggendo l'"Herald Tribune". Dice che avrei infranto un lungo e tacito patto fra maggioranza, opposizione e grande parte dell'informazione per cui in Italia dei temi scabrosi della fortuna di Berlusconi non si deve fare menzione. E l'autore, **James Walston**, aggiunge che però sono domande politiche che esigono risposte. Per molto meno, Clinton è stato crocefisso sui media americani e costretto a spiegare nel dettaglio i suoi rapporti con la Lewinski. Certo non pensavo che in Italia le domande non si potessero fare. Non disturbate il conducente, insomma. Ma disturbare il conducente è il mio mestiere. L'altra ipotesi è che ci fosse della ruggine personale. Non è un mistero la mia storia con Barbara Berlusconi: una grande storia d'amore, fatta di rispetto, comprensione reciproca e metodo Billings. L'avevo incontrata anni prima durante un galà a Montecarlo. Era minorenne. Appena Silvio viene a saperlo, mi convoca nel suo studio in via Rovani per dirmi che non avrebbe mai permesso che una sua figlia si mettesse con un fallito (che dovevo essere io, visto che nella stanza eravamo solo noi due); e che da quel momento mi proibiva nel modo più assoluto di avvicinare sua figlia. Avevo capito? Gli dico: – *Ho capito perfettamente, dottor Berlusconi. Non posso più. Avvicinare. Sua figlia. E scoparla?* – E mentre le sue quattro guardie del corpo mi aiutano a ritrovare l'uscita, capisco che la storia con Barbara era irrimediabilmente compromessa. Se non potevo più vederla, né toccarla, né scoparla, da quel momento sarebbe stato come essere già sposati.*

* Sapete perché una sposa, dopo la cerimonia, esce dalla chiesa sempre con quel gran sorriso? Perché sa che ha fatto il suo ultimo pompino.

Se ti piacciono i pompini, il matrimonio non fa per te. Nessuna moglie fa pompini. Oh, certo. *Esegue la fellatio*. Due, tre leccatine. Poi stop. Ma un pompino vero – quindici minuti di succhiate violente e gustose, come se voi foste un esaminatore e lei una studentessa che vuole superare a ogni costo l'esame di guida dopo tre bocciature – quello puoi scordartelo.

Il matrimonio venne inventato quando la vita media durava trent'anni. Restavi sposato cinque, sei, sette anni. Tollerabile. Adesso si pretende di arrivare a matrimoni di trenta-quarant'anni. Francamente, è chiedere la luna.

Chiedete a chiunque c'è passato. Vi dirà: – *Sono stato felicemente sposato, un tempo. Era terribile.*

Volete sentire l'altra campana? Eccola: un istituto italiano di ricerche demoscopiche ha fatto un sondaggio per stabilire quando le donne sposate desiderano di più fare sesso. Il 35% ha risposto: "Non appena mio marito ha finito".

I grandi uomini hanno evitato accuratamente di sposarsi. Ve lo immaginate Buddha sposato? La moglie: – *Hai intenzione di restartene lì seduto tutto il giorno?* –

Oppure Gesù sposato. Sua moglie: – *Ti sei dimenticato di portar fuori la spazzatura. Gesù!* –

Questo papa poi ribadisce a ogni discorso la bellezza del matrimonio, ma s'è fatto papa pur di non cascarci.

I genitori desiderano che i figli si sposino perché vogliono che i figli siano sistemati. Ed è così, nel senso in cui una persona che è gettata in mare con una corda legata al collo è sistemata.

Il matrimonio è una palla mortale anche perché dopo finisci per frequentare solo coppie sposate. Le coppie sposate sono noiosissime. Le donne non fanno che parlare di bambini e pannolini. – *Avete filmato il parto?* – – *No. Abbiamo noleggiato un illustratore.* –

Se le coppie sono noiose è perché le sceglie tua moglie. Il suo criterio è che la donna dell'altra coppia non sia una tentazione. Illusa. La donna di un altro è sempre una tentazione.

Le più insopportabili sono le coppie recenti. Concordano su tutto. – *Abbiamo visto l'ultimo di Moretti e anche se ne condividiamo l'a-*

spetto ideologico pensiamo che l'impianto drammaturgico sia – – – Parlano al plurale. I loro quattro reni pisciano all'unisono. Sono sempre lì a vezzeggiarsi con monosillabi tenerelli. Al ristorante, se sei in coppia, anche tu devi essere innamorato allo stesso modo perché altrimenti fanno saltare la tua relazione. Non puoi uscirci più.

Li incontri dopo un po', sono entusiasti. – *Aspettiamo un figlio!* – Gli dici quello che si dice in questi casi: – *Congratulazioni.* – In realtà vorresti dirgli: – *Il mese scorso ho visto dalla mia finestra due cani che scopavano. E adesso aspettano dei cuccioli.* –

E le donne che s'affidano alla scienza e finiscono per fare parti plurigemellari? – *Ringrazio Dio, adesso ho otto figli gemelli, questo è un segno della sua misericordia, è un messaggio che Dio ha voluto mandarmi.* – No. Hai presente quando non riuscivi a restare incinta? Quello era il messaggio.

Un mio amico non riusciva a fare figli. Poi un giorno la sorella della moglie gli ha fatto un pompino: l'ha come stappato. Adesso ne hanno sei.

I neogenitori sono sempre orgogliosi di mostrarti i loro pargoli. Penso sempre: – *Perché avete fatto questo alla vostra vita?* –

Avvertenza alle neomamme: quando vi chiedo quanti anni ha il pargolo, non mi serve saperlo in mesi. – *Ha ventisette mesi!* – "Due anni" è una risposta più che soddisfacente. Non è un formaggio. A parte che già in partenza non me ne fregava un cazzo.

Fanno addirittura dei party per festeggiare il neonato. – *Mmm. Che vino si accompagnerà con la placenta?* –

Se i figli sono così speciali, perché non si vede l'ora che siano grandi per poter andare in vacanza senza di loro?

Ho sempre pensato che il modello di relazione omosessuale fosse perfetto per i rapporti etero. Fai sesso con chi ti va, ci stai finché ti va. Ma adesso anche i gay vogliono sposarsi. Pazzi!

Vogliono l'allure della coppia sposata? Si chiama prevedibilità. Finiranno per mangiarsi le frasi a vicenda.

– *Ehi, hai visto dove...* –

– *Cosa c'è che non va con mia madre?* –

Alexander Stille, in un libro sull'ascesa di Berlusconi pubblicato nel 2005, parlando dell'intervi-

sta a Marco Travaglio ne approfitta per darti un calcio nelle palle. Scrive: *"La trasmissione non fu particolarmente imparziale ed equilibrata. Luttazzi è un comico, non un giornalista, per cui non presentò altri punti di vista e non fece in modo che Travaglio distinguesse fra le accuse più ipotetiche (come quella, bocciata in tribunale, secondo la quale Berlusconi e Dell'Utri sarebbero stati dietro gli omicidi di Falcone e Borsellino) e quelle ben documentate".*

Il calcio nelle palle se l'è dato da solo. Innanzitutto, il pregiudizio di Stille, secondo cui un comico sarebbe meno bravo di un giornalista, è uno snobismo che la dice lunga su tutto un mondo. Nel mio caso è sbagliato tre volte: **primo**, perché sono giornalista; **secondo**, perché proprio grazie alle mie obiezioni sulle frasi di Travaglio, fra cui quella riportata da Stille, ben tre giudici hanno stabilito che l'intervista fu corretta. **Forse Stille non ha visto il programma:** io rimarcai tutte le differenze. Non solo: il 26 aprile 2001, un mesetto dopo la mia intervista, l'**"Economist"** dedicò a Berlusconi un dossier di domande sulle origini oscure della sua fortuna, invitandolo per l'ennesima volta a fare chiarezza. Le mie domande, lì, ci sono tutte. Anche l'"Economist" fa giornalismo parziale e squilibrato? **Terzo,** perché il tribunale bocciò quell'ipotesi sulle stragi tre mesi **dopo** la mia intervista a Travaglio.

Dicono che non c'era contraddittorio.

Come se i fatti fossero un'opinione da contraddire. Non esistono necessariamente due versioni di ogni cosa. Se così fosse, Berlusconi avrebbe un'opposizione. Ciò nonostante, invitai più volte Berlusconi con mesi d'anticipo: non mi rispose. Come del resto Rutelli. E Fini, Storace, Bossi. Accettarono soltanto Pannella, Di Pietro e Fassino. Nelle prime puntate ero ancora immaturo, spesso mi pisciavo addosso durante lo show. E quando succedeva, gli ascolti si impennavano. Così cercavo di farlo continuamente.

Ti era già capitato di avere guai con i politici. Per esempio con le battute contro il ritorno dei socialisti.

Già. Stefania Craxi (le immagini sono troppo crude per essere mandate in onda) commentò: – *Chissà dov'era questo cuor di leone di Luttazzi quando mio padre era presidente del Consiglio.* – Oh, me lo ricordo. Nell'88, in un varietà di Rai Due, feci una battuta sui socialisti. Mi cancellarono dal programma e il regista mi bucò le gomme della macchina.

Violante t'ha criticato per quel *"in questa Italia di merda".*

Amo il mio Paese, sennò non farei satira. *"L'Italia di merda"* era riferita agli argomenti di cui avevo parlato con Travaglio. L'Italia della mafia, dell'omertà sui potenti, delle stragi, dei soldi sporchi, come la vogliamo chiamare, Bel Paese? In diversi mi hanno denunciato per vilipendio alla Nazione, ma già la Procura di Roma aveva aperto, d'ufficio, un fascicolo: **archiviato** nell'ottobre 2002 perché per il giudice *"la frase, di contenuto certamente greve, va inserita nel contesto della trasmissione che Luttazzi stava conducendo e – come lui stesso ha precisato al pm e in una successiva puntata del programma incriminato – tendeva a stigmatizzare i fenomeni di affarismo e contiguità al crimine organizzato che si stavano illustrando: si può essere politicamente d'accordo o in radicale contrasto con le tesi che l'autore ha palesato, ma la sua rimane manifestazione di libera espressione di pensiero costituzionalmente garantita".* Qualunque cosa, estrapolata dal suo contesto, può essere strumentalizzata. In quel contesto, era una frase pertinente ed efficace.

È sano un Paese, domanda Eco, dove solo i comici danno il via al dibattito politico?

Da tempo questo non è più un Paese sano. **Eco**, la

cui testa è uno dei pochi oggetti visibili dallo spazio, imputa ai comici la loro bravura. Ma i comici fanno il loro mestiere. Sta agli altri, politici e giornalisti, riprendere a farlo.

Cossiga ha detto che un guitto non può processare Berlusconi.

Neanche i giudici possono farlo, a quanto pare. Mi onoro di essere un guitto, un clown, ma non ho processato nessuno. Ho solo fatto domande. Una cosa normalissima, se non fosse che nessun altro le aveva mai fatte in televisione. Tutto qui.

In tv certe cose non si dicono...

Io rispetto il pubblico, mi rivolgo a gente adulta. Certi politici invece considerano gli italiani una massa di bambini scemi da tutelare, ai quali va somministrata una pappa omogeneizzata da loro. Vogliono decidere quello che può o non può essere mandato in onda. Credono che i cittadini siano incapaci di discernere da soli. Hanno un'idea spaventosa degli italiani.

Che rapporto c'è tra la satira e l'informazione?

La satira è un commento spietato e divertente su fatti che accadono. La satira si nutre di notizie. Inoltre, la satira può dare notizie: pochi italiani conoscevano i fatti inquietanti emersi nel processo a Dell'Utri, prima della mia intervista a Marco Travaglio nel 2001. Quattro anni dopo, sulla base di quegli elementi, **Dell'Utri è stato condannato in primo grado a nove anni di carcere per concorso esterno in associazione mafiosa**. Nel 2001 però **il clan berlusconiano** scatenò contro di me un attacco senza precedenti, a suon di **querele miliardarie, gogna mediatica** (cfr. i tg, gli opinionisti e gli house organ del Biscione, ad esempio "Panorama", "il Giornale" e "il Foglio": gente che leccava il culo a Berlusconi da vent'anni dava a me del fazioso!) ("Il Giornale" di Paolo Berlusconi, un ceffo che ricordiamolo pagò cento miliardi per patteggiare la condanna a un anno e nove mesi nella vicenda della discarica di Cerro Maggiore; "il Giornale", dicevo, pensò bene di pubblicare la mia dichiarazione dei redditi. Quelli si stupiscono, quando uno i soldi li guadagna onestamente) e **ukase bulgaro** (impedirmi di lavorare in Rai, oltre a procurarmi un ingente danno economico e professionale, ha avuto due significati: intimidatorio, e di censura dell'informazione).

Il presidente dell'ordine dei giornalisti Petrina, dopo l'intervista a Travaglio, ti ha accusato di esercizio abusivo della professione giornalistica; ma allora la satira non ha nessuna possibilità di informare il proprio pubblico senza incorrere in polemiche e denunce?

Petrina, ospite al Tg4, ha rivelato capacità istrioniche di tutto rispetto, ma la sua accusa non stava in piedi e infatti non ha avuto seguito: **il talk-show è un genere** che prevede interviste da parte del conduttore. Era solo un tentativo meschino di giustificare la mordacchia che mi hanno imposto. In Francia, un ministro è stato costretto a dimettersi quando si è scoperto che faceva pagare allo Stato l'affitto di un appartamento. La notizia era vera: che fosse uno scoop del giornale satirico **"Le Canard enchaîné"** non fa differenza, oltralpe. Da noi la rivoluzione francese deve ancora arrivare. In realtà, da sempre la satira sbugiarda le menzogne del potere, e il potere cerca di impedirglielo: Cleone considerava **Aristofane** fazioso, dato che Aristofane lo metteva alla berlina. Ma aveva ragione Aristofane. Scalarini con le sue vignette denunciava le malefatte di Mussolini. Il fascismo lo fece massacrare di botte e lo mandò al confino. Ma aveva ragione Scalarini.

Altre volte la satira dà le informazioni che fanno comodo al potere. In uno sketch* di Gene Gnocchi a *Quelli che il calcio*, la prova che bin Laden era proprietario di un albergo era la foto di Saddam Hussein in una stanza. Cia e Fbi non hanno trovato alcun legame fra Osama e Saddam, c'è riuscito Gene Gnocchi!

* Sketch. Avete imparato un nuovo vocabolo del lessico comico. Potete buttare il termine "scenetta".

Che effetto ti fa essere diventato una sorta di "nemico pubblico" responsabile con Santoro e Biagi di non si sa quanti voti persi da Berlusconi?

All'inizio Berlusconi diceva che le mie battute su di lui gli facevano guadagnare voti, ma ora che i processi si stanno avvicinando,* afferma che gliene ho fatti perdere. Fare domande non ha mai fatto male a nessuno. Nascondere le risposte spesso sì. Berlusconi fa la vittima perché è il suo modo di lucrare consensi, ma ciò che davvero non ha sopportato è che sia stato un comico, all'interno di un programma di intrattenimento, a far parlare l'autore di un libro che lo riguardava.

* Dopo cinque anni, Berlusconi, Mediaset e Forza Italia hanno perso le loro cause contro di me. I giudici hanno riconosciuto che le mie domande a Travaglio erano continenti e le sue risposte basate su fatti veri. Quell'intervista, cioè, potrebbe essere ritrasmessa oggi dalla Rai, ma col cazzo che lo fanno, figli di buona donna.

Al di là del caso personale, ha vinto il diritto costituzionale di informare ed essere informati.

Per cui non ne faccio un caso personale. Non ne faccio un caso personale, ma spero che gli venga il colera.

Un giornalista di destra, commentando l'anteprima del mio nuovo monologo a Verona, ha scritto: *"Luttazzi si prende sul serio"*. Bèccati tu querele per centosessantun miliardi e perdi il tuo lavoro per aver raccontato fatti veri, poi quando le palle ti gireranno a mille verrò io a casa tua a dirti: – *Uh, ti prendi troppo sul serio!* – Fighetta.

Forse non ci siamo abituati. Non sei Bruno Vespa.

Per fortuna, così ho potuto fare ciò che Vespa non farebbe neanche sotto tortura. Dalle intercettazioni pubblicate sui giornali relative allo **scandalo Sottile**,* emerge un **Bruno Vespa** che si preoccupa di ritagliare le puntate del suo programma secondo il gradimento del politico ospite. Infatti il contraddittorio vero, quello che contesta le falsità adducendo fatti, da Vespa è inesistente, a parte quella volta che Berlusconi disse a Vespa: – *Ehi! E questo me lo chiami un martini?* – Da me, chi è venuto era sempre ignaro di tutto. Ma è Vespa quello che passa per un grande professionista. Vespa e la sua indole giroscopica. Bruno Vespa, l'abominevole uomo dei nei, si è assunto la responsabilità del discorso pubblico e ha fallito miseramente. Per i soldi che prende, chiunque potrebbe fare il suo lavoro. Non solo. Per quei soldi, uno farebbe il suo lavoro mentre viene sodomizzato da un gorilla. –*Siamo in collegamento col senatore Cossiga. Aaahhiah! Aaaahh! AAAHHHH!* – E saresti contento. L'unico motivo per cui saresti dispiaciuto è se scoprissi che il gorilla prende più di te. Bruno Vespa lo preferivo quando conduceva il Tg1 delle 20 e alla fine si congedava urlando: – *Si salvi chi può! La fine del mondo è vicina!* –

Porta a porta ha stufato anche per un motivo tecnico: la sua struttura è quella dei reality-show, gente che si scanna in un ambiente chiuso. Ma il gusto tv si è evoluto. Adesso piacciono *CSI*, *Nip&Tuck*, *Dr. House*. Squartano cadaveri, entrano nei corpi, ti mettono in sella a un endoscopio, – *C'è un problema!* –, e vedi l'arteria che si squarcia, l'emorragia che dilaga, il sangue che esce dal retto e insozza lenzuola e materassi, il femore che si spezza e lacera i muscoli e le vene e la pelle, e i vermi che si moltiplicano nell'intestino, passano nel sangue, arrivano al cuore e ai polmoni, escono dagli alveoli, risalgono fino alla trachea e vengono deglutiti nell'esofago e il ciclo riprende.

Un *Porta a porta* così sarebbe interessantissimo. A un certo punto uno degli ospiti, Vittorio Sgarbi, spara una cazzata enorme e si sente male. – *C'è un problema!* – Presto, serve un trapianto di reni. In diretta. Eseguito da Bruno Vespa.

Ma serve un donatore. Chi è fra gli ospiti che può donare un rene a Sgarbi?

Risulta che la Mussolini è compatibile. – *Col cazzo!* – dice la Mussolini.

– *Ma senza il suo rene, Sgarbi morirà! Certo, se lei fosse incinta non potrebbe donarglielo*... –

Scena successiva: la Mussolini che si scopa Buttiglione.

Inutilmente, perché poi si scopre che i reni non c'entrano. Era avvelenamento da cadmio: le poltroncine di *Porta a porta* sono piene di cadmio.

Vespa l'aveva capito fin dal principio, ma era stato zitto perché voleva mostrare la Mussolini che si scopava Buttiglione.

* Si è fatto largo, in questi anni, un genere di donne da tv che finiscono tutte prima con un calciatore, poi con Giovanni Malagò, poi con Tommaso Buti, poi con un politico, poi con un funzionario tv, poi con Briatore. È la discesa agli inferi. Hanno fatto un patto col diavolo per arrivare al successo, e questo è il mutuo. Quando vedi una bella donna con Briatore ti scoccia. L'hai persa per sempre.

Dopo la cacciata dalla Rai hai avuto un'esplosione di popolarità. Come la spieghi?

C'è chi apprezza la coerenza. Inoltre è entrata in

gioco la dinamica di Davide e Golia: si parteggia sempre per la vittima. Ho ricevuto anche minacce di morte, però. Il mondo è bello perché è vario.

Tornassi in Rai domani, rifaresti tutto quello che hai fatto?

Certo, perché la domanda che ho posto anni fa (*"Cavaliere, dove ha preso i soldi?"*) è ancora senza risposta. In tutti i paesi democratici sono i media che controllano il governo. Da noi è il contrario. La cosa più triste è lo sberleffo dei nuovi padroni del vapore. Se dici che in Italia non si può esprimere liberamente la propria opinione in Rai, questi, che sanno benissimo di tenerti gli scarponi sul torace, ridono, ti scherniscono pure. È avvilente. A botta calda, molti miei amici mi chiedevano, facendomi molto arrabbiare: – *Ma chi te l'ha fatto fare?* – Se fai satira non hai né il carattere né il tempo per fare calcoli di convenienza. Sei concentrato sul materiale. Quando ho avuto come ospite Anna Falchi, lei a un certo punto ha inspirato e lo show ha sforato di dieci minuti. Questa intensità non la vedo più da nessuna parte. Per questo mi piacerebbe tornare.

Ti manca la tv?

No, perché dovrebbe mancarmi l'esperienza di condurre uno show grazie al quale scopavo modelle come un mandrillo e guadagnavo miliardi? Preferisco di gran lunga languire di nuovo da solo nell'oscurità. (*imita Don Backy*) *Nell'oscuuuuuuritàààà!* Riesci a immaginare la pressione costante cui sono sottoposto? Faccio tournée teatrali; presento convention; mi masturbo nei cessi; alloggio in camere d'albergo il cui controllo della temperatura ha due sole possibilità: artico e inferno; e in tutto questo devo pensare di continuo a nuove battute. Una pressione costante. Oh, chi se ne frega. Lavoravo in tv solo perché ricattavo Daniele Piombi con un video pirata in cui si scopa una grassona in un camerino.

Cosa proporresti, nel caso ti richiamassero in servizio?

Un programma intitolato *Diamo la caccia a Paolo Bonolis e Luca Laurenti e uccidiamoli!* Oppure presentare il *Campionato di Kick-boxing bendato.* Si tratta di una nuova dimensione sportiva – i due avversari si affrontano a colpi di kick-boxing dopo essere stati bendati – che diventa particolarmente interessante quando uno dei due si toglie la benda all'inizio del round e l'altro non lo sa. Se ne accorge presto, però. Dev'essere come andare a sbattere contro un muro. Il pubblico impazzisce.

No. Sarebbe bello fare un monologo di un quarto d'ora, da mandare in onda ogni sera dopo il Tg2.* Stare dietro una scrivania a fare smorfie verso una videocamera, far ridere la gente, è il tipo di catarsi che è più congeniale a tipi come **Maria Luisa Busi** e me. Ma non potrebbero ricattarmi e controllarmi, si ritroverebbero un programma per un pubblico pimpante. Preferiscono rivolgersi a un pubblico da educare. Non passa giorno in cui non scriva al ministro **Landolfi** per fargli sapere quanto gli sono grato per impedirmi di vedere o leggere cose che potrebbero non essere buone per me.

* L'anno scorso, il direttore del Tg2 **Mauro Mazza** mi ha fregato l'idea in blocco affidandola a **Gene Gnocchi**, che è pericoloso come un tortellino: ovvero è un comico, non prende posizione, non si espone. Dopo un po', la cosa è naufragata.**

** Gene lo considero ormai un caso patologico. La Gabanelli fa una puntata sulle frodi alimentari del gruppo Cremonini? Io mi becco una querela da centoventi miliardi dal gruppo Cremonini per aver dato notizia di un'operazione dei NAS nel loro stabilimento Inalca di Rieti? Be', come niente fosse, Gene fa pubblicità alla carne Montana (gruppo Cremonini).

Così è facile. Non vale. Ma non puoi fargliene una colpa. È la sua natura.***

*** L'allarme per la mucca pazza fu l'idea di una mucca geniale che non voleva finire bistecca. Lo dice alle altre: – *Ci fingiamo pazze e non finiamo bistecche.* –

– *Chi ce lo garantisce?* –

– *Tu mangeresti carne di un animale pazzo?* –

– *E se ci ammazzano lo stesso?* –

– *Vuoi che se la prendano con dei malati?* –

È finita diversamente.

A quale pubblico ti riferivi mangiando in tv cacca al cioccolato?

A tutti, cioè alle persone capaci di entusiasmarsi, di stupirsi, di irritarsi o anche di scandalizzarsi. Ci sono solo due motivi per guardare la tv: per essere cullati o per essere stimolati. La maggior parte del pubblico è più in cerca di sedativi che di stimolanti. Bisognerebbe bilanciare il leggero, il dolce e il divertente con il sostanziale, l'amaro e il disturbante. Devi essere un artista, come Leonardo da Vinci,* o Picasso,** o quel demente con un orecchio solo. È stato già fatto tutto, ma naturalmente è sempre possibile rifarlo, magari rendendolo più repellente.

* La Gioconda ha un'aria sporca. Sembra una che non si lava da un mese.

** *Les Demoiselles d'Avignon* di Picasso è stato venduto a trentacinque miliardi. Sette miliardi a *demoiselle*. I collezionisti non li capisco. Potresti far denudare VERE *demoiselles* tutte le volte che vuoi, per quella cifra. Mia zia lo farebbe per niente. Fa tutto per niente, mia zia. È una vecchia mucca dissoluta.

C'è chi dice che dovrei star zitto perché ho mangiato merda in tv. È infantile confondere il personaggio con la persona. Un tempo pensavo che Stanlio fosse tonto: ma avevo cinque anni. Mangiare merda è un classico della satira di tutti i tempi. Anticamente era un rito della clownerie religiosa insieme col bere l'urina: oscenità apotropaiche che celavano sottili valenze simboliche.

(Oscenità ancora potenti, a giudicare dalle reazioni.) Le feci riguardano il corpo, quindi da una parte il comico, dall'altra il sacro. Ci sono ancora popolazioni, come gli indiani Pueblo, che bevono urina e mangiano feci nelle loro cerimonie religiose. Loro non hanno dimenticato che non c'è sacro senza cacca. Quando un consigliere Rai di centrodestra disse: – *A Luttazzi non resta che mangiare la merda* – non mi sono lasciato sfuggire l'occasione irripetibile. Letture consigliate: Aristofane, Plauto, Rabelais, Swift, Sterne. Riconsiderare quindi l'accusa alla luce di questi classici.

Berlusconi ha imposto la tua esclusione dalla Rai.

Sapeva benissimo di trovare in Rai dirigenti a cui non piace ignorare gli ordini. Ma non è ridicolo che un presidente del Consiglio abbia paura di un comico? In democrazia, mettere in discussione il potere non è attaccare la democrazia: è la democrazia. Mi piacerebbe essere un aspide. Un aspide particolare, che lo punge nel culo e poi si mette a ridere. Questo mi rende una persona cattiva? Non ne sono sicuro. All'apice della polemica, la Rai mi suggerì di lasciar perdere per un po' la tv e così ho fatto. Non me l'hanno suggerito, mi hanno fatto capire che l'avrebbero gradito. Non me l'hanno proprio fatto capire, mi hanno chiesto se non pensavo che fosse una buona idea lasciar perdere per un po' la tv. Non me l'hanno chiesto, mi hanno scritto una lettera. A dire il vero non era una lettera, era una lettera del loro avvocato.

Dicono anche che la censura ti è convenuta, dopo tutto.

Quello della censura che conviene ai censurati è in assoluto l'argomento più becero di tutti, e i lacchè berlusconiani se ne sono serviti in ogni dibattito televisivo per confondere pubblico e conduttori. È **l'ar-**

gomento fallace di chi vorrebbe che la vittima ringraziasse il carnefice della solidarietà che il sopruso le ha procurato. Berlusconi ti prende a pugni; la gente si schiera con te; e tu dovresti ringraziare Berlusconi dei pugni che ti ha dato! La solidarietà non cancella la colpa di Berlusconi, che è gravissima, specie per un capo di governo. Certo, inezie a confronto di tutti i reati di cui si è macchiato e che poi si è prescritto con le sue leggi-vergogna... Guadagnerei miliardi se lavorassi in tv come altri hanno fatto in questi cinque anni, cioè fingendo di non vedere, o addirittura, è il caso della **Ventura**, di **Volo** e di **Bonolis**,* vantandosi sulla stampa di essere qualunquisti. Il danno professionale che l'ukase bulgaro mi ha procurato è enorme. E continua. Non sospettano che mi piace vendicarmi. Coltivo zucchine sul balcone. Sono perfette per i tubi di scappamento.

* *"Io non sono né di destra né di sinistra, non me ne può frega' de meno."* Paolo Bonolis, "la Repubblica", 28 agosto 2005

"Sono equidistante." Simona Ventura, "la Repubblica", 23 agosto 2005

"Fiero di essere qualunquista." Fabio Volo, "la Repubblica", 3 aprile 2006

Sembra quasi che non puoi lavorare in tv se non fai il paraculo, professando il tuo qualunquismo. Ma il qualunquismo è una forma di corruzione. Chi è qualunquista è, come tutti gli opportunisti, un corrotto. E se uno sbandiera il proprio qualunquismo, corrompe. In America, dove la libertà di espressione è sacra, a nessuno verrebbe in mente di dare del fazioso a Robert Redford perché si schiera contro la guerra in Iraq. O in Inghilterra, per gli stessi motivi, al Nobel Harold Pinter. Avere opinioni politiche è ciò che fa di te un cittadino adulto. È assumersi le proprie responsabilità. Da noi, invece, abbiamo un Fabio Fazio che dichiara: – *Al pubblico non interessano le mie opinioni politiche.* – (!) Non è il massimo del paraculismo, addossare al pubblico la colpa del proprio paraculismo?

Devi dare atto a Berlusconi che ha convinto Veronica a sposarlo. Una donna assolutamente straordinaria...

Andiamo! È come dire che il cane di Hitler lo adorava.

Berlusconi ha detto che la sinistra pessimista danneggia l'immagine dell'Italia.

Altre cose che rovinano l'immagine dell'Italia: un presidente del Consiglio che si fa da solo le leggi per evitare i processi sui reati che ha commesso.

Quando la satira è qualunquista?

Quando il suo sottotesto è: *"è tutto un magna magna"*. La satira che non fa distinzioni, che non ha opinioni, è qualunquista. La satira che non è *faziosa*, è qualunquista. Io prendo posizione. Con quello che capita in Italia e nel mondo, non è possibile astenersi. Eppure la tv italiana è piena di comici che se ne fregano. Le tv berlusconiane poi sono zeppe di qualunquisti di sinistra. Glielo fai notare, ti rispondono: – *Non si sputa nel piatto dove si mangia.* – Il punto è proprio questo: tu vuoi mangiare in quel piatto. Ma la gente se ne accorge. E ti pugnala. Qualche volta.

Qual è l'impatto della satira nella coscienza dello spettatore/lettore? In cosa la satira si differenzia dalla comicità?

Premesso che ogni autore, sia comico che satirico, intende sempre suscitare la più grande risata possibile, la **comicità** ha più a che fare col corpo (la meccanicità di Bergson), la **satira** con le idee (il Super-Io di

Freud è all'origine dell'umorismo e della satira, in quanto espressione dell'istanza parentale: nella sua duplice veste, consolatoria misericordiosa o giudicatrice rigorosa). Vale a dire: la satira si serve del corpo ridicolo come strumento per dire altro (cfr. Rabelais), mentre la comicità è soprattutto un corpo ridicolo (cfr. Mr. Bean). La comicità è la ricerca dello stato infantile virtuoso in cui la purezza, lo sporco, la volgarità e l'impudenza sono tutti fusi nella stessa innocenza, in cui accade la risata.

Detto questo, la liberazione maggiore viene dalla satira: la comicità non intacca i tuoi valori, la satira invece può convertirti all'ignoto. **La satira esprime un giudizio, la comicità no.** È il motivo per cui alcuni spettatori si rifiutano di ridere a battute su temi per loro sensibili, temi cioè che riguardano la struttura del loro mondo di valori. È la grande lezione di **Lenny Bruce**: ***"La realtà è ciò che è, non ciò che dovrebbe essere"***. Le ideologie, gli -ismi, le religioni vertono su "quello che dovrebbe essere". La satira si occupa invece di ciò che è. Dal contrasto fra i due punti di vista nasce la risata.

Quando la satira poi riesce a far ridere su un argomento talmente drammatico di cui ti sbellichi perché non c'è altra soluzione possibile, si ha quella che nei cabaret di Berlino degli anni venti veniva chiamata la **"risata verde"**. È opportuno distinguere una **satira ironica**, che lavora per sottrazione, da una **satira grottesca**, che lavora per addizione. Questo secondo tipo di satira genera più spesso la risata verde. Ne erano maestri **Kraus** e **Valentin**. Nei loro testi la satira è una caccia ai cuccioli di foca.

In ultima analisi, però, non si ride dei contenuti di una battuta, ma della tecnica retorica. È la tecnica a far scattare la risata. Ecco perché, quando un giornalista fa la parafrasi di una battuta, questa non ti fa ridere: il giornalista, con la sua approssimazione, ha rovinato il meccanismo. I giornalisti riportano le battute dei comici sempre in modo inaccurato. All'inizio resti perplesso, poi frustrato, poi capisci che non c'è speranza e l'unico modo per fargli stampare giusta una battuta è dirgliela sbagliata.

La realtà storica e le contingenze servono invece a spiegare perché NON si ride, e questo è tutto un altro discorso. Prendiamo il caso Italia. È come ne *Il pianeta proibito*, sci-fi di serie B anni cinquanta. In quel film, c'è un mostro inarrestabile: è la materializzazione dell'inconscio dello scienziato che ha creato la base spaziale. Quando lo scienziato dorme, il suo inconscio si materializza. Ecco: Berlusconi mi sembra la materializzazione dell'inconscio dell'italiano medio: sempre e solo sensibile al proprio tornaconto, distrugge democrazia, moralità, ambiente. Avendo sbagliato l'analisi, gli astronauti cercano di sconfiggere il mostro dirigendo contro di lui i laser. Risultato: lo ricaricano di energia. (D'Alema che fa la bicamerale.) Il mostro muore quando la distruzione della base spaziale uccide la vera causa, lo scienziato. La vera causa del mostro Berlusconi è l'italiano medio. Urge una vasta opera di educazione dell'italiano medio ai princìpi della democrazia. Va distrutta la base spaziale dell'italiano medio: quel complesso micidiale di propaganda culturale, politica, religiosa e televisiva che da cinquant'anni lo addormenta, consentendo al mostro del suo inconscio di materializzarsi. Nessuno ci ha mai messo mano, ma io non ho altro da fare.

E cos'è invece l'ironia?

L'ironia è il sistema d'allarme antincendio che va in cortocircuito e incenerisce la casa.

Non sono molti i contributi critici dedicati alla satira. Forse, una ragione è che essa stessa è critica e quindi l'opera satirica non è considerata come "testo" da interpretare, spiegare, commentare, quanto piuttosto da condividere o biasimare. Pensi che lo stesso possa dirsi per la critica giornalistica?

La satira mi pare di gran lunga superiore al giornalismo, dato che richiede **arte**. Incide sulle dinamiche psicologiche e se ne serve. Sfrutta le strutture antropologiche dell'immaginario per contribuire all'elasticità dello spirito con una vera e propria **sociatria**. Cazeneuve notava come, nella società apollinea degli Zugni, il simbolismo saturnale dei clown Koyemshis facesse da valvola di sicurezza dionisiaca. Non se ne scrive perché la satira è sottovalutata, come tutto ciò che muove al riso. Ma la comicità è sottovalutata perché il lavoro principale del comico consiste nel farla sembrare facile.

"Famiglia Cristiana" ha definito le tue battute *"lepidezze postribolari"*.

"Lepidezze postribolari." Per un libro di satira mi pare un titolo perfetto. Evidenzia lo scarto tra l'attività dello scrittore satirico e il mondo mentale di certe persone, che per propria tranquillità preferiscono vivere in una gabbietta dai confini abbastanza angusti. L'autore satirico ha il compito di aprire questa gabbietta e dire: – *Liberi tutti!* –

Il corporale fa parte delle tue dimensioni espressive. Tu ricordi spesso che la televisione è *"corpo"*. In che senso?

La frammentazione in pixel dell'immagine catodica plagia il gusto televisivo dello spettatore, anche se questi non lo sa. Come mezzo freddo, la tv rende telegenici certi spettacoli e non altri: i polizieschi, gli ospedalieri, le sit-com e i reality. In tutti questi casi, la vicenda narrata pone il problema dell'integrità di un corpo: corpo fisico o sociale. Il problema di ricostituire l'integrità avvince lo spettatore più del normale proprio grazie alla trasmissione per pixel, che trasforma un bisogno cognitivo (come andrà a finire la storia?) in un bisogno fisico (voglio continuare a vedere e desidero che l'integrità sia ristabilita). La tv è un sedativo reazionario.

Anche la tua comicità evoca corpi.

Il comico è innanzitutto corpo. Ma è un corpo sempre integro. Il corpo comico è indistruttibile. Per questo il comico, in tv, può rompere l'incantesimo.

C'è chi ha parlato, nel tuo caso, di *"nichilismo infame della peggior specie"*.

Il fatto che io passi la maggior parte delle mie giornate seduto a un tavolo a scrivere battute per far ridere un pubblico, credo testimoni che nichilista non lo sono affatto. Il nostro immaginario oscilla fra archeologia ed escatologia, fra denuncia della maschera e svelamento, fra demistificazione e rimitizzazione. È il suo respiro. Il nichilismo, riducendo i simboli a epifenomeni, fa parte delle forze archeologiche. L'errore consiste nel fermare l'oscillazione. Molti dicono: – *Il comico era Jerry Lewis. Cosa faceva Dean Martin?* – Dean Martin rendeva Jerry Lewis comico. Ogni simbolo è doppio, e alla duplicità di ogni simbolo corrisponde la duplicità delle ermeneutiche.

È vero che la satira è spesso profetica?

Eccome. Ricordo una vignetta inglese degli anni venti in cui il disegnatore immaginava che ci sarebbe stato – risatona – un albergo per le automobili. E quello che aveva disegnato era un garage multilivello! A volte si inventano battute che anticipano gli eventi. Una battuta può essere così veloce che l'effetto precede la causa. Questo potere è un dono misterioso e non dobbiamo lasciare che cada nelle mani sbagliate. Un comico deve solo obbedire allo spirito.

Cosa significa obbedire allo spirito?

Possiamo vederla in questo modo: siamo tutti quanti espressione di una retorica universale. Che la Chiesa chiama Dio, attribuendole con la metafisica un'ontologia. Il simbolo che diventa teofania non è una novità: per i pitagorici, i numeri esistevano realmente. A Mosè e all'evangelista Giovanni, Derrida gli rimbalza: *"In principio era il Verbo, il Verbo era presso Dio, il Verbo era Dio".* Poche storie. Gli antropologi però la sanno più lunga di pitagorici e biblisti. Il percorso, biunivoco, è: fisiologia-società. Energia bio-psichica e simboli dell'immaginario corrispondono. In pratica è la retorica a parlare noi. C'è chi sostiene che non ci sia nulla di misterioso nel linguaggio, e che parlare non è che un modo per esprimere pensieri senza doverseli appuntare. Ma in realtà non siamo noi che usiamo il linguaggio. Noi siamo parlati dal linguaggio: un trucchetto facilissimo da comprendere, una volta che lo si è compreso. Ora: l'umorismo partecipa della retorica. Come si esprime, nei viventi, la retorica universale? Innanzitutto, sotto forma di basi azotate, di Dna. Noi siamo l'espressione di queste basi azotate. È una manifestazione del circolo ermeneutico di Dilthey: quadro generale e aspetti particolari si corrispondono. Noi riusciamo a definire solo cose che ci sono omologhe. Ma c'è dell'altro, indicato qua e là da tracce e da brecce, e possiamo raccontarlo solo in un altro modo: ovvero, non direttamente, ma per scarti, con procedimenti artistici. Per cui il comico (e questa, in ultimo, è la sua moralità) non deve far altro che dire sì allo spirito umoristico, ovvero dire sì alla retorica universale che anima la vita. Non deve opporre ostacoli a questa cosa, l'ostacolo maggiore essendo se stesso, il proprio logos. Una battuta ti mostra per un attimo quello che c'è dietro il sipario della retorica. È il pre-conscio e fa paura. Poi la realtà torna a essere quella conosciuta, ti rassicuri e ridi. *"In principio Dio disse:* (voce tonante) – Sia la luce! – *Si accende una lampadina in una camera da letto. Un tipo in pigiama si tira su e dice:* – Chi ha acceso la luce?"

Quindi, in qualche maniera, è la pedagogia dello spavento.

Solo nel senso che fuori dal linguaggio, fuori dalla retorica c'è l'indefinibile, che percepiamo come un nulla pauroso.

Che ne è dell'inconscio?

Lacan ha riletto Freud mostrando che anche l'inconscio si esprime per tropi: l'inconscio ha la stessa retorica del linguaggio cosciente! Metafora e metonimia. Condensazione e spostamento, per dirla con Jacobson. D'altra parte, se non fosse così, non riusciremmo a raccontare i sogni.

Ma chi è indifferente allo spavento, chi è incapace di spavento, diciamo individui che mi capita a volte di incontrare: sono nemici della manifestazione dello spirito?

Immagino che ridano delle cose più elementari, dello slapstick, del corpo buffo e impacciato che hanno imparato a dominare uscendo dall'infanzia. Freud elaborò una distinzione molto bella fra il comico, il motto di spirito e l'umorismo. Attualizziamola con l'antropologia: l'evoluzione del tuo cervello ti dà la competenza necessaria per apprezzare i vari tipi di umorismo nelle varie tue età. Il bambino supera il dramma della stazione eretta, per cui cade sempre per terra e una volta che l'ha superato, riesce a ridere dei capitomboli di

Stanlio e Ollio. E dato che l'ontogenesi segue la filogenesi, è probabile che i nostri antenati preistorici ridessero anche loro dei capitomboli. Bisogna superare i nostri limiti per riuscire a riderne. Nell'età adolescenziale si affinano le competenze logiche mentre esplode la tua sessualità, e uno scopre Woody Allen…

Hai letto Freud. Nell'originale in tedesco?

No, in un riassunto sul retro di una scatola di cracker Ritz.

Mi fai venire in mente il Grande Inquisitore dei *Karamazov*, un garante d'ordine non privo d'ingegno, che però tende ad affermare la sua netta distanza rispetto all'uomo come tale: all'uomo che non costruisce un sistema, ma che vive e pretende nel suo vivere di avere un'esperienza di verità.

Ma vivere coincide con la verità. Il limite del Grande Inquisitore è la comunità. Il comico presuppone un uditorio; il Grande Inquisitore si erge a giudice e le conseguenze sono le varie ghigliottine che gli uomini hanno sempre portato nel mondo.

La satira comporta l'esistenza del giudizio.

Ma è la risata che ci salva dal Grande Inquisitore. L'autore satirico è un grande moralista, d'accordo. Lo salva il fatto che si sottopone al giudizio del pubblico. Io dico una battuta, la battuta non funziona, dopo tre volte smetto di farla.

Invece il Grande Inquisitore correggerebbe il pubblico…

È così. Solo che non puoi costringere la gente a ridere.

Sì, perché *prima* di costringere la gente a ridere devo dotare la gente di un punto di vista...

Basterebbe che la gente fosse educata a cogliere le contraddizioni. Certo, se lo stadio evolutivo mentale dell'uditorio non ha ancora superato l'infanzia, sarà dura farlo ridere su altre cose. È il dramma che si incontra quando a teatro fai certe battute. Al di là dell'informazione sui fatti, c'è una diseducazione diffusa che impedisce a molte persone di cogliere certe sfumature. Su Internet il pubblico dei ventenni mi scopre adesso e si stupisce dei doppi o tripli livelli di alcune mie battute. Uno mi ha scritto:

"Ho visto in televisione il tuo monologo Adenoidi 2003 *e, a un certo punto, tu parli di questa casa costruita dall'architetto Moebius, una villa bianca, piatta, contorta ad anello, la famosa villa con una sola facciata. Io non ho riso, ma il mio amico ha fatto un balzo sulla sedia perché studia matematica e ha cominciato a parlarmi di Moebius e delle strutture senza funzione ecc. Tu cosa ne sai di queste cose qui? Hai studiato medicina..."*.

Questo tipo di obiezioni mi fa scompisciare. Conclude: *"Ma allora chissà quante altre cose tu scrivi nelle tue cose e noi non riusciamo a coglierle"*.

Gli ho fatto l'esempio di Lewis Carroll. Se leggi *Alice nel paese delle meraviglie* solo come un libro di fiabe; se nessuno ti informa che Lewis Carroll era un filosofo matematico che ha infarcito il suo libro di problemi logici eccetera; ti perdi quello che è forse il vero divertimento di quel libro. Se una persona è istruita, se la gode molto di più. E c'è un livello ulteriore: Carroll scriveva questo libro per la piccola Alice Liddell, che poi fotografava in pose lascive. Questo sacerdote timido, Lewis Carroll/Charles Dogson, sublimava nella fotografia la sua pulsione libidica rivolta verso le bambine in fiore. Ha lasciato un carnet di fotografie che è un peana alla pedofilia nel clero. A margine, la notiziola curiosa: il papà di Alice era il reverendo Henry Liddell, quello del vocabolario di greco, il Liddell-Scott. Ancora: mi piace usare, a commento ironico su un argomento, battute famose di comici leggendari. Se, parlando di George Bush figlio, uso una battuta di Bill Hicks su George Bush padre, chi se ne accorge coglie al volo il mio giudizio sulla vicenda Iraq: tale padre, tale figlio. E quella battuta assume un significato nuovo, non è più quella di partenza. Più sai, più ti diverti.

E per l'appunto il cenno all'istruzione implica metodologicamente la condivisione di una visione; e una visione, lo dice la parola stessa, è una. Consente di ridere, ma anche in qualche maniera di reprimere.

Ma lei fa il discorso del linguaggio. È il linguaggio quella cosa che ci accomuna e ci reprime. E il linguaggio presuppone una retorica. Siamo daccapo.

Tu, se capisco bene, in sostanza dici: può darsi anche che il giudizio morale della satira possa essere adoperato al servizio di progetti repressivi. Però la terapia, l'antidoto, è costituita dalla pratica testarda del linguaggio.

Ridere significa che per un attimo siamo usciti dal dominio del linguaggio. Questo accade sempre quando il linguaggio diventa testo. Ogni testo ti fa uscire dalla metafisica, è sovversivo, diceva Derrida. Be', un testo comico lo è al quadrato. Prendiamo ad esempio Lubitsch:

– *Chi ha aperto il teatro?* –

– *I nazisti.* –

– *E chi gli ha dato le chiavi?* –

In questo senso capisco allora perché hai dichiarato in un'intervista che tutte le volte che una battuta ti pare eccessiva, a quel punto senti come l'obbligo di dirla.

Sempre, se la cosa mi fa ridere. Il senso di pericolo è una traccia, sempre nell'accezione che ne dà Derrida. Va seguita. Non la stupisce il fatto che il linguaggio ci crei? Torniamo all'evangelista Giovanni: il Verbo che era presso Dio, la Parola di Dio, è Gesù, una persona. Solo che Giovanni chiama Dio il linguaggio che ci parla, la retorica che ci informa. Fa dell'escatologia. Per me, invece, che faccio del riduzionismo, il Dna è linguaggio e noi parliamo il linguaggio del Dna. Non possiamo fare altro. Intendiamoci: lo parliamo non direttamente, e non tutto. C'è sempre uno scarto: la mia parola, tanto per cominciare, non crea esseri viventi, a differenza del Dna. E che il linguaggio permetta lo sbocco umoristico noi lo diamo per scontato. Per me è un miracolo, una cosa stranissima: il linguaggio permette che noi possiamo ridere di alcune fallacie logiche o comportamentali, e ristabilire così il nostro equilibrio vitale, compromesso dal sapere che moriremo. Il linguaggio permette una gioia piena di allusioni. Lo scienziato, invece, vi vedrà solo liberazione di endorfine.

A me sembrerebbe incredibile il contrario, posto che nel ridere di una fallacia logica c'è proprio la struttura del comico: l'inadeguatezza ci fa ridere, come se le categorie logiche fossero due clown...

Il clown Condensazione e il clown Spostamento. È vero, però quello che lei sta facendo è *descrivere* il comico. Quello che mi interessa è il mistero del comico. Lo rinnovo ogni volta con la pratica di fronte a un uditorio, come il sacerdote ogni volta nella messa rinnova il mistero del sacrificio di Cristo. Ma perché si ride? C'è un primo perché che è quello della descrizione. Si ride perché la messa in scena delle varie figure retoriche genera contraddizioni e paure. Ma il vero mistero, la risposta al perché si ride, il meccanismo segreto che precede la liberazione di endorfine, è nella fisiologia, ha una radice neurologica.

Sì, abbiamo ancora da studiare, per fortuna.

Nel frattempo potremmo divertirci a scrivere una dogmatica sperimentale del comico. *

*** Dogmatica sperimentale del comico**
ovvero dottrina della risata a partire dalla conoscenza sperimentale della natura e della realtà della retorica

I. Verità e risata nella visione umoristica

1

Benché nell'umorismo non vi sia alcuna dottrina segreta oltre a quella praticata pubblicamente, tutto in questa dottrina è quanto mai pieno di mistero.

2

Nessuno possiede il segreto dell'umorismo, semplicemente perché non c'è alcun segreto. Non è un segreto. Ma proprio perciò l'umorismo è un mistero. Un mistero in piena luce, in totale trasparenza, intrinseco al fatto stesso di esistere. Un segreto si scopre, ma un mistero si rivela. Ed è impossibile scoprirlo.

3

Anche se nulla viene nascosto, molto rimane celato all'intelletto. Il più intimo mistero della comicità, il mistero del "sempre maggiore", non può essere stabilito col semplice intelletto. Una comicità che fosse completamente intuibile non sarebbe più tale.

4

Se una verità è universale, certamente è anche comica.

5

Ogni atto comico (gag) situa tutta la comicità in una nuova luce ben determinata. Perciò si possono confrontare due atti comici a piacere: ne verrà fuori sempre qualcosa di nuovo, di essenziale, perché entrambi sono necessari l'uno all'altro, l'uno riguarda l'altro, fanno notare la totalità, esistono o scompaiono insieme.

6

La comicità ha una base di verità fissa, ma da questa base si apre verso l'illimitata, viva e increata verità posta nella retorica.

7

Tutta la tensione fra centro e periferia della sfera comica della retorica è il luogo dinamico dell'uditorio universale, in cui si ritrova la totalità. Il centro s'irradia nella periferia per poi tornare su se stesso. Il punto scelto al di fuori del centro, se la retorica non guida espressamente, è sempre fittizio.

8

La retorica mostra in continuazione nuovi aspetti della sua comicità. Conduce instancabilmente dal centro alla periferia per arricchirne il centro. Tutto è presente nella comicità, ma nessuno ne conosce tutta la pienezza. La forza immaginativa della retorica è sempre all'opera per scuotere il pubblico universale dalla sua sicurezza.

9

La matematica della retorica scaturisce dalla sottomissione del Clown nei confronti della retorica.

10

La risata è ciò che proviene solo dalla retorica, ciò che possiamo solo ricevere e non diviene mai nostra proprietà, ciò che possiamo mediare ma non diviene mai nostra sostanza. Così la risata rimane sempre nella retorica anche quando noi la mediamo. È la retorica che la comunica a noi, nonostante noi. La verità, invece, appartiene sia alla retorica che a noi. Nel momento in cui la risata ci inonda, tutto viene dalla retorica e non siamo interpellati. Al contrario, la verità della retorica diventa per noi verità solo se l'accettiamo. Vi è un movimento circolare fra la risata e la verità: la risata viene dalla retorica e opera in noi affinché l'accettiamo come verità. La verità, divenuta nostra, a sua volta ci apre gli occhi sulla magnificenza della risata.

11

La risata esige in ogni caso da noi la rinuncia a noi stessi, al nostro sofisticare e criticare, alla nostra certezza. La risata non chiarisce punto per punto. Essa ci inonda: ciò costituisce la sua essenza. Essa rappresenta molto di più di quanto possa accogliere il singolo.

12

Ogni novità della retorica si presenta come altro. Oppure come altro dell'altro, cioè come se stesso.

13

Chi non ascolta nel Clown, non ascolta niente.

II. La risata sempre maggiore

14

Non dimenticare l'incomprensibilità della retorica, il suo essere completamente diversa.

15

La conoscenza della retorica è conoscenza della risata, perciò chi non conosce la risata non conosce la retorica. Non si può osservare la retorica dall'esterno come un semplice oggetto, dalla cui conoscenza si deducono conclusioni neutrali. Conoscere la retorica vuol dire rinunciare al proprio punto di vista, mantenersi libero affinché la retorica si faccia conoscere nella misura in cui vuole. Essa può farsi conoscere soltanto nella comicità e attraverso la comicità. Essa è la risposta a una domanda, ma la domanda stessa viene dalla risposta.

16

La retorica possiede tutta la comicità e la dona al Clown, il Clown vuole partecipare tutta la comicità perché egli l'ha ricevuta con tale sovrabbondanza. Dalla comicità fra Clown e retorica origina una nuova sorgente, la matematica. La matematica è ciò che rimane più incomprensibile. È sospesa, è mobile, è l'eterna eccedenza che diventa sempre maggiore e attraverso cui tutto riceve la risata. L'essenza della retorica è fino in fondo comicità. Se si volesse immobilizzare la comicità, sarebbe già morta. Occorre essere immersi nel suo eterno movimento se si vuole attingere qualcosa dalla sua essenza. E se si credesse di averla afferrata, allora non si comprenderebbe la comicità, ma al massimo un concetto.

17

Ogni gag accresce e supera se stessa. La comicità ha questo carattere poiché la comicità del Clown ha in sé quella della retorica. La comicità è conoscenza che aumenta, ma conoscenza che a sua volta fa crescere la comicità, cosicché nella retorica la conoscenza e la comicità non si situano l'una accanto all'altra, ma l'una proviene dall'altra e sono vive l'una per opera dell'altra.

18

Retorica, Clown e matematica sono nella loro identica essenza distinguibili, distinti per il diverso rapporto di origine.

19

La risata è completezza, riposo pieno, l'assoluta affermazione dell'essere e del divenire. È un gesto di piena sicurezza, di accettazione, di assunzione, di regalo, di possesso imperturbabile, è una ricchezza che scorre e insieme è calma. Se la retorica mostra veramente cos'è la risata, se scopre solo un lembo di questa signoria, uno desidera per sempre che tutti i suoi concetti siano distrutti e annientati.

20

Nella retorica non vi è alcuna opposizione e alcuna separazione. L'incomprensibilità della retorica protegge il mistero essenziale della sua comicità.

21

La retorica supera la sua dimostrabilità.

22

Nel Clown abbiamo la prova della comicità della retorica e solo così l'intelligenza dello spettatore che dimentica e perde se stesso si apre alla risata che lo completa.

23

La matematica è movimento, non si fa imprigionare. È la sovrabbondanza che va dalla retorica al Clown, dal Clown alla retorica, dal Clown all'uditorio universale, dal Clown attraverso l'uditorio universale alla retorica, dal Clown attraverso la retorica all'uditorio universale.

24

La matematica, che è ritmo intervallo metamorfosi, scruta la profondità della retorica. La retorica non ha alcun mistero di fronte al Clown: essa gli mostra tutto ciò che è in lei e glielo mostra in vista del servizio della rivelazione, in modo che la matematica lo possa rendere chiaro ininterrottamente nel cuore dello spettatore. In questo senso la matematica è il legame fra la retorica e l'uditorio universale, il continuo andare avanti e indietro, ciò che comunica e distribuisce. La matematica accompagna il Clown in tutte le sue esperienze e lo rivela. Essa parla in ogni parola che il Clown pronuncia, opera in ogni risata che il Clown genera. Essa lo accompagna in scena con una tale unione che, dopo aver sperimentato la fine dello spettacolo come l'abbandono più profondo, ridona il Clown nelle mani della retorica. In questo modo, la matematica opera al mistero dell'abbandono della fine ed è partecipe della stoltezza dello spettacolo, della sapienza che è così diversa dalla saggezza dell'uditorio e che nel mistero nascosto nella retorica rappresenta la sorgente della risata della retorica, di cui la retorica, il Clown e la matematica sono partecipi in modo essenziale e uguale.

25

La retorica, nonostante la sua immutabilità, può continuamente cambiare, aprire tutto ciò che a noi appare chiuso.

III. L'uditorio nel piano della risata della retorica

26

La retorica non crea l'uditorio nel vuoto. La retorica ha un piano sull'uditorio, non a breve scadenza, ma eterno. E tutte le cose hanno il loro posto secondo la matematica. E poiché la retorica è la verità, l'uditorio universale diviene una realtà che è trattenuta nella sua verità per opera della matematica. Niente nell'uditorio è lasciato al caso, perché l'uditorio vive nel piano della retorica. L'uditorio porta fin da principio l'immagine della retorica e i giorni interminabili fra tristezza e risata non hanno cancellato le intenzioni della retorica.

27

La comicità ha uno splendore, una irradiazione, un'apparenza: in questi elementi possiamo cogliere qualcosa della sua intera magnificenza e del suo valore. Dobbiamo accoglierla così come ci si presenta.

28

Nelle tenebre dell'incomprensibilità risplende la luce della retorica. Non risplende solo intorno alle tenebre, ma riluce proprio dentro le tenebre. Il momento in cui la luce entra nelle tenebre è l'istante dell'atto comico.

29

La comicità del Clown che entra nelle tenebre è triplice. Essa è anzitutto accettazione a diventare *fool*. Poi atto comico. In ultimo luogo, il vuoto dell'atto compiuto.

30

Non vi è nulla, nel mistero della comicità, che sia implicato più della tristezza: niente che esiga di più la risata per essere compresa e spiegata. La radice più profonda per la comprensione della tristezza è posta nella risata e anzitutto nella risata iniziale della retorica. Poi nella risata del Clown e poi in quella della matematica. Proprio quando la risata della retorica e del comico attraverso la matematica giunge all'uditorio, la tristezza riceve il carattere proprio che le deriva dalla risata: il carattere del perfetto allontanamento dalla risata, del rifiuto e della negazione della comicità. Proprio perché la tristezza qualifica la parte negativa in modo così marcato ed esclusivo, solo la comicità pura, la comicità della retorica, può cancellarla di nuovo, può ricondurla al centro della risata.

IV. La risata come movimento

31

La retorica è senza inizio e senza fine. Il Clown orienta tutto l'atteggiamento dell'uditorio secondo questo tempo eterno.

32

I due tratti essenziali del Clown: ha una figura umana e appartiene alla retorica.

33

Solennità dell'appartenenza, assoluta fermezza, unicità e incondizionalità rendono chiaro il carattere di ogni comicità autentica: il Clown, come capita spesso, anche quando adopera delle immagini che gli sono già note, deve rimanere contemporaneamente aperto per tutto ciò che non conosce e rimanere fedele anche nel tramandare ciò che non capisce.

34

Il Clown è la parola della retorica e questo altro della retorica corrisponde in tutto all'essere e all'agire della retorica.

35

La retorica, mandando il Clown, lo affida alla matematica. Il Clown e la matematica ci rendono visibile la retorica.

36

Il Clown deve eseguire come uomo quello che ha deciso in quanto retorica. Questo è il motivo della sua paura.

37

Il Clown deve imparare dall'uditorio una cosa e da nessun altro la può imparare così bene come da quello: la sottomissione. La sottomissione è esattamente la sua azione.

38

Le risate sono solo tracce della retorica, esse non sono altro che semplici richiami: vi è qualcosa di più grande.

39

Ogni rivelazione della retorica è superamento dell'uditorio. Ciò che rimane è la crescita continua del desiderio.

40

La sublimità della risata dell'uditorio consiste nell'essere risata nel Clown. Ogni risata dell'uditorio si ritrova, si compie e si perde entro la risata del Clown, proviene da lui. Il Clown le attua in modo che tutt'e due mostrino la loro perfezione; e da questo momento sorge un legame reciproco, inscindibile, dell'uditorio particolare nel Clown e del Clown nell'uditorio particolare, in cui viene stabilito anche il punto di partenza di ogni risata dell'uditorio universale.

41

La risata dell'uditorio è concentrata nel suo consenso. Ciò gli dona una grazia di comprensione sempre nuova in ogni momento. L'uditorio è liberato, realizzato e formato dal suo consenso.

42

Il consenso dell'uditorio è un'opera della matematica. La matematica che l'adombrerà è già in esso.

43

L'uditorio deve generare la risata. Ma da solo non è sufficiente. Ne è capace in unione con la matematica. Non deve pensare di essere capace di qualcosa che invece solo la retorica può compiere. Quando nell'uditorio prevale la matematica, gli è impossibile dire di no alla retorica. Il lasciarsi prendere dalla matematica è sequela al Clown che si abbandona all'atto comico.

44

L'obbedienza dell'uditorio è completata da quella del Clown che la comprende, la condiziona, la causa e la genera.

45

Ogni volta che il Clown esce di scena, vi è anche la promessa del suo ritorno. Il Clown è sempre compimento e insieme promessa. Egli chiarisce con ciò una parte della sua natura, che è difficile da capire: il suo adempimento è sempre sul punto di realizzarsi. Il Clown può essere capito solo quando l'uditorio lascia cadere la pretesa di capirlo di più di quello che può. Vi è compreso ciò che l'uditorio non può capire della comicità del Clown: tutto ciò che è comico non conosce mai un'interruzione, la risata della retorica è quindi gioia eterna solo perché è in eterno movimento. Tutti gli atti comici sono un solo atto. Ciò che nella risata l'uditorio scompone, distingue come parti, deriva solo dal suo arbitrio. La risata è una strada perfetta che all'inizio non è meno perfetta che alla fine.

46

Il Clown diviene tale per ricondurre l'uditorio alla retorica.

47

Il Clown rinuncia per amore della retorica all'esperienza della sua risata.

48

In scena, il Clown non mostra né trasmette più niente. È una sola cosa: l'uomo abbandonato dalla retorica.

49

Nascondendosi perfettamente, la retorica si rende visibile perfettamente.

50

La serietà in scena è espressione dell'intima risata della retorica. La retorica ha scelto questa espressione per mostrarci il mistero della sua risata: per potersi rivelare, la risata soffre.

51

Chi vede il Clown in scena, vede la retorica.

52

Il tempo scenico del reciproco abbandono tra la retorica e il Clown è il tempo in cui si compie il più impenetrabile mistero della loro comicità. La loro estraneità è solo una forma della loro più profonda intimità. Poiché la matematica è la risata tra la retorica e il Clown, è anche quindi l'eclissi di tale risata. E anche l'uditorio deve imparare a tacere, come nel silenzio fra battuta e risata.

53

Il Clown deve passare attraverso l'abisso per ritornare alla retorica. Egli in ultima analisi opera la separazione fra abisso e uditorio, e nell'abisso egli colpisce solo l'abisso, non l'uditorio. La retorica diviene estranea perché la misura dell'abbandono sia perfetta.

54

Nell'abisso, l'abbandono della retorica è presente come oggetto, come tentazione e come atto. Anzitutto come oggetto: è qualcosa di determinato. Ma anche come tentazione: il Clown si unisce a quello, si nutre in certo modo della sua sostanza, gli presta la sua forza, che è positiva e gli appartiene. Infine l'abbandono è atto: qualcosa di completamente personale, di unico, che in qualche modo è parte dell'io del Clown. Con questi tre elementi, oggetto tentazione e atto, si forma una unità: la gag.

55

L'abisso si oppone alla retorica. Dall'abisso, la retorica crea il mondo.

V. Frutti della risata

56

Il Clown deve andarsene per creare spazio alla matematica. La matematica compie ciò che il comico ha iniziato.

57

Nell'uditorio la comicità ha la sua norma concreta, la comicità è di nuovo un corpo. Così l'uditorio diviene una effigie del Clown.

58

Dal Clown e dalla comicità occorre imparare l'indifferenza, come si presenta nello stato di pieno abbandono del mistero umoristico.

59

La risata è una autentica nuova nascita in cui tutto l'abisso è ritrattato.

60

L'inizio è la forma della vita comica.

61

L'uditorio dovrebbe sempre essere cosciente che non è mai massa. L'unità dell'uditorio è formato dai singoli spettatori, attraverso il Clown.

62

L'accordo pieno dell'uditorio con la volontà del Clown apre degli orizzonti che altrimenti all'uditorio rimarrebbero nascosti. L'uditorio è invitato a formare un corpo col Clown.

63

Nulla è inutile per il Clown. La realtà è un frutto sovrabbondante.

64

Il Clown possiede un regno, rimane in esso: è il regno della retorica, della risata. A coloro che non provano compassione, tale regno è del tutto inaccessibile.

65

Non si conosce la retorica se si pone fra essa e il proprio io se stessi.

66

La retorica non è una legge, è risata viva. La matematica è il centro di tutto.

67

Insegnate loro a osservare tutto!

68

La retorica vuole che viviamo nella risata. Vuole sicuramente anche che passiamo attraverso il dolore, ma la direzione fondamentale della comicità ci indica la risata. Lo stato fondamentale, che si ristabilisce sempre, dev'essere la risata. A chi vive nella risata verrà tolta ogni limitazione.

69

La risata vera rende inquieti, incerti. La risata è pericolosa, perché è imprevedibile. Non si possiede la risata, è lei a possedere te.

70

Si può comandare solo nell'obbedienza.

Quali sono i requisiti fondamentali che un autore satirico deve avere per raggiungere il suo scopo?

Deve essere spietato, ma con una grazia tutta sua. Gli serve una certa autostima. Io ci ho dovuto lavorare su perché sono stato allevato da una muta di lupi che non nascondevano il fatto che avrebbero preferito una bambina.

Che differenza c'è fra umorismo scritto e recitato?

Un performer di talento può far sembrare molto più buffo un testo scritto.

Questo capita però anche se il performer è molto, molto scarso. Pagherei milioni per sentire **papa Ratzinger** leggere un mio monologo, vederlo sbattere le palpebre mentre alza gli occhietti spiritati al cielo al termine di ogni battuta. Ci sarebbe da spanciarsi. *"Dicono che le bolle papali siano contagiose. Dev'essere vero: durante il mio recente viaggio in Australia, ho baciato un bambino e l'ho trasformato in un koala.* (risate) *Ho detto che è stato un incidente, ma i genitori del bambino mi hanno fatto causa lo stesso.*

(risate) *Ehi, tu. Un po' più di incenso, qua. Ho ancora un polmone.* (risate) *Grazie. Che bel pubblico. Non siete come quello di ieri. Mi sembrava di parlare a un affresco. Poi mi sono accorto che* ERA *un affresco: stavo nella Cappella Sistina!* (risate) *Grazie. Habemus papam, habemus papam! È latino. Significa: stappa un crodino.* (risate, applausi)"

A volte si osserva con preoccupazione un fenomeno: opere giudicate sovversive, impudiche, rivoluzionarie vengono presto integrate nella cultura ufficiale. Come fa la satira a resistere a questo assalto?

In Italia siamo già oltre, siamo a **Forattini** che strumentalizza le tecniche satiriche per dare addosso agli avversari di Berlusconi, realizzando un esempio squisito di **satira padronale**.* Se quella di Forattini è satira, quello di Fellini cos'è, cinema? Ma il fenomeno nuovissimo è che, **con Berlusconi, sono cadute le distinzioni fra Re e giullare.** Il Re fa il giullare per confermare il proprio potere assoluto. Il che, ovviamente, lo rende ancora più odioso: ma lui se ne sbatte e anzi dà a te la colpa del tuo odio. Comunque, quello che viene integrato, sempre, è il cadavere della satira. Di Lenny Bruce e Bill Hicks parlano compiacenti solo adesso che sono morti. Da vivi davano fastidio. La satira quindi resiste all'assalto in un solo modo: restando viva. Per fortuna, lo spirito si mantiene intatto nei secoli. Lo spirito che animava Aristofane è identico a quello che possiede John Cleese. Gli uomini passano, l'umanità resta.

* Per dirla con le parole di Katherine Sharp, dell'ufficio stampa dell'ambasciata Usa a Roma, *"è difficile cogliere il recondito spirito umoristico di vignette di tal natura"* ("Panorama", 24 agosto 2006). È difficile coglierlo perché non c'è.

Guardi la tv?
Programmi senza di me?

I palinsesti televisivi sono pieni di programmi dedicati alla comicità. Pensi si tratti di intrattenimento o di satira?
Se non esprimono punti di vista, sono mero intrattenimento: l'equivalente spettacolare dello zucchero filato. Di una dieta a base solo di zucchero filato si muore. A volte sono così irrilevanti che preferirei vedere due cavalli che scopano. A questo proposito: se volete trasmettere in tv il video di due cavalli che scopano, metteteci una musica di sottofondo. Senza musica è da perversi.

Che ne pensi dei reality?

Minoli, quando era a Stream, mi propose di presentare la prima edizione del *Grande fratello*! Rifiutai perché considero i reality un genere immondo. Accettò Daria Bignardi.* Coi reality, la tv dispiega tutta la sua iattanza. In tv dovrebbe andarci roba interessante almeno quanto quella registrata da una videocamera di sorveglianza in un grande magazzino. Sono programmi-macchina. Guardare i programmi-macchina è come fare una crociera stando nelle caldaie. L'ultima novità sul satellite è un programma chiamato *Cambio moglie*. Bene: non puoi chiamare un programma *Cambio moglie* se l'altro uomo non può scoparsi tua moglie. Non pago l'abbonamento a Sky per vedere una mamma che lava il bucato in casa altrui.

* Daria adesso fa le interviste barbariche. Brrr, che paura! Intervista Dell'Utri. Comincia dicendo: – *Non parliamo dei suoi processi.* – Ma come, inviti Dell'Utri per non fargli l'unica domanda che gli devi fare?

Invece gli chiede: – *Chi stima fra i giovani giornalisti?* –
E quel marpione di Dell'Utri: – *Luca Sofri.* –

Luca Sofri, compagno della Bignardi, è quel giovane giornalista che crede di essere il figlio di Sofri.

Cosa c'è nel tuo bouquet satellitare?

Un criterio ottimo per valutare l'interesse di un programma tv è chiedersi: se fosse un party, me ne sarei già andato? Per questo mi sono abbonato a un canale porno ventiquattr'ore su ventiquattro. È subito dopo il canale di padre Pio. È un fatto vero. Scanalate sul satellite: il canale di padre Pio è fra due canali porno. Canale porno, padre Pio, canale porno. Pompino, bara, pompino. Pazzesco. Poi dice che il diavolo non esiste. Esiste e ha un gran *sense of humour*!

Così mi sono abbonato a un canale porno ventiquattr'ore su ventiquattro. Volevo averne di più, ma ventiquattr'ore è il massimo che avevano.*

* La paura dell'Aids ha bloccato l'industria del porno. C'è chi ha smesso completamente. Finalmente hanno letto un giornale. Ed era del 1986! – *Cazzo, leggi qua! Uh-oh. Dobbiamo smettere di fare il bagno nelle piscine di sperma!* –

Volete sapere se avete l'Aids? Chiedete a un vostro amico se conosce qualcuno che ha l'Aids. Se vi risponde di no, potete stare tranquilli.

Anche se smettessero per sempre di girare film porno, non ne abbiamo già abbastanza? Tutti i porno sono uguali. Potrebbero avere lo stesso titolo: *Cose che a te non capiteranno mai, se non lavori in un porno.* I porno, in fondo, non sono che storie d'amore cui hanno tolto i dialoghi melensi. E sono film puliti: le protagoniste sono sempre sotto la doccia a lavarsi le tette. A lungo, perché si sa quanto possano diventare sporche, le tette. La mia ragazza arriva a cambiarsi il reggiseno quattro volte al giorno.

Nascondo i miei film porno a casa di Fabio Volo. Lui è contento.

Che mi dici della *Buona domenica* di Costanzo?
La *Buona domenica* di Costanzo mi piace moltissimo. Scusate, stavo provando un po' di ipnosi. 'Fanculo *Buona domenica*. Dev'essere stata inventata prima del divertimento, perché non lo è. È uno show così mediocre che fanno fatica a farlo aderire al nastro magnetico. Invece non mi perdevo una puntata del programma mattutino di Costanzo. Si scaccolava di continuo. Faceva le palline! Ho saputo che i suoi tecnici, di nascosto, hanno raccolto in un VHS tutti i momenti in cui Costanzo si scaccola. L'hanno intitolato *Scaccolando.* Fantastico. Dovrebbero allegare la cas-

setta a "Panorama", andrebbe a ruba. In un libro Costanzo si è chiesto: – *Che gli ho fatto a Luttazzi?* – Sbaglia a metterla sul piano personale, anche se ho imparato che nella Roma dei clan è la prassi. Fra l'altro gli devo la mia prima, vera esposizione tv. Non smetterò mai di ringraziarlo. Il problema è che Costanzo e sua moglie, ma non solo loro, in tv ci stanno per troppo tempo. Visto che non ce la fanno a contenersi da soli, vanno aiutati con una legge ad hoc che impedisca a chiunque di stare in onda più di un'ora al giorno. Quando hai accumulato più di trecentosessantacinque ore l'anno, stop. È una questione di ecologia catodica. Si è sposato quattro volte. Le donne devono essere disperate. Ma non parliamo di Maria De Filippi. Parliamo di squali. Ho paura degli squali. Solo in acqua, però. Se ne incontrassi uno per strada gli direi tranquillamente: – *Cazzo vuoi?* – Stessa cosa per i leoni: in acqua non mi farebbero nessuna paura. Coccodrilli? Sono fottuto ovunque.

E del programma di Fazio che te ne pare?

Ai telespettatori piace pensare: – *Ehi, questo saprei farlo anch'io.* – E questo Fabio glielo dà. Ne parlo diffusamente in un articolo su "Men's Health" intitolato *Come andare d'accordo con tutti*. L'ho scritto con una testa di cazzo.

E di quello di Chiambretti?

Markette è fantasticamente eccitante in senso noioso.*

* Non appena Berlusconi esalò l'editto bulgaro facendo fuori me e il mio talk-show, per fortuna gente come **Fazio, Chiambretti** e la **Dandini** occuparono subito lo spazio rimasto libero, sennò era il vuoto. Di *Satyricon* Fazio fa la versione al bromuro, Chiambretti quella viado e la Dandini quella DS.

Nel 2001, sull'"Espresso", in piena tempesta *Satyricon*, **Ed-**

mondo Berselli ci mise del suo lodando l'umorismo di Fazio per biasimare il mio. Portò come esempio una battuta detta da Fazio nel suo programma: *"Secondo me, neanche Berlusconi vota per sé."* Una battuta finta (se c'è uno che voterebbe per sé, quello è Berlusconi!) che ricalcava quella su Rutelli detta da me due mesi prima: *"Questo è il nuovo libro di Rutelli. Si intitola:* Neanch'io voterò per me". Grazie, Edmondo. Amici come prima.

Il giorno dopo l'ukase bulgaro (il giorno dopo!) **Fabio Fazio** si faceva intervistare da "Repubblica". Titolo: – *Anche io epurato dalla Rai.* – Una balla clamorosa avvallata dal giornalista amico: Fabio in realtà se ne era andato da Rai Due per motivi personali nonostante, dicono, gliene avessero offerta la direzione! Dopo il tentativo fallito di fare il *Letterman show* a La7 (non una parola, nelle interviste per l'occasione, sul fatto che l'avessi già fatto io) e la buonauscita di ventisette miliardi, Fabio stava cercando l'escamotage per rientrare in Rai. Fece quell'intervista e per mesi in molti, Fassino in testa, dissero:

– *Bisogna far rientrare in Rai gli epurati Biagi, Santoro e Fazio.* – (!) Fu Antonio Ricci, in una intervista a "l'Unità", a smascherare il falso storico.

Poi esplode il caso *Raiot*. Tutti i giornali parlavano di censura, di Sabina, di me: nessuno parlava di Fazio, che lavorava tranquillo in Rai. Fazio allora mi telefona: – *Ciao, Daniele. Volevo fare una puntata sulla libertà di espressione con te, Marco Paolini, Paolo Rossi, Ascanio Celestini e Moni Ovadia. Ci stai?* –

IO: *Bella idea. Hai un programma in seconda serata?*

FAZIO: *No, pensavo di farlo nel mio, nel meteo.*

IO: *Ma quanto tempo hai?*

FAZIO: *Cinque minuti.*

IO: *Cinque minuti a testa?!?*

FAZIO: *No. Cinque minuti in tutto.*

IO: *Vabbe', è una presa in giro. No.*

Clic. Mi ritelefona dopo due minuti: – *E tu da solo?* –

IO: *No, il tema è importante, è bella l'idea originale, ma richiede più spazio.*

FAZIO: *Ah, allora vai solo da Baudo...*

IO: *No, da Baudo sono andato per mostrare la censura in tv. Vuoi censurarmi anche tu?*

FAZIO: *Figurati. Ma vedi, il problema non è tanto la censura, secondo me, quanto la volgarità, le ballerine scosciate...*

IO: *A me piacciono, le ballerine scosciate. Questa cosa puoi dirla da solo.*

Clic. Mi ritelefona dopo due minuti: – *Guarda che io questa cosa dovrò dirla.* –

IO: *Cosa?*

FAZIO: *Che non sei voluto venire nel mio programma.*

IO: *E perché?*

FAZIO: *Be', quando si saprà in giro...*

IO: *Ma chi lo saprà? Siamo io e te al telefono. Senti, fai un po' quello che vuoi. Ciao.*

Clic.

E qui mi sono ricordato di un episodio che capitò all'epoca in cui lavoravamo insieme a Tmc. 1990, *T'amo tv*. Fazio presentava, io commentavo i programmi tv. Dico in diretta una battuta sull'obiezione di coscienza: *"C'è un posto per te nell'esercito. Il mio"*. Dopo la trasmissione, Fazio mi dice davanti a tutti di non fare più battute sui militari. Gli chiedo perché. E così ci rivela il motivo, una cazzata giovanile di cui era pentito: Fazio non ha fatto il servizio militare grazie a una raccomandazione chiesta da lui in persona a Bettino Craxi nel suo ufficio di piazza Duomo a Milano. Lui aveva ottenuto l'esonero grazie a Craxi e io non dovevo fare battute sui militari!

E di Simona Ventura?

La Ventura ha detto: *"Quando lavoravo a Mediaset tutti dicevano che ero l'amante di Galliani. Io lo lascia-*

vo credere, erano più i vantaggi degli svantaggi". Cioè ti danno della troia e tu invece di smentire ne approfitti! Mi è simpatica, la SuperSimo super-paracula. I suoi fan andrebbero sterilizzati.

E di Gerry Scotti?
Dovrebbero chiudere *Passaparola* e tener aperte le Letterine. Ho scoperto che se cambi canale velocemente fra *Passaparola* e il Playboy channel, a un certo punto riesci a vedere le Letterine nude.

E di Bonolis?
Sa che il suo pubblico è composto da anziani. Per questo urla tanto.

E di Ferrara?
Giuliano Ferrara vale da solo dieci giornalisti. A cena.

E di Amadeus?
Simpatico, ma è di una ingenuità! Amadeus, tutto quello che si richiede a un conduttore di telequiz è dare una bottarella ogni tanto a qualche valletta. Non c'è bisogno che ti ci fidanzi, grullo! Sembra che gli affideranno un nuovo programma su Canale 5. Così, quando gli chiederanno qual è la cosa peggiore che ha fatto, lui avrà una nuova risposta.

E di *Lucignolo*?
Detesto i programmi di kitsch emotivo. È uno show così triste che in Rai è partita un'indagine interna per scoprire come mai non ci hanno pensato per primi.

Andresti all'*Isola dei famosi*?
No. Non mi va di andare in posti dove per entrare bisogna essere vaccinati. Intendo Rai Due.

Hai mai partecipato a una Telethon?
Una volta. Raccoglievano fondi per comprare una macchina che contasse quanti fondi erano stati raccolti.

Perché hai votato centrosinistra?
Perché avevo ben presente la squallida alternativa.

Molte cose di questo governo Prodi non mi piacciono per niente:

1) non hanno ancora cancellato le leggi della destra sul lavoro (legge 30) che ha generato l'emergenza precarietà: 1.690.000 precari, giovani senza certezze per il loro futuro.

– *Caro, avremo un bambino!* –

– *Fantastico! Avremo un bambino! Dovrò trovarmi un lavoro fisso. A che età cominciano a mangiare, i bambini?* –

Non è democrazia, se non te la puoi permettere.

2) non hanno ancora cancellato la legge razzista sull'immigrazione (la Bossi-Fini) con l'annesso schifo dei CPT, che vanno chiusi;

3) non mi è piaciuta la nomina di Mastella a ministro della Giustizia (se ce lo avessero detto prima delle elezioni, vinceva di nuovo Berlusconi).*

* Mastella non sa niente di niente, ma siccome quello che dicono della politica è vero, lui ha fatto strada.

Due anni fa uscì dall'Ulivo. Ricattava il centrosinistra con la minaccia di passare con Berlusconi. Uscì dall'Ulivo e ne parlava come se avesse spostato l'asse terrestre di cinque centimetri.

Poi, dopo una breve colluttazione, è diventato ministro della Giustizia.

Mastella ha festeggiato l'insediamento del nuovo procuratore generale di Catania Giovanni Tinebra facendosi accompagnare da Nuccio Cusumano, che a Catania è imputato nello scandalo per gli appalti truccati dell'ospedale.

Mastella doveva essere qui stasera, ma è rimasto incastrato nella porta girevole dell'albergo.

Mastella è ministro della Giustizia, e infatti:

4) non hanno ancora cancellato le leggi-vergogna di Berlusconi, quelle che s'è fatto per evitare processi e sentenze. L'ultima prescrizione relativa al processo per i diritti Mediaset è appena di un mese fa, grazie alla sua ex Cirielli.

5) non hanno ancora fatto la legge sul conflitto di interessi!!!

6) hanno promulgato l'indulto, ok, ma estendendolo alla corruzione e ai reati finanziari (io lo definisco "il lodo Previti-Consorte", ha messo d'accordo tutti) e ai crimini gravi. In questo modo si sputa sulle vittime. È inaccettabile.

L'altro giorno un tipo ha cercato di rapinarmi. Con una pistola.
Ma io avevo con me un secchio di diarrea. Tocca difenderti.

(La scusa con cui ci hanno fatto bere la faccenda dell'indulto è: ci sono troppi carcerati. A parte che l'indulto non ha risolto il problema delle carceri, se è questo il problema io direi: cominciate col liberare i tossicodipendenti, che sono un terzo dei carcerati perché la legge Fini li considera criminali e non malati; legalizzate le droghe, dato che il proibizionismo ingrassa solo le mafie e i signori della guerra; e costruite nuove carceri che siano veramente luoghi di recupero e non gironi dell'inferno.)

7) dulcis in fundo, all'Antimafia hanno messo Cirino Pomicino (condannato per finanziamento illecito e corruzione) **e Alfredo Vito** (condannato per corruzione). Qui oltre allo sputo c'è anche il pernacchio.

Mastella è ministro della Giustizia ed è successo tutto questo. Sarà un caso. Diciamo che per ora Mastella è il ministro dell'incredibile coincidenza.*

* Spero inoltre che venga tolta al più presto quella legge stupida per cui una persona allattata in pubblico dev'essere un neonato.

8) non mi piace la riforma tv di Gentiloni. La riforma tv di Gentiloni, per l'ennesima volta, come già la Mammì e la Gasparri, lascia intatto l'esistente. Una ricerca ha dimostrato che la Gentiloni libera solo il 3% del mercato pubblicitario. Non può nascere un terzo polo tv.*

* Anni fa, il governo Berlusconi mise a capo dell'Antitrust un certo Catricalà. Esce la proposta Gentiloni, e Catricalà l'attacca sostenendo che danneggia Berlusconi. Catricalà non dice che è Berlusconi a danneggiare gli altri operatori con la sua bulimia. È lo stesso Catricalà che per anni non ha detto una parola sui finanziamenti di Stato ai decoder di Berlusconi, bocciati oggi da Bruxelles perché erano illegittimi e favorivano Berlusconi.

Forza, Apicella: *Jamme jamme jà / Catricalì Catricalàààà!*

9) non mi è piaciuto per niente il rifinanziamento della missione militare in Afghanistan. I telegiornali unificati non l'hanno detto, ma in questa missione non c'entra più l'Onu, dato che i nostri soldati sono sotto il comando del Pentagono, ovvero senza un reale controllo del nostro governo e del nostro parlamento. Basta con le bugie, soprattutto quelle della cosiddetta "sinistra riformista": Kosovo, Iraq, Afghanistan: non sono missioni di pace, sono guerre, contrarie all'articolo 11 della nostra Costituzione. *

* All'assemblea dei dirigenti DS, il ministro degli Esteri **D'Alema** ha detto:

– Andar via dall'Afghanistan sarebbe rinunciare al ruolo internazionale dell'Italia. –

No, sarebbe rinunciare al ruolo internazionale di D'Alema. D'Alema è ambizioso e gli piace contare: meno male che ci sono le guerre. Dubito che farebbe mai il ministro degli Esteri di San Marino. Il nostro impegno militare gli serve! Eppure, nel novembre scorso, D'Alema aveva detto: – *Sul piano militare è difficile trovare una soluzione alla crisi in atto.* – Adesso corregge: – *Siamo in prima fila per chiedere un cambio di strategia, ma per chiederlo bisogna assumersi le proprie responsabilità.* – Traduzione per i non udenti:

– *Solo se fai la guerra hai voce in capitolo.* – Scusate, ma questo non è un pensiero di sinistra.

Infatti poi giocano con le parole per confondere la loro posizione. La scelta dei termini è importante. Dire di uno che è "famoso" è diverso dal dire che è "famigerato". Ecco perché è capziosa la distinzione fra sinistra "riformista" e "radicale". Perché radicale? Sembra qualcosa di negativo, di cui doversi vergognare. La sinistra radicale è quella che si oppone alle guerre. Chiamiamola sinistra pacifista. O, più semplicemente, la sinistra.

La scelta delle parole spiega tante cose. Sempre D'Alema ha detto: – *La pacificazione ha bisogno di impegno politico e umanitario.* – "Pacificazione" è il termine che usava Fini per giustificare l'intervento in Iraq. Ancora D'Alema: – *Andar via dall'Afghanistan non è un atto politico.* – Oh, sì che lo è, tanto che sul rifinanziamento hai ottenuto l'appoggio di Fini, Casini e Berlusconi. E un altro po' cade il governo. È una contraddizione che D'Alema si porta dietro da quando autorizzò, come presidente del Consiglio, l'intervento in Kosovo.

Anche allora, mentendo, D'Alema e Fassino dissero che c'entrava l'Onu. No, c'entrava la Nato. È tutta un'altra faccenda. E così, per fermare Miloševič che aveva massacrato duemila civili, le bombe Nato ne uccisero altri diecimila. E la situazione è tutt'altro che "pacificata". La rivolta kosovaro-albanese del marzo 2004 (cinquantamila manifestanti che chiedevano l'indipendenza, con diciannove morti e la distruzione di settecento case serbe, di trenta chiese e di due monasteri ortodossi) dimostrò che né l'Onu né la Nato controllano il territorio. Il Kosovo, da otto anni in mano a clan albanesi che vi gestiscono i traffici di droga, armi ed esseri umani sotto l'alto patronato dell'Onu e della Nato, vuole l'indipendenza dalla Serbia. Usa, Inghilterra, Francia, Germania e Italia spingono in questa direzione. Si oppongono (oltre alla Serbia) Russia, Cina, Spagna, Grecia, Romania, Polonia e altri stati europei che non vogliono si crei un precedente irredentista, esportabile poi nelle proprie regioni. Adesso i più riconoscono che all'epoca si sarebbe dovuto ricorrere agli strumenti diplomatici e non alle bombe, come sostenevano i pacifisti. E come i pacifisti sostenevano anche per l'Iraq e adesso per l'Afghanistan. Niente, non c'è verso.

Come stanno le cose lo ha spiegato il ministro della Difesa Parisi al Tg2. Quella in Afghanistan è una missione militare per la pace in una situazione che presenta molti tratti che richiamano la guerra. Questa frase di Parisi secondo me presenta molti tratti che richiamano la stronzata.

Se è vero che l'Italia vuole rafforzare la cooperazione civile, andarsene dall'Afghanistan sarebbe un atto politico enorme di pressione sugli alleati Nato perché rivedano tutta una politica estera mediorientale guidata da un guerrafondaio della caratura di Bush. Qual è la politica estera dell'Italia? Assecondare gli Usa anche quando fanno gli sceriffi non richiesti? Negli ultimi vent'anni, gli Usa sono stati prima alleati di Saddam, poi contro Saddam; prima con i talebani, poi contro i talebani. L'Italia, di fatto, non ha una sua politica estera. Andare via dall'Afghanistan sarebbe finalmente rinunciare a fare la guerra per conto terzi. – *Abbiamo un dialogo intenso con gli americani. Noi dobbiamo dire cosa pensano gli italiani anche se questo non piace ai nostri alleati,* – ha scodinzolato D'Alema.

Poi si offende se due settimane dopo sei ambasciatori ringraziano l'Italia per il suo impegno in Afghanistan con una lettera inviata a "Repubblica". – *Lettera irrituale,* – ha detto D'Alema sfoderando la sua interpretazione migliore, quella del finto annoiato. – *Altrimenti l'avrebbero firmata tutti gli ambasciatori dei trentasei Paesi che hanno soldati in Afghanistan.* – E invece l'hanno firmata solo gli ambasciatori di Romania, Australia, Canada, Olanda, Inghilterra e Stati Uniti, su impulso di Condoleeza Rice e col pieno appoggio di Washington. Che sarà mai?

– *Credo che per discutere queste questioni ci siano sedi proprie,* – ha detto Massimo, prendendo la vicenda come uno sgarbo personale. – *Noi ne abbiamo discusso alla riunione della Nato del 26 gennaio.* – Incontro in cui la Rice aveva ringraziato il governo Prodi per il placet all'allargamento della base di Vicenza. "Repubblica" e "l'Unità" approvano, e scrivono sempre infatti di un *"sofferto via libera"*. In realtà è andata così:

PARISI: *Un momento. Forse accetteranno. In cambio di Vicenza gli diamo tutto il Molise.*

PRODI: *Tu accetteresti?*

Eeeh, la semantica. Ci è cascato anche Prodi. La popolazione di Vicenza e tutti i pacifisti italiani si oppongono all'ampliamento della base militare americana locale, da cui potranno partire le missioni belliche Usa per il Medio Oriente e l'Africa, coinvolgendo così di default anche l'Italia, la cui posizione in materia è evidentemente giudicata irrilevante dagli americani; e Prodi minimizza: – *Non è una questione politica, è una questione urbanistica.* – È stato divertente: il primo governo che cade per una questione urbanistica!

Dal rapporto ufficiale del dipartimento della Difesa Usa, e non dal nostro governo, apprendiamo che l'Italia versa agli Usa mezzo miliardo di dollari per le spese annue delle otto basi e delle centotredici installazioni militari americane. La base di Vicenza, che conterrà testate atomiche come Ghedi e Aviano, diventerà la più importante base Usa in Europa, da cui partiranno le missioni di guerra americane verso Medio Oriente e Africa.

Ah, dimenticavo: ma che ci stiamo a fare di preciso in Afghanistan? Sentite qua: *"L'Italia ha la responsabilità della costruzione di un sistema giudiziario in Afghanistan".* Perché noi possiamo insegnargli come si fa. Mandiamogli Mastella, già che ci siamo.

Il succo è: inutile fare promesse elettorali se poi non le mantieni. Mi fai sentire un idiota.
– *È lei l'idiota?* –
– *No, sono quello di fronte, purtroppo.* –
Queste cose del governo Prodi non mi piacciono per niente.

Detto questo, al Paese servono riforme: pensioni, pubblica amministrazione, finanza locale.

Il governo è lento, Prodi è più vulnerabile da quando ha perso il mantello dell'invisibilità, tutte cose che sappiamo.

Ma il punto di partenza è il nostro enorme **debito pubblico**.

Berlusconi pensò di risolvere con la finanza creativa di Tremonti: cartolarizzazioni, una tantum, condoni, riduzione delle tasse per i ricchi.*

* Il governo Berlusconi, di nascosto, stornò inoltre l'8 per mille che gli italiani avevano versato allo Stato per la tutela dei beni culturali, ottanta milioni di euro, destinandoli al finanziamento della missione militare in Iraq! Quando la notizia si è saputa, Giovanardi, Maroni, Landolfi e Bonaiuti (ovvero tre ex ministri e un ex sottosegretario all'Informazione) hanno minacciato querele. Ma la notizia è vera. Imbroglioni.

Risultato dopo cinque anni di questa finanza creativa da cicale, **che aveva anche l'appoggio di Confindustria**: debito pubblico alle stelle (bruciamo il 5% del PIL solo per pagare gli interessi), avanzo primario (è la differenza fra entrate e spese, era al 7% con Ciampi) azzerato, il **Paese** in ginocchio. L'Italia, il posto che Tremonti visita quando lascia Varese.

Bisognava intervenire subito per evitare la bancarotta con interventi veri, credibili per i mercati.

Siamo una democrazia complessa: bisogna fare attenzione ai costi sociali, alla dignità dei lavoratori, alla competitività delle imprese, ai redditi e al loro potere d'acquisto.
Arriva la finanziaria di **Padoa-Schioppa**, con diversi piedi valghi che andavano amputati. Infatti poi il governo ha incontrato le parti sociali (a differenza del governo precedente che varava un maxiemendamento e chi s'è visto s'è visto).

Arriva la finanziaria e tutti i demagoghi in coro*: la finanziaria è sbilanciata, non ci si capisce niente, prevede troppe tasse e pochi tagli alla spesa.

* Compresi tutti i comici italiani in tv.

Be', non è vero che c'è questo sbilanciamento.

Bisognava recuperare due punti e mezzo di PIL, quaranta miliardi. L'Europa ha rimborsato cinque miliardi di Iva alle imprese, se li è presi lo Stato: restano trentacinque miliardi. Per il risanamento del bilancio e gli investimenti per lo sviluppo servono venticinque miliardi di euro.

Su trentacinque miliardi di manovra, la finanziaria elimina sprechi (enti locali, amministrazione centrale) per dieci miliardi. Un taglio maggiore alla spesa fermerebbe la ripresa dell'economia italiana, che è appena cominciata; e comprometterebbe la qualità dei servizi.

Tutti a sbraitare *"Più tagli!"*. Poi quando li fai, tutti si lamentano. I ministri si lamentano, i comuni si lamentano. Esempio clamoroso: le **province.** Andrebbero abolite, sono inutili. Ma come il governo ha proposto la semplice misura di accorpare prefettura e questura nei capoluoghi con tot abitanti, apriti cielo!

Tutto ristagna perché al momento del dunque **tutti difendono i loro privilegi**. A me non piacciono i privilegi di pochi a scapito di tutti. Per questo è lodevolissima la battaglia di Bersani contro le corporazioni, tutta gente che non ha il telepass perché gli piace intasare i caselli.

Quanto alle **imprese**, fra taglio dell'Irap (finanziato col trasferimento del Tfr all'Inps), la compensazione di questo trasferimento col credito bancario, i crediti di imposta, gli incentivi per la ricerca, **le imprese** avranno un beneficio di sei miliardi nel 2007, nel 2008 oltre undici miliardi: un terzo della finanziaria.

Eppure è Confindustria che all'inizio si è lamentata di più. Confindustria, che avendo appoggiato il governo Berlusconi e le sue soluzioni miracolistiche, è una delle maggiori responsabili della situazione in cui siamo. Hanno perso ogni titolo per mettere bocca: è ora che smettano di lamentarsi e che adoperino tutti questi soldi in più che gli dà la finanziaria per quelle innovazioni che gli permettano di fronteggiare il mercato internazionale e ridare dignità ai lavoratori. Mediobanca ha scoperto che l'anno scorso le imprese hanno guadagnato tantissimo ma hanno ridotto gli investimenti. Perché? **Non è che le imprese possono sempre puntare sulla riduzione del costo del lavoro, sul precariato di massa e l'abolizione dei diritti dei lavoratori!***

* Secondo Bankitalia, dal 2000 il costo del lavoro da noi è aumentato del 23%, mentre in Francia e Germania è diminuito tra il 5 e il 10%. E non per colpa dei salari, che all'estero sono aumentati più che in Italia; ma della produttività, che da noi cala, mentre all'estero è aumentata del 20%. Il motivo è che i nostri imprenditori non investono, non fanno ricerca, non innovano. La flessibilità è il surrogato degli investimenti: la singola impresa può guadagnarci, ma il sistema Italia va in malora. Il taglio del cuneo fiscale è un'una tantum. Il prossimo anno ci ritroveremo con gli stessi problemi di produttività e perdita di competitività. L'industria privata non ha né la volontà né la capacità di darsi una mossa. In passato intervenne lo Stato con una politica industriale lungimirante, prima che i partiti arrivassero a mangiarsi tutto.

Confindustria all'inizio si lamentava, poi le hanno spiegato che ben un terzo della finanziaria andrà alle industrie. – *Ah sì? Uh oh! Zitti tutti!* –

Forse però è anche il caso di rimettere in funzione la scala mobile. Così, tanto per tutelare il potere d'acquisto di salari e pensioni.

La colpa più grave dei governi di questi ultimi anni, compreso questo di Prodi? La rinuncia a una politica industriale. Dove sarebbe l'Italia se non avessimo avuto l'Iri? Quali sono le nostre uniche multinazionali? Enel ed Eni, statali. E Fiat, che dallo Stato ha avuto tutti gli aiuti possibili e immaginabili.

Tagli? Tagliamo le spese militari: due miliardi di euro (di cui uno per le servili missioni all'estero) che potrebbero essere meglio impiegati, che so, per un sostegno maggiore alle famiglie o agli studenti. Il governo Prodi invece ha aumentato le spese militari del 5% rispetto all'esercizio precedente, per un totale di ventun miliardi di euro. Il doppio di quanto va all'università e alla ricerca.

Tagli? Tagliamo quella schifezza bipartisan dei rimborsi elettorali! Col referendum del '93, il 90% degli italiani si espresse contro il finanziamento pubblico ai partiti, dopo gli scandali di Tangentopoli. I partiti se ne fregarono e partorirono la legge sui rimborsi elettorali. All'inizio si accontentarono di ricevere ottocento lire per ogni cittadino residente (moltiplicato per le due Camere: milleseicento lire a testa). Nel '99 si accordarono un aumento: quattromila lire per ogni elettore (moltiplicato per le due Camere: ottomila lire). Per ogni elezione: politiche, europee e regionali. Più un forfait per le amministrative.

Nel 2002, tutti d'accordo a portare i rimborsi a cinque euro per elettore (moltiplicato per le due Camere: dieci euro). Indecenza nell'indecenza: i rimborsi per il Senato venivano calcolati sulla base degli elettori della Camera, che sono quattro milioni di più. Totale: venti milioni di euro in più nelle casse dei partiti. E così adesso ogni ciclo elettorale costa alla collettività un miliardo di euro. Un racket. Le spese elettorali effettive, accertate dalla Corte dei Conti per le Europee del 2004, ammontano a ottantotto milioni di euro. I rimborsi relativi sono stati pari al triplo: duecentoquarantanove milioni. I DS Salvi, Villone e Spini hanno proposto, come Di Pietro, di calcolare il rimborso sulla base di chi ha davvero votato: sarebbe già un risparmio di sessantacinque milioni all'anno. E riducendo a seicento il numero dei parlamentari (quattrocento deputati, duecento senatori) e a quaranta quello dei componenti del governo si taglierebbero altri due miliardi e mezzo di euro. Lo dicano a Prodi, che invece ha moltiplicato le poltrone del suo governo fino a quota centodue. Nel segno della discontinuità, si intende.

Comunque, il grosso dell'azione di questa finanziaria è sulle entrate. Le tasse. Tutti a lamentarsi delle tasse. A parte che è un bene che la manovra punti sulle tasse: è la certezza che il bilancio verrà risanato davvero, i tagli di bilancio spesso sono promessi poi non si fanno. Infatti la Bce ha già detto che il nostro bilancio, dopo questa manovra, è sano.

Le tasse. Io pago le tasse, ne pago tantissime, ma ne pagherei di meno se le pagassero tutti. Ecco perché mi scoccia chi non le paga.

Ad esempio mio zio. Commerciante. Negli anni sessanta mio padre, insegnante, dichiarava due milioni all'anno di imponibile. Lui ne dichiarava uno e mezzo. Ma a differenza di mio padre, mio zio ogni due anni si comprava un appartamento. Oggi dichiara poco più di un operaio. Io non criminalizzo un'intera categoria. Criminalizzo mio zio. Zio, paga le tasse. 'Sta storia deve finire.

E adesso indovinate per chi vota mio zio. Forza Italia. Nonostante sia mio zio, vota Berlusconi. Fa i propri interessi. Che purtroppo non coincidono con quelli del Paese.

Certo, se dessi retta al mio egoismo, anch'io dovrei avercela con la finanziaria di Prodi, dato che mi aumenta le tasse di molto. Ma io ho una coscienza civile. A differenza di un ex presidente del Consiglio con troppi denti.

Risanata l'economia, sarà possibile **ridurre ulteriormente le tasse**. Dico ulteriormente perché l'80% dei contribuenti già con questa finanziaria ha le tasse ridotte. Di poco, dai quaranta agli ottocento euro, ma non c'erano più soldi. Padoa-Schioppa ha fatto una specie di miracolo. La maggioranza di governo ha traballato durante la discussione sulla finanziaria. **Ma senza questa finanziaria, per risolvere l'enorme debito pubblico a Padoa-Schioppa restava una sola possibilità: mettere l'Italia su E-bay.**

Il dato positivo di cui nessuno parla è la crescita economica. In questi mesi in Italia c'è un piccolo boom economico: una crescita che tende al 2%. Col 2007 e 2008 in espansione. Infatti Confindustria ha già smesso di lamentarsi. Sono lì che stanno oliando i registratori di cassa.

Benissimo la lotta all'evasione fiscale: duecento miliardi di euro l'anno da recuperare. Pari a cinque finanziarie corpose. O a quanto spende al mese Franco Zeffirelli in cuscini di seta.

Nascerà una **banca-dati fiscale** con nomi, codice fiscale, dichiarazione dei redditi e posizioni bancarie. Servirà per le verifiche fiscali. Avete capito bene: FINO A OGGI NON C'ERA! Poi è ovvio che la gente si fa da sola le sue salsicce.

Senza considerare i cento miliardi di euro fatturati dalla criminalità organizzata.

("FATTURATI" è un modo di dire, non è che rilascino lo scontrino.

Oh, c'era un camorrista tonto che rilasciava lo scontrino sulla scena del crimine, adesso fa lo scheletro in un'aula di anatomia.) Cosa volete, i criminali farebbero volentieri la fattura, ma l'Iva è troppo alta.

Anche qui, sul fronte dell'**Iva**, non capisco perché il governo non adotti due soluzioni semplici ed efficaci per incentivare il rilascio della fattura. La prima viene dalla Francia: idraulici, falegnami, elettricisti, imbianchini, parquettisti, tapparellisti, quando vengono a farti un lavoro in casa, la loro Iva è ridotta dal 19,7% al 5%. Risultato: tutti gli artigiani francesi fanno fattura. E il 5% di qualcosa è meglio del 19% di niente. Questo lo capirebbe anche Tremonti.

L'altra misura viene dall'America, dove permettono a tutti i consumatori di detrarre dalle tasse le spese per la casa (affitto, migliorie) e quelle sostenute per recarsi al lavoro (abbonamenti, benzina). Perché non lo facciamo anche in Italia? C'è bisogno che ve lo dica un comico?

Oh, **un'altra cosa che mi è piaciuta** di questo governo: il decreto 223 del 26 luglio: *"i percettori di proventi illegali vanno tassati"*. Tre giorni dopo a Bolzano un ladro ruba un miliardo e duecentomila euro in un'agenzia di portavalori, viene catturato, recuperano solo cinquecentomila euro, ma il ladro ha dovuto pagare le tasse anche sui settecentomila euro non recuperati! Fantastico.

Detto tutto questo, le disuguaglianze sociali non verranno certo risolte da una finanziaria. Sarebbe come chiedere al pisello di Alvaro Vitali di recitare l'*Amleto*.

Come nasce un tuo testo?

Podalico. L'arte consiste nel nascondere l'arte. Un testo, una battuta, un disegno, una melodia comportano tecnica e amore. Alla fine del lavoro, solo l'amore si deve vedere. Scrivo tutti i giorni appena alzato, cioè verso l'una. Il mio metodo di lavoro è degno di nota e temo non se ne trovi l'equivalente nei corsi standard di scrittura creativa. Come entro nel mio studio mi tolgo l'impermeabile, rivelando così di avere addosso nient'altro che un paio di stivali di gomma. Poi prendo grandi fogli di carta su cui scribacchio frasi di vario tipo e li appendo al muro come ispirazione. Frasi tipo AREA MISSILISTICA: PARCHEGGIO UN'ORA oppure NON PIANTARE FAVE MENTRE L'ARIA CONDIZIONATA È ACCESA oppure PER FAVORE CHIUDERE IL PONTE LEVATOIO DOPO AVER USATO IL CASTELLO.

Quindi metto su un cd di musica classica, alzo il volume al massimo e mi metto i tappi nelle orecchie. Dopo la lettura dei giornali, comincio a scrivere e continuo fino alle sei di sera. Per lo stile mi ispiro a quello delle pubblicità delle compagnie petrolifere americane. Negli anni cinquanta le scriveva Vonnegut, oggi chissà. A questo proposito, le compagnie petrolifere dovrebbero piantarla di accreditarsi come amiche dell'ambiente. L'unica cosa che accomuna un dirigente Chevron a un gabbiano è che entrambi ruberebbero patatine a un bambino.

Quello che cerco di fare in ogni frase è effettuare una catessi improvvisa del Super-Io del lettore. Secondo Freud, questo è ciò che accade quando uno ti fa ridere. Posso solo sperare che sia vero.

Mentre scrivo un racconto, mi vengono in mente altre idee, e riferimenti, che appunto su un quadernetto. Quando devo scrivere un testo nuovo, apro il quadernetto per vedere se c'è qualche idea buona. Ho un armadio pieno di quadernetti. A distanza di tempo, purtroppo, molti appunti diventano indecifrabili. Tipo questo: *"Idea x film: sei studentesse Dams vengono involontar coinvolte dal Min dell'Istruz in esperim segr x testare la tossicità dei significanti".* Bah.

Hanno detto che sei comunista e che dovresti andare in Cina o a Cuba...

Non sono mai stato comunista. La storia ha dimostrato che il comunismo reale è una sciagura non inferiore al nazismo. Non mi servono altre prove. Come **Nabokov**, credo nella libertà di parola, nella libertà di pensiero, nella libertà artistica. Sono di sinistra perché voglio un governo che difenda i diritti civili ed estenda quelli sociali, promuova la ridistribuzione delle risorse, tuteli l'ambiente in cui viviamo. In Cina e a Cuba, quindi, non la pensano come me.

Se potessi cenare con Sharon Stone, Mara Venier e Fidel Castro, accanto a chi ti siederesti?

Non lo so. Non mi sono fatto, non posso rispondere.

C'è chi dice: – *Luttazzi vada a lavorare.* –

Un consiglio che rivela, oltre a una maleducazione da teppa, il pregiudizio diffuso secondo cui l'arte non costa fatica. Illusi.

Perché non fai mai battute sui giudici?

Ho fatto anche battute sui giudici: quelli corrotti da **Previti** con soldi **Fininvest**. Li disprezzo. Invece i giudici che cercano di salvare lo Stato di diritto applicando le leggi e difendendo la Costituzione li ammiro. Perché dovrei mettere alla berlina dei galantuomini?

Baudo ti ha intervistato sulla censura, poi ti ha tagliato tutte le battute più feroci!

Il mondo dello spettacolo è sudicio, intrallazzato e spietato, ma qualcuno pensa abbia anche dei lati oscuri. Partecipai perché se mi avessero tagliato avrei mostrato la censura in una intervista sulla censura. Una grande idea che precipitò come uno Zeppelin. Ai giornalisti dissero che ero presente al montaggio e avevo accettato i tagli. **Tutto falso**, ma il giorno dopo i giornali scrissero che mi ero autocensurato! (Pagina intera di "Repubblica" a firma di Sebastiano Messina e Leandro Palestini. Palestini poi mi chiese scusa. Messina no, anzi dopo dieci giorni scrisse capziosamente: – *Perché Luttazzi ci ha messo tre giorni a dire che era stato censurato?* – Semplice. Perché il giorno dopo quella puntata di Baudo ci fu la strage di Nassiria e mi sembrava da coglione telefonare alle agenzie. – *Ehi, lasciate perdere i carabinieri morti. Baudo mi ha censurato.* –)

(I carabinieri morti per colpa di Berlusconi.)

Durante l'intervista, dico che la legge Gasparri favoriva smaccatamente Mediaset. Baudo insorse come un sol uomo: – *Ma non è vero!* –

Passa qualche mese: la Corte costituzionale, il parlamento di Strasburgo e la Commissione europea condannano la Gasparri perché lascia intatta la posizione dominante di Mediaset. Quindi: io ho informato correttamente, ma chi c'è in tv? Baudo. Godetevelo.

E i giornalisti non scrissero la notizia più clamorosa, che l'audience del programma, dal solito 8%, durante la mia intervista era schizzata al 20%! C'è un vecchio proverbio cinese (ho controllato, non esistono nuovi proverbi cinesi) che dice: *"Una generazione pianta gli alberi, quella dopo si gode l'ombra".* Lenny Bruce ha piantato gli alberi. Finì in galera sei volte, ebbe nove processi. Io mi godo l'ombra. Devo combattere un po', ma è niente rispetto a quello che subì lui.*

* L'anno scorso, alla Fiera del libro di Torino, entro all'hotel

Lingotto e sento **Aldo Grasso** che mi chiama. Con lui e altri giornalisti c'è **Pippo Baudo**. Non mi lascio sfuggire l'occasione. Grasso si diverte a sfancularlo ricordandogli l'episodio della censura e delle menzogne alla stampa e del fatto che non abbia rettificato. Baudo si impappina: – *Ah, be'... Eh, be'...* – Mi abbraccia col calore di un padre che rifiuta il figlio illegittimo e se ne va. Che figura del cazzo. Il grande Baudo.

Quest'anno mi voleva a Sanremo. Ha detto alla mia ex agente: – *Luttazzi deve rientrare in Rai dalla basilica di San Pietro.* – Ho detto alla mia ex agente: – *Digli pure che non mi interessa.* – Sono soddisfazioni.

A Sanremo ha baciato la Littizzetto. Il bacio è stato troppo breve: non ho fatto in tempo ad abbassarmi i pantaloni che era già finito.

Ma si sta poi così male lontano dalla televisione?

Fingo che non m'importi più di tanto, ma è come cagare dei mattoni. Si sta male perché non hai più la possibilità di far ridere un pubblico più vasto, che fra l'altro ne avrebbe voglia. Quando non ti vogliono in tv nonostante gli ascolti che faresti, il problema è politico. Per non parlare dell'aspetto tecnico: in tv puoi realizzare gag che a teatro è impossibile fare. Se cerchi i miei programmi negli **archivi Rai**, scopri che non sono disponibili: la Rai ha sigillato i master in contenitori di piombo e li ha sepolti sul fondo dell'Atlantico. Mi sento come **Papillon**, incarcerato ingiustamente nelle prigioni della Guyana francese. Papillon in cella si teneva in allenamento, mangiava scarafaggi per assimilarne le proteine, proteggeva gli amici accoltellando i nemici. E preparava il ritorno. Un giorno tornerò in tv, e ce ne sarà per tutti. Nel frattempo, spero che gli venga il colera. E gli scarafaggi non sono così male.

Che ruolo ha, nella tua satira, il concetto di tabù, inteso in senso sociale, politico o sessuale?

Per **Freud**, i tabù fondano le civiltà, a spese delle nevrosi del singolo. Una intuizione notevole, per uno che portava cravatte ricavate dal pelo dei suoi barboncini. Affrontare i tabù è, per me, una forma di sociatria. Una società più libera è una società più sana. Il potere economico e quello religioso condizionano la vita delle persone in vari modi. Nella storia dell'umanità, sono state definite tabù alcune zone proibite del nostro immaginario. Il mito ci permette di avvicinarci a queste aree nascoste, ci consente di avvicinarci al Minotauro. Con la comicità, addirittura, possiamo ridere del Minotauro, anche senza sapere cosa sia, qualunque cosa esso sia. *"Tutta la psicanalisi mi pare ridicola. Se i genitori trattassero correttamente i propri figli, non ci sarebbe bisogno di psicanalisti. I miei genitori, ad esempio, mi hanno sempre fatto sentire come una parte importante delle loro vite. Anche se erano poco istruiti e avevano solo un piccolo negozio di verdura, mi hanno insegnato ad accettarmi per quello che sono. Un cetriolo."* Per me, la comicità è la via maestra: è un metodo che ti consente, praticato con dedizione, di arrivare dove non pensavi mai di poter arrivare, di spingerti verso zone che all'inizio non avevi neppure previsto. *"Uso uno shampoo alle erbe. Non ho più la forfora, ma le mucche mi cagano in testa."* Scusa. Non riesco a non essere divertente. È come una maledizione.

Perché, nell'introduzione a *La castrazione e altri metodi infallibili per prevenire l'acne*, scrivi: *"L'altro motivo per cui mi ostino a fare satira è che mi piace far ridere la gente. No, è una bugia. Ogni volta che dico una battuta e la gente ride, giuro a me stesso che mi vendicherò"*?

Da comico mi rendo conto, analizzandomi, di quali siano i molteplici motivi per cui uno fa comicità. Una cosa che si tiene nascosta (ma di cui uno deve essere consapevole se sale su un palco a far ridere la gente) è che i comici sono dei **killer**.

Discutendo tra noi, mentre venivamo qui, usavamo per te proprio questo termine...

Per fortuna il comico sublima questa pulsione, che è un tabù, e la usa per far ridere. C'è un aspetto naturale della risata che è stato poco esplorato: il riso mostra le arcate dentarie e questo, antropologicamente, è segno di spavento e di reazione nei confronti di una minaccia. La comicità è **Dioniso**, mentre l'ironia, con la sua riflessione intellettuale, viene dopo. La comicità ha a che fare con Dioniso proprio perché si relaziona al corpo: da un lato c'è la vitalità, dall'altro c'è la **pulsione di morte**.

Il pubblico si offende di più per le battute sulla religione o per quelle sulla droga?

In Italia irrita senz'altro di più la satira religiosa. La droga è sentita come un fenomeno marginale, che capita ad altri, nonostante sia un tema con una sua urgenza. Esempio: in America, la FDA (Food and Drug Administration) ha negato che la marijuana possa dare benefici. Non importa quello che dicono migliaia di pazienti affetti da glaucoma, Aids e cancro al midollo: la FDA vuole che ogni sostanza sia approvata col rigoroso scrutinio scientifico del protocollo FDA. Per intenderci, lo stesso che ha portato all'approvazione del Vioxx, l'antidolorifico poi ritirato dal commercio perché ammazzava i pazienti.

Il rigoroso protocollo FDA: – *Prenda queste pastiglie e ci richiami domani se è ancora vivo.* – Una volta i test erano scientifici. Adesso danno il nuovo farmaco a Courtney Love e se lei sopravvive lo approvano.

Quanto ai cattolici sono buffi: si indignano per delle battute, poi rimangono indifferenti quando Hollywood, visto il successo della *Passione di Cristo*, cambia Gesù con un leone e ne fa un cartone animato, *Narnia*.

Hai avuto un'educazione cattolica?

Sì. Sono il tipo che è entrato nel macello e ne è uscito vegetariano: col tempo mi sono reso conto che la religione è un modo di interpretazione del reale come ce ne sono tanti. Ma il fatto che non lo si ammetta, e che si tenda a nobilitare con la religione il **plagio di massa**, è pericoloso. Le mie battute sottolineano il fatto che la religione è una pura convenzione, basata su quel vecchio libro del folklore ebraico, la Bibbia. Come ti inculcano il credo nell'aldilà, potrebbero inculcarti il credo in qualsiasi altra cosa. Le religioni, e le ideologie in genere, non mi piacciono perché le persone smettono di vedere la realtà per come è. La religione ti impedisce di farlo. Chi riceve da piccolo un'educazione religiosa, una volta adulto dovrebbe cambiare idea. Chi non cambia idea su queste cose mi spaventa, perché significa che non impara dall'esperienza. Davanti ai problemi metafisici, direi di partire da un assioma semplice semplice: che nessuno ne sa niente.

L'integrazione fra diverse culture: perché è così difficile?

L'integrazione è un processo inevitabile e irreversibile. La paura del diverso va superata con la cultura, per uscire dall'ottica del razzismo. L'umorismo può essere di grande aiuto. Ti racconto una storiella. Un ebreo fugge da un campo di concentramento nazista. Per sua sfortuna incappa in un posto di blocco dove trova delle SS coi mitra spianati. L'ebreo, impaurito, alza le mani e grida: – *Non sparate! Non vedete che qui c'è un uomo?* –

Sui media si vede oggi molto sesso esplicito. Veline e letterine, coi loro corpi esposti, sono diventate un modello per le ragazze più giovani. Qual è l'angolazione per fare satira riguardo al sesso?

Mi interessa in che modo il sesso alteri i rapporti interpersonali, come cambi le relazioni umane. Ne parlava **Michel Foucault** quarant'anni fa. Il potere religioso e quello economico usano il sesso per controllare l'individuo. Siamo dominati da pulsioni di cui non ci rendiamo conto e che controlliamo in minima parte. Invece, il potere economico, con la pubblicità, e le chiese, con i divieti morali, le usano: **dominando il tuo desiderio, dominano te**. Inoltre, il sesso sbandierato diventa un narcotico, che favorisce lo status quo. Non bisogna però confondere questo aspetto con quello legato alla tradizione comica: la risata è legata alla liberazione del corpo. Di qui gli spettacoli di varietà, coi comici accanto alle soubrette. Le ipocrisie di oggi sono diverse da quelle degli anni sessanta o settanta. Non avrebbe senso rifare *Le tentazione del dottor Antonio* o *Myra Breckinridge*. Ma i reazionari ci sono sempre. Fai sesso e hai orgasmi: questo non può restare impunito! Personalmente sono a favore di ogni perversione sessuale che i toscani sappiano inventarsi e che i veneti riescano a rendere disgustosa. Oh, siamo ancora in onda?

Sui temi del sesso non conosci mezze misure...

E perché dovrei? Essere osceni è il mestiere del comico. Inoltre il corpo e la sua oscenità si impongono con evidenza se sei uno spirito sensibile. Pensa a Mozart e alle lettere licenziose che intratteneva con la cugina. Da Aristofane in poi i grandi argomenti della satira sono quattro: politica, religione, sesso, morte. Non se ne esce. Questi temi occupano la nostra vita e le relazioni che abbiamo con il prossimo. Il campo da dissodare è vastissimo e il mio unico cruccio è che non basti il tempo di una vita per farlo. Ho una missione da compiere.

Vuoi liberare un Paese cattolico?
Voglio liberare me stesso. Un saluto a Cristina Chiabotto e Fabio Fulco in quell'albergo a Sharm El Sheik. Felice servizio in camera!

Sei sempre stato così o hai trovato un modo formidabile per essere unico?
Sono sempre stato così. A sette anni, mettevo in scena omicidi nelle varie stanze della casa: facevo recitare mia sorella e mio fratello e chiamavo i miei genitori ad assistere alle rappresentazioni.

Chi erano gli assassinati?
Non si sa. Ho capito più tardi che forse ero alle prese con una reminiscenza della scena primaria. A quattro anni sorpresi i miei che nel buio facevano l'amore. Fu una cosa impressionante, mi sembrava che qualcuno stesse accoltellando mia madre e scoppiai a piangere disperatamente. Mia madre cercò di rassicurarmi, accesero la luce, quella notte mi fecero dormire con loro. Era tutto ok, dicevano. Io non ne ero convinto. C'era qualcosa che mi sfuggiva.

Qual è stato il momento più romantico della tua vita?
Credo sia stato con la mia attuale ragazza, altrimenti sono guai. È per un terzo irlandese, per un terzo italiana e per un terzo macchina della verità.

Davvero hai una ragazza?
Con battute come le mie?

Non hai mai trovato l'amore?
Oh, sì. Questo è il mio problema. Continuo a trovarlo.

Insomma, c'è o non c'è, una ragazza nella tua vita?

C'è, ma la poverina mi fa pena. Non è facile stare con un comico. A volte ci capita di guardare in tv Guzzanti o Max Tortora, due dei suoi preferiti, e non importa quanto siano divertenti, lei resta sempre seria. Se sono troppo divertenti da sopportare, chiede scusa e lascia la stanza per andare a ridere dove non posso sentirla. Ecco quella che io chiamo la compagna ideale per un comico. Di questo passo le verrà un'ernia. No, non c'è.

Non sarai uno di quelli che hanno la fobia di una relazione?

La maggior parte delle persone sono codipendenti e hanno bisogno di legarsi a qualcuno. Per loro, una persona indipendente, che non ha questo bisogno, ha una fobia, ovvero ha qualcosa di patologico. Non sarai una di quelle che hanno la fobia di restare sola?

Più d'una volta hai difeso la poligamia...

Non ce l'ho col matrimonio tradizionale. So che funziona per un sacco di persone: le donne. Ma il piccolo segreto della poligamia è che la poligamia sembra più adatta alle mie esigenze. La poligamia è sexy.* Le donne devono solo rispondere a una domanda: preferireste essere una delle cinque mogli di Riccardo Scamarcio o l'unica moglie di Massimo Ceccherini?

* E se togli il marito, lo è ancora di più!

Quando hai capito che volevi fare teatro?

A Santarcangelo di Romagna, dove sono nato, vidi il *Dialogo* di **Gaber** e *Mistero buffo* di **Dario Fo**. Avevo tredici anni e ne rimasi totalmente affascinato. Non capivo buona parte del materiale. Per passare il tempo, con un amico facevo a gara a chi riusciva a far partire gli applausi. A fine spettacolo, Fo disse: – *Per curiosità, chi erano quei due cretini che applaudivano a casaccio?* –.

Molti comici sostengono che i politici rubano loro il mestiere.

Non sono d'accordo. I politici usano la barzelletta – cioè il luogo comune – per imbonire, distrarre e generalizzare. La satira fa esattamente il contrario: urta, scandalizza, focalizza. La satira è un punto di vista unito a un po' di memoria. Il punto di vista fa ridere, ma è la memoria dei fatti a dare fastidio. Questo, oggi, in tv non viene accettato. A *Satyricon*, Dario Fo ha spiegato **la differenza tra sfottò e satira**. In tv, oggi, viene accettato solo lo sfottò: la parodia bonaria, la caricatura, l'imitazione. **Fiorello** che imita **La Russa** è sfottò, non è satira. Non a caso **Saccà**,* ex direttore della Rai, ha più volte ripetuto che Fiorello è il più grande autore satirico che l'Italia abbia in questo momento.

* Saccà è uno che fuma il sigaro. Secondo Freud, il sigaro è un simbolo fallico. Saccà, bisogna che qualcuno te lo dica: lo so che è shockante, ma in tutti questi anni ti sei fumato il tuo cazzo.

Inutile dire che Fiorello è bravissimo, ma non fa satira. Lo sfottò è divertente, però finisce per essere reazionario: rende simpatica la persona presa di mira. La Russa, oggi, è quel personaggio buffo con la voce cavernosa di cui Fiorello fa l'imitazione. Nessuno ricorda più il La Russa picchiatore fascista. E nessuna satira commenta in tv gli atti fascisti e reazionari del governo B. In America accade qualcosa di analogo: con tutto quello che sta combinando Bush, *Saturday Night Live* fa ormai solo parodie di celebrità dello spettacolo, mentre passa per satira la barzelletta detta da Laura Bush su suo marito: *"George al ranch ha imparato molto sul bestiame dalla volta che cercò di mungere un cavallo"*. (Gesù. Già che ci siamo, sentiamo almeno cos'ha da dirci il cavallo. CAVALLO: *È stata una cosa schifosa. Non sapevo cosa fare. Ho finto di essere addormentato.*)*

* Per la cronaca, ecco il monologo di Laura Bush:
– *Sono sposata al presidente degli Stati Uniti e questa è la nostra tipica serata: alle 21, Mr. Eccitamento, qui, dorme della grossa e io guardo* Casalinghe disperate. *Signore e signori,* io sono *una casalinga disperata.* –

(Per dimostrarlo, Laura Bush poi si è scopata il giovane giardiniere.)

– *La gente spesso mi chiede com'è mia suocera. Credono sia una donna dolce, ma è più simile a Don Corleone. Ah, ah, ah! Ma sono orgogliosa di mio marito. George al ranch ha imparato molto, da quella volta che cercò di mungere un cavallo.* –

(Riassumendo: il presidente Bush una volta ha fatto una sega a un cavallo, sua madre è una criminale e sua moglie è sessualmente insoddisfatta.)**

** Bush ama farsi fotografare vestito da cowboy: cappellone, cinturone, speroni. Ma i cowboy di oggi non si vestono più così. Quindi Bush sta indossando un costume. Tanto varrebbe che si vestisse da Sherlock Holmes o da pirata.

E *Le Iene*? E *Striscia*?

Fanno giornalismo con sfottò. *"Il cavaliere mascarato."* Io aspetto che *Striscia* faccia un'inchiesta sul falso in bilancio o sul conflitto d'interessi di Berlusconi, non sul suo fard. Quanto a **Ezio Greggio**, non puoi fare satira in Italia, se hai la residenza a Montecarlo! Sono programmi che Berlusconi strumentalizza, additandoli come prova che le reti Mediaset sono libere. **Claudio Bisio**, almeno, ha riconosciuto in una intervista il suo opportunismo. Apprezzo l'onestà. Berlusconi ha un disegno coerente. Permettere solo lo sfottò (le corna, il mascara, l'altezza, le canzoni di Apicella) gli serve per recuperare sul piano del kitsch, e quindi a rendere tollerabili gli atti del suo governo, che invece è davvero pericoloso.

Ma anche tu hai lavorato a Mediaset.

Dal '94 al '97. Le date sono importanti: le sentenze sui legami fra Berlusconi, Dell'Utri e la mafia, e sul sistema di società off-shore All Iberian facenti capo a Fininvest, sono successive. Nel novembre '99, Berlusconi poteva ancora dichiarare pubblicamente, **mentendo**, che di All Iberian non conosceva neppure l'esistenza. Berlusconi è falso come l'attrice porno col fallo di gomma che fotte l'amica gemendo, come se provasse qualcosa. Il problema di coerenza non è mio, semmai di quegli autori e comici di sinistra che, ora che tutto è venuto allo scoperto grazie anche a quella puntata di *Satyricon* e alla **sentenza su Dell'Utri,** nonostante questo continuano a lavorare a Mediaset. Per me, è qualcosa di contraddittorio e inconcepibile. Troppo comodo far finta di non sapere. Con tutto quello che accade in Italia e nel mondo, se fai il comico e non riesci a dare il tuo punto di vista su Berlusconi, sei nel mestiere sbagliato. In più, da quando è entrato in politica, Berlusconi usa le sue tv per la propria propaganda, prendendo in mezzo tutti quelli che ci lavorano, che lo vogliano o no. Li rende tutti suoi complici. Questo spiega l'impennata di gastriti alla Mondadori.

Ti devo una delle scene più belle mai viste in tv: la Colombari spalmata di Nutella e adagiata su un lenzuolo, a *Barracuda*. Devastante.

Retroscena: durante la puntata non potevo dire "sindone" per esplicito divieto di **Fatma Ruffini**. Quindi, dicevo sempre *"il lino"*, *"il lenzuolo"*, *"il dipinto"*. Il giorno dopo, nelle recensioni, tutti i giornalisti scrissero, ovviamente, *"la sindone della Colombari"*! Martina fu fantastica. Ciao, Martina!*

* Durante *Barracuda*, Mike Bongiorno venne in camerino a complimentarsi. Toc toc. Apro, c'è Mike Bongiorno alla porta. – *Sei bravo, hai uno stile americano, rapido, moderno.* – Non

riuscii ad aprire bocca. Era come trovarsi per sbaglio in un taxi con Gesù.

Come ti pare la comicità tv di oggi?

Alcuni nuovi comici mi sembrano eccellenti, ma il più delle volte certi sketch ti fanno pensare che tanto varrebbe tagliarsi i bulbi oculari con una lametta. Ascoltare certi monologhi è come bruciare fra le fiamme dell'inferno con una muta di sanguisughe attaccata alle palle, una sensazione familiare a chiunque abbia fatto un bagno in Liguria. Per definizione, i comici sono misantropi che mascherano la propria ostilità con le risate. Ma i comici tv si limitano ormai a un vestito buffo e a un tormentone. A *Barracuda* intuii l'andazzo e mi inventai il clown Elver. Elver interrompeva la trasmissione e agitando il parruccone diceva solo: *"Sì o no? Sì o no?"*. Era satira profilattica. Dopo tre anni, *Maidiregol* mandò in onda un personaggio che era... un clown con un tormentone. Alla seconda puntata, qualcuno deve averli avvisati del mio precedente che li parodiava in anticipo, e il personaggio sparì. Il rischio resta, ma il gioco è superarsi ogni volta. Ogni volta devi alzare di qualche centimetro l'asticella. *"Anche se ero loro prigioniero, gli alieni mi consentivano un po' di libertà. Potevo passeggiare nella mia stanza, ascoltare la radio, punzecchiarli con uno stuzzicadenti. Solo in seguito scoprii che non erano affatto alieni, ma pesciolini rossi."* I più saltano asticelle di vent'anni fa. Ed è il motivo del loro successo. Ma la cosa che davvero non sopporto è il comico che è un grande e non lo ammette. Non che ne abbia mai incontrato uno. Io invece sono sincero: se un comico fa un flop, sono il primo ad ammetterlo. Ne parlo continuamente.

Ti piacciono Aldo Giovanni e Giacomo? Forti, eh?

Questa è una domanda che credo venga fatta solo ai comici e mi chiedo perché. A nessun cantante farebbero una domanda simile. – *Ehi, Morandi! Forte Battiato, eh?* – Che je frega a Morandi di Battiato?

Un tuo racconto è stato pubblicato nell'antologia *Gioventù cannibale* del 1996. Il termine "cannibale" è un'etichetta da cui molti di quegli scrittori hanno preso le distanze. Ti sei mai ritenuto un cannibale?

Il mio racconto, *Cappuccetto splatter*, era la presa in giro di una moda narrativa che sublimava gli eccessi estetizzandoli, alla **Bret Easton Ellis**.

Fu però una antologia profetica: intellettuali come **Mauri e Guglielmi** la criticarono perché secondo loro conteneva una narrativa lontana dalla realtà italiana. Dopo qualche mese, l'Italia conobbe i casi del mostro di Firenze, del serial killer ligure, di Erika e Omar, dei satanisti lombardi eccetera. Gli artisti hanno le antenne e sentono in anticipo quello che sta per arrivare.

Hai definito il comico un killer: questo concetto c'entra con la libertà di pensiero?

Un comico uccide le convenzioni e i pregiudizi. Occorre essersene liberati, per farlo con leggerezza. Prendi il mio Fontecedro: si opponeva al mercato dell'istruzione e del sapere in nome della vitalità della vita. Si rifiutava di essere un costo. Se un servizio diventa un mercato, l'uguaglianza di accesso all'educazione (o alla sanità) va a monte. Così lui se ne stava a Palo Alto e insegnava in spiaggia parodiando le tecniche ultramoderne del pedagogista canadese Kieran Egan: – *Consideriamo Pavlov. Suona la campanella, il suo cane produce saliva. Ok. Ma il suo gatto? Il primo giorno, Pavlov suona la campanella, il gatto resta lì. Il secondo giorno, suona la campanella, il gatto resta lì. Il terzo giorno, suona la campanella, il gatto aveva già mangiato. Stronzo.* –

Ventiquattro novembre, teatro dell'Archivolto di Genova, vanno in scena per la prima volta i tuoi *Dialoghi platonici e altre storie*, regia di Giorgio Gallione: i discepoli Platone, Timeo, Menone, Gorgia e Fedone discutono di alcune tematiche dell'attualità. Dalla scheda di presentazione dello spettacolo: *"In questo nuovo testo di Daniele Luttazzi, i protagonisti di quattro celebri dialoghi platonici (Fedone, Gorgia, Menone e Timeo) si interrogano con ironia socratica su alcune grandi questioni del nostro tempo (giustizia, politica, religione, pedofilia, droga, alcool, giovani, matrimonio, salute, immigrazione, genetica, sesso, pubblicità, terrorismo) divertendosi a dissolverne le cosmogonie immobili grazie a una impietosa ostetricia mentale da ermeneuti dilettanti. L'alternarsi idiota delle domande e delle risposte permette ai quattro di farsi beffe loro stessi per primi delle proprie conclusioni; e all'uditorio di liberarsi dalla soma culturale delle dimostrazioni troppo ragionate. Celebrazione dell'ambiguità dell'apparenza, questi* Dialoghi platonici *stimolano una risata fredda, beffarda e cupa. Astenersi perditempo".* Nella pièce c'è anche la lettura di un testo sull'orrore della vicenda Moro, in cui, a detta dell'Ansa, di "Libero", del "Giornale" e del "Messaggero", Andreotti sodomizza la vittima delle Br. Minaccia di querela da parte della vedova Moro malamente informata sui fatti, scandalo sui giornali e applausi commossi in teatro. In realtà il testo parla d'altro e non ha nessun intento sacrilego (anzi c'è un forte senso di pietas nei confronti di Moro). Piuttosto si dovrebbe parlare di grottesco, o grottesco satirico: ci puoi spiegare che cos'è il grottesco satirico e perché l'hai scelto?

Rimando per completezza al piccolo saggio sul grottesco che ho tradotto e pubblicato sul mio sito.*

* Esti Sheinberg, *Irony, Satire, Parody and the Grotesque in the Music of Shostakovich,* Ashgate Publishing Ltd, Aldershot UK 2000.

Cap.10 (pp. 207 e segg.)

Definizione, struttura e contenuto del grottesco

Il grottesco è una espressione ironica irrisolvibile, un ibrido che combina il ridicolo con l'orripilante. Come tale, compare spesso nella letteratura Romantica e nell'arte agli inizi del Novecento (...). Le giustapposizioni di unità estetiche che formano coppie semantiche quali tragico/comico, terrificante/ridicolo o brutto/bello sono interpretate, secondo una teoria estetica che risale alla poetica di Aristotele, come ibridi irrisolvibili, o grotteschi. Wolfgang Kayser, il cui lavoro sul grottesco è considerato un riferimento classico, considera il grottesco come una struttura in cui la percezione del ridicolo risiede nel suo livello manifesto, mentre il terrificante è l'apporto nascosto. *"Il grottesco è il mondo straniato. Ma gli elementi di esso che ci sono familiari e naturali non si mostrano strani e pericolosi all'improvviso... Ne siamo colpiti e terrificati in modo così potente perché è il nostro mondo che cessa di essere affidabile"* (Kayser, 1957). Questa struttura non è semplicemente la giustapposizione di forma e contenuto, ma piuttosto la loro mistura. Questa confusione di forma e contenuto non è accidentale, in quanto nel grottesco sono particolarmente interdipendenti. In quanto ibrido irrisolvibile, il grottesco può essere considerato un caso particolare di ironia esistenziale. Entrambi hanno due piani di significati contraddittori, nessuno dei quali è da preferirsi: entrambi considerano il dubbio e il disorientamento come la condizione di base dell'esistenza umana; infine, l'apporto maggiore del grottesco, così come dell'ironia esistenziale, è la sua irrisolvibilità. (...)

L'intrinseca ironia della condizione umana può prendere due opposte direzioni: da una parte, può procedere coi suoi significati contraddittori in un processo di negazione infinita, risultante nel concetto di ironia socratica esaminato da Kierkegaard, che può diventare disperazione nichilista; dall'altra, può incominciare una linea analogamente infinita di affermazioni, che accumulandosi formano il concetto di grottesco secondo Bakhtin, in cui tutti i possibili significati di un fenomeno sono raggruppati e accettati come una realtà vissuta. Questo "eccesso di significati" è celebrato da Bakhtin con l'esplorazione delle tecniche letterarie dell'eccesso e dell'ambivalenza: per Bakhtin il grottesco è il risultato di un processo additivo, vale a dire l'accettazione (invece che la negazione) di tutto l'immaginario con cui il soggetto viene presentato. Bakhtin analizza la fantasia di Rabelais della torre campanaria di un monastero la cui ombra fallica feconda una donna. Tutti i significati, connotazioni e associazioni possibili – satirici, gioiosi, ripugnanti e anche mitologici – sono enumerati e accettati come parte del composito apporto grottesco. (...) Questo è riflesso nell'immagine del corpo grottesco, che Bakhtin descrive come cosmico e universale: *"Il corpo ingoia il mondo e a sua volta ne è ingoiato. Il grottesco ignora la superficie impenetrabile che chiude e limita il corpo come fenomeno completo e separato. L'immagine grottesca mostra non solo gli aspetti esteriori ma anche quelli interiori del corpo: sangue, intestini, cuore e altri organi. Gli aspetti esterni e interni sono spesso fusi in un tutt'uno"* (Bakhtin, 1941).

(...) A differenza dell'ironia, che richiede processi mentali analitici, il grottesco conduce al disorientamento sensuale ed emotivo. Il grottesco non solo presenta, ma abbraccia valori umani disforici: lo spregevole, il ridicolo e l'orripilante. Questo di solito viene espresso da due reazioni emotive al grottesco che sono contraddittorie: l'impulso a ridere e il senso di angoscia. (...) Di conseguenza, la reazione fondamentale al grottesco è la disperazione emotiva.

L'iperbole nel grottesco

Essendo basato sull'accumulo, gli apporti del grottesco sono sempre esagerati. Il grottesco pertanto descrive una realtà distorta di natura iperbolica. L'oggetto grottesco non è mai "comico", ma piuttosto "ridicolo"; mai solo "sgradevole", ma piuttosto "repellente" o "orripilante". (...) *"L'oggetto grottesco è una figura immaginata in termini di forma umana, ma priva di vera umanità" (Jennings, 1963)"* (...) Per mantenere l'equilibrio richiesto, è come se sia gli aspetti ridicoli sia quelli orripilanti del grottesco debbano essere esagerati all'infinito. Questo determina il ricorso del grottesco a incongruità ed esagerazioni ad absurdum, senza alcuna restrizione estetica. (...) Il grottesco celebra il ciclo infinito dell'esistenza fisica che comprende la vita e la morte, abbracciando così l'abbondanza di ogni genere. (...) L'attività sessuale e il sistema metabolico sono ciò di cui tratta la nostra vita fisica, e pertanto sono ammirati ed esaltati dal grottesco, indipendentemente dal fatto che la lussuria e la gola sono tratti peggiorativi nelle nostre norme comportamentali. (...)

Il richiamo emotivo e fisico del grottesco

Mentre l'ironia e la satira comunicano per concetti, il grottesco usa immagini visive ed empatia fisica. (...) Nel 1922, la scena grottesca del ballo dei mendicanti nell'opera *Haddybuk* messa in scena da Yevgeny Vakhtangov causò uno choc nel pubblico russo. (...) La danza degli storpi attorno alla sposa spaventata s'avvicina alle immagini classiche della *danse macabre*. (...) Questo è uno degli aspetti principali del grottesco: la scomparsa dei limiti fra la vita e la morte, fra l'animato e l'inanimato. Attraverso questo legame il grottesco è anche collegato agli spettacoli di marionette come il *balagan* russo, alle bambole animate come la Coppelia e l'Olimpia di Hoffman, e gli esseri umani meccanizzati come quelli creati dal dottor Frankenstein, tutti popolari nella cultura e nella letteratura del diciannovesimo secolo. (...) Un altro confine confuso che ritroviamo spesso nel grottesco è quello fra normalità e pazzia. La musica grottesca richiama un movimento veloce, continuo, incontrollato che evoca rituali estatici e danze di possessione, mentre il carattere ripetitivo del ballo, spesso coadiuvato da moduli ritmici ripetitivi, possono indicare un comportamento ossessivo. Tutti questi elementi appartengono al campo della pazzia, della possessione e del comportamento incontrollato piuttosto che al mero divertimento innocente.

Il fantastico e il grottesco

Kayser (1957) sottolinea il ruolo importante del processo di trasformazione dal familiare al bizzarro, e lo cita come una componente maggiore del sentimento di terrore evocato dal grottesco. Più familiare il punto di partenza, più grande l'orrore nel vederlo trasformarsi nel bizzarro. (...)

La mancanza di confini

Nel grottesco i confini tra fantasia e realtà non sono solo sfumati, ma sembrano essere non esistenti. Inoltre, non è solo questo genere di confini a mancare nel grottesco, ma tutti i confini paiono confusi. Così la differenza fra umano, animale e vegetale è spesso incerta, come quella fra animato e inanimato. (...) L'assenza di confini fra il familiare e il non familiare suscita un senso di orrore quando ci accorgiamo che una tale trasformazione è avvenuta. Quello che sconvolge non è tanto l'aberrazione in sé, ma il modo naturale, quasi impercettibile in cui la trasformazione spesso accade. Per cui, più è graduale il processo di trasformazione, più il fenomeno grottesco perde i suoi aspetti ridicoli e diventa fonte di angoscia. (...) Tale trasformazione lungo il tempo determina in particolare l'incertezza dei limiti fra emozioni diverse e spesso contraddittorie. Così il Rigoletto di Verdi provoca il riso nella prima scena dell'opera, poi la paura e, infine, un misto di compassione e disgusto insieme, così come fanno personaggi simili, ad esempio il Quasimodo di Hugo nel *Gobbo di Notre-Dame* e il Salvatore di Eco ne *Il nome della rosa*. (...) Nel *Rigoletto* di Verdi, l'incontro inaspettato fra Sparafucile, l'assassino mercenario, e Rigoletto è carico di tensione drammatica. Però, in contrasto coi sentimenti prevalenti di umiliazione, rabbia, odio e vendetta, la musica di sottofondo è in chiave maggiore, e saltella quasi spensierata in modo incongruente e ambiguo. Questo stesso brano musicale è inoltre correlato alla zoppia di Rigoletto, il cui movimento farsesco diventa sinistro grazie all'incongruità con la scena agghiacciante che contiene i germi di un omicidio. (...) Analogamente, nel *Wozzeck*, Berg giustappone alla diagnosi fatta dal Medico, piena di dettagli orribili, un valzer allegro. (...)

Cap.11 (p. 229)
Il grottesco satirico

Mentre la satira genera un riso basato sul disprezzo, il grottesco provoca sentimenti di orrore e disgusto, uniti a una disperazione inerme. C'è però anche un tipo di satira che fa uso del grottesco. In questo genere, le deformità fisiche apparentemente incorreggibili servono a riflettere altre deformità spirituali e comportamentali, che sono l'oggetto vero del commento derisorio. (...) L'orrore non è generato dal grottesco, ma dal fatto che noi, dalle reazioni contraddittorie evocate dal grottesco, diventiamo consapevoli della nostra partecipazione psicologica al grottesco.

Kayser, Wolfgang (1957) *The grotesque in Art and Literature*, Columbia University Press, New York.

Jennings, Lee Byron (1963) *The ludicrous demon: aspects of the grotesque in German post – Romantic prose,* University of California Press, Berkeley.

Bakhtin, Mikhail (1941) *Rabelais and his world,* Indiana University Press, Bloomington.

Il brano dello scandalo si trova sul sito **www.danieleluttazzi.it**

Che differenza intercorre tra l'umorismo scritto contenuto in un libro comico e l'umorismo parate-

stuale inserito ai suoi "confini"? Cambiano le strategie (anche testuali) per realizzarlo?

Tutto si presta alla parodia. Il paratesto non fa differenza. Un libro comico mi sembra più completo se offre sorprese dove di solito non ce ne sono, neppure nei libri comici. Nella storia dell'arte, la cornice è da tempo oggetto di attenzioni dissacratorie. Io ho cominciato con la finta biografia in quarta, poi sono passato alla finta prefazione, al finto indice, alla finta bibliografia. Qualche lettore ci casca (a proposito della biografia in cui parlavo di me usando la vita di Che Guevara, nato a Rosario, uno mi ha scritto dicendo: – *Io sono di Rosario, e tu non sei mai stato a Rosario.* – Lui era di Rosario in provincia di PALERMO), ma i più si divertono. Un libro comico è un libro finto. Il traguardo parodistico sommo è indicato da Borges: Pierre Menard che ricopia parola per parola il *Don Chisciotte*. Con la stessa finezza, Sterne confonde copia e originale mettendo in bocca a Tristram Shandy una tirata contro il plagio che plagiava un passaggio dell'*Anatomia della melanconia* di Burton, passaggio che Burton a sua volta aveva plagiato da Jovius.

A teatro, quanto conta il tuo corpo in scena? Il più delle volte sembra sottratto. Ci hai fatto venire in mente il *bunraku*, questa forma arcaica di teatro giapponese, dove un'enorme marionetta viene manovrata da almeno tre uomini. L'uomo che manovra il bacino e il volto della marionetta è il più bravo, è talmente bravo che non si vede più il suo corpo, si guarda solo la marionetta.

Freud e Derrida ci spiegano perché questo fenomeno è inevitabile. Il logos (la parola, la voce) impone una metafisica della presenza: X è se stesso. Il testo scritto invece evoca di continuo uno scarto, un non detto, una indipendenza dal soggetto, una différance: X oscilla fra se stesso e qualcos'altro. Identità, presenza, verità partecipano così di una indeterminazione. Ritroviamo qui, in forma filosofica, il principio di **Heisenberg**, già anticipato nel Settecento dall'estetica di **Addison** e dal *Tristram Shandy* di **Sterne**, che tanto piaceva a **Nietzsche**. L'umorismo, la parodia, sono tecniche per alludere al non-detto. In scena, un comico deve semplicemente essere un tramite perché la comicità si manifesti. Il tuo corpo diventa spossessato, in scena non sei più tu, lo scarto diventa evidente, il logos va in frantumi, l'inconscio si sprigiona e – sorpresa – è una vibrazione piacevole. La tecnica dell'attore comico non consiste che nel ritiro della sua volontà, nel diventare una marionetta manovrata da tre figure: comicità, motto di spirito, umorismo.

Le parole invece quanto contano? Come incontri i gusti del tuo pubblico? Certe volte sembri mirare a uno shock.

Le parole contano perché la comicità, come il linguaggio, è una ringhiera sull'abisso. La gente ride perché tu, per un attimo, le mostri questo abisso e poi la porti in salvo. Ridono dello scampato pericolo. Qualche volta nei bis mi piace **abbandonare lo spettatore sull'abisso**, congelare i miei spettatori. Ci deve essere, di personale, una certa perversione e una conoscenza della tecnica. La comicità arriva da un luogo di distruzione. C'è della rabbia.

Andy Kaufman era un altro che gelava spesso il pubblico.

Aveva un suo mondo. Quando hai un tuo mondo, non sei tu che devi andare dalla gente. È la gente che deve fare un piccolo sforzo e venire da te.

Il tuo primo riferimento è Woody Allen.

Woody Allen per un monologhista è fondamentale. Non può fare satira sui preti pedofili, ma la sua resta la forma *aurea* del monologo. Non ci si improvvisa monologhisti: è un genere come il mimo. Dalla scelta di argomenti alla loro esposizione, Woody Allen è il modello. La vita è una tragedia, non se ne esce vivi; ma i singoli momenti possono essere buffi. Se racconti l'arco intero, sei Bergman. Se racconti i singoli momenti, sei Woody Allen. Si è detto: la differenza è che puoi essere Bergman senza essere Allen, ma non puoi essere Allen senza essere anche un po' Bergman. Non è vero. Prendi *A proposito di tutte quelle signore,* un film degli anni sessanta in cui Bergman fa il verso a Fellini come se fosse Woody Allen: è super.

In *Sesso con Luttazzi* tu compi un'elevazione del sangue mestruale...

Il pubblico ride della gag, ma ne avverte anche il potere eversivo. Lì convergono tutte le mie ricerche sulla religione. Nell'Antico Testamento (il prequel che dà al pubblico quello che si aspetta: poco Mel Gibson) viene narrata come vincente una religione di tipo patriarcale, rispetto a quella matriarcale, propria invece dei Cananei. Nella religione patriarcale è **il serpente** a essere il simbolo del male; nella religione matriarcale, invece, il serpente significa fertilità, vita. La Bibbia celebra la vittoria della religione patriarcale su quella matriarcale. Il sangue mestruale per me significa religione della madre. Nella messa si eleva il sangue del Figlio, qui io, invece, alzo il sangue della Madre. Creo uno stravolgimento antropologico della religione: lì per lì la vivi sotto forma di parodia; poi, quando torni a messa, senti che in te è cambiato qualcosa. È il potere della satira: ti fa vedere le cose in modo diverso. *"Dio separò le acque del mar Rosso fregandosene bellamente dell'ecosistema e la tartaruga del Nilo si estinse."* La satira cambia i paradigmi. *"Mosè ubriaco cade all'indietro e i presenti, costernati, dicono:* – Che ci fai qua? Dovresti essere nella Bibbia. –"

Qual è la vera differenza fra tragico e comico?

Nella tragedia, la colpa ricade sul figlio; nella commedia, la colpa ricade sul padre. Ecco riassunti in una frase i miei vent'anni di studi sul teatro. C'è dell'altro. La domanda al fondo di ogni tragedia è: chi detiene il potere. È interessante vedere come i greci abbiano nascosto la loro visione del mondo – una visione bellica, stabilire chi ha il potere – nella STRUTTURA drammatica. La macchina bellica drammatica stabilisce ogni volta chi detiene il potere. Da questa prospettiva, ogni dramma è una pedagogia di guerra: una narrazione che prevede un conflitto ti educa al conflitto. Ma ai giorni nostri, le guerre VERE sono ormai talmente vicine a noi nella loro letalità ipertecnologica – la tv ce le porta in casa tutti i giorni – che il conflitto falso messo in scena da attori diventa insopportabile. Empio. La riduzione dello spazio creata dai media elettronici rende impellente l'esigenza di una nuova drammaturgia che possa sanare questo squilibrio, che educhi alla accettazione dell'altro, al contrario di quello che gli antichi hanno fatto con la loro. L'ideologia bellica è stata intessuta nella trama del dramma così abilmente che è giunta intatta fino a noi e adesso pensare di elaborare testi che non prevedano un conflitto sembra impossibile. Nelle scuole di scrittura creativa ti insegnano proprio questo: a raccontare partendo da un conflitto. Non si può fare altro? Potremmo cominciare con la storia di una timida, giovane orfana che incontra un ricco miliardario bellissimo e si sposano e vivono per sempre felici e contenti, ma con sottolineature sessiste.

Ringraziandola per il tempo concessomi, la saluto. Ci vediamo all'ultima data della sua tournée, per la quale ho pagato profumatamente il biglietto.

Durante il monologo riderà ininterrottamente per due ore e mezzo al ritmo di una battuta ogni venti secondi dopo aver speso tredici euro e questo lo definisce "pagare profumatamente"? Lei è un'ingrata. Tredici euro è solo il costo della prima risata. Le restanti due ore e mezzo le offro gratis. Visto però che c'è gente come lei che non è in grado di apprezzare il gesto, adesso il biglietto dovrà pagarlo per intero. Tenuto conto che il mio ritmo insacca tre risate al minuto circa, per due ore e mezzo di monologo le risate diventano quattrocentocinquanta, per un totale biglietto di cinquemilaottocentocinquanta euro. E pretenderebbe di pagarne solo tredici? Lei è pazza!

Video

Cliccate sulle immagini per vedere i video.

Cheney vede migliorare la situazione in Iraq e il gradimento popolare per Bush. Nei suoi sogni.

Votazioni in Iraq. Come precauzione antibrogli, gli iracheni dovevano intingere il dito nell'inchiostro blu dopo aver votato. Il dito blu è stato motivo di orgoglio per molti iracheni, ma anche di imbarazzo per altri: quelli che si infilano compulsivamente le dita nel naso.

L'Iraq ha un nuovo presidente ad interim. È ad interim perché rimarrà in carica finché non verrà ucciso.

Si terranno a Londra nel 2010 le prossime olimpiadi di Al Qaeda.

AAAAnnunci economici: Al Qaeda ha un bisogno disperato di traduttori in inglese.

La tradizionale parata dei bugiardi a Mosca.

Bush: – *Qui dove siamo?*

La nazionale Usa di ping pong.

Il numero 2 di Al Qaeda al-Zawahiri è tornato in video con nuove minacce a Bush e a Blair. Poi ha invitato Siria, Iran e Corea del Nord al picnic annuale dell'Asse del Male.

Million Dollar Baby e *Mare dentro* vincono l'Oscar, e subito partono le polemiche in quanto si tratta di film a favore dell'eutanasia. Strano che nessuno polemizzi mai col tema dell'omicidio per vendetta: non è un bel messaggio, ma è la trama di ogni film d'azione. I giornali non dicono mai: *"I film la smettano di sostenere che un poliziotto dovrebbe essere anche il giudice e il boia alla fine di un film d'azione!"*. Ma adesso basta parlare di Bush in Iraq.

La salma del papa è stata esposta in piazza San Pietro. Ininterrotto l'afflusso di pellegrini. Ventiquattr'ore di fila. Quattro milioni di persone. È incredibile quanta gente arriva, quando è gratis.

Il presidente Bush non è andato a nessun funerale dei millecinquecento soldati Usa morti in Iraq, ma a quello del papa sì, in modo che gli arabi pensino che il papa era d'accordo con Bush sulla guerra in Iraq. Nel frattempo, Clinton fa piedino a Condoleeza Rice.

Il dio Eolo si fa beffe di un gruppo di miscredenti.

Per colpa dei funerali del papa, Carlo e Camilla hanno dovuto spostare il matrimonio al giorno dopo. Una bella scocciatura, dato che così hanno perso la caparra. Carlo ha spiegato ai giornalisti i motivi del rinvio: – *Non volevo che il tragico avvenimento accadesse in contemporanea coi funerali del papa.* –

Uno storico tedesco ha scoperto che per otto anni, prima di diventare Cancelliere, Adolf Hitler non pagò mai le tasse. Hitler non pagava le tasse. Oh, questo potrebbe rovinargli la reputazione.

Non pagava le tasse, così entrò in politica in modo che se i giudici l'avessero processato, lui avrebbe potuto accusarli di fare politica. Poi costrinse il Parlamento a fare una legge che condonava tutti i reati ai dittatori coi baffetti alla Charlot.*

* Infuriato dalla satira di Chaplin, Hitler accarezzò l'idea di fare un film contro di lui. – *Mi metterò una bombetta in testa e racconterò di come circuisca le minorenni,* – disse un giorno a Ribbentrop.

Hitler. I suoi baffetti hanno fatto tutto il lavoro. I baffetti ti danno la sicurezza necessaria a invadere le persone.

Adesso non vedi più nessuno coi baffetti alla Hitler: ha rovinato quel look per sempre. Meno male che aveva scelto i baffetti. Pensate se si fosse fatto crescere le basette alla Elvis. Elvis non avrebbe più potuto farsele crescere e magari avrebbe optato per i baffetti. E avrebbe cantato *Mein Sharona*; *I Can't Stop Gassing You*; *Hey, Juden*.*

* Le fan gettavano a Elvis i propri reggiseni. Le basette fanno questo effetto sulle donne. I baffetti no. Uno a zero per Elvis. Nell'ultimo periodo, quei reggiseni a Elvis venivano utili.

O erano baffetti, o beveva cioccolato.

Hitler ha rovinato per sempre anche il cognome Hitler, anche se nulla vieta di chiamare così il tuo gatto. – *Hitler! Vieni qui!* – Puoi chiamare così anche il tuo cane, ma solo se non è un pastore tedesco, un dobermann o un pit-bull.

Un'insegna che non vedremo mai? "Pasticceria Hitler."

Tutti risultano carucci in pigiama. Se i gerarchi nazisti si fossero presentati in pigiama a Norimberga, oggi sarebbero ancora vivi.

La vicenda di Hitler dimostra che non ci si può fidare degli imbianchini.

All'arrivo dei russi a Berlino, Hitler, dopo aver ucciso il suo sosia e tutti i testimoni presenti nel bunker, fuggì in Argentina. Grazie alla chirurgia plastica eseguita laggiù dal dottor Mengele, Hitler poté vivere indisturbato a Buenos Aires il resto dei suoi giorni con lo pseudonimo di Martin Fierro. Si sa che morì nel 1972 investito da una Lambretta. Meno noto il fatto che negli anni sessanta si sottopose ad analisi freudiana su consiglio di un suo vicino di casa, Hermann Göring. (Esatto, a Norimberga c'era il suo sosia.)

Riportiamo alcuni brani dai taccuini dell'analista di Hitler, la dottoressa Lucia Venezia che, messa al corrente della reale identità di Fierro, tenne sempre la bocca chiusa per non venir meno alla propria deontologia.

15 marzo 1965
"Fierro." Incubi. La sua parola è vuota, ancorata all'immaginario. Dovrà imparare a perdonare se stesso, il passo più difficile.

18 marzo 1965
"Fierro" resiste alla verità di essere la causa dell'Olocausto. Si giustifica col fatto che non ci sono pezzi di carta con la sua firma che pianificassero o ordinassero la cosa. Gli parlo della cosa freudiana e lui ride di scherno.

21 marzo 1965
Mentre ricordava una bella giornata a Berchtesgarden con Eva Braun, "Fierro" è scoppiato in lacrime. – *Sono stato io! Io sono la causa!* – Quindi frasi sconnesse per mezz'ora. Alla fine voleva pagare solo metà seduta. Gli ho fatto presente che i kleenex che mi aveva consumato costavano da soli più dell'intera seduta. Si è calmato di botto.

6 giugno 1966
I ricordi di "Fierro" sono ormai un flusso inarrestabile. I ghetti, i campi di sterminio, la Kristallnacht della quale un tempo era così orgoglioso. E il dolore, l'immenso dolore procurato all'umanità intera. Dovrà lavorarci su parecchio per superare tutto. Gli propongo di telefonare a ogni sopravvissuto e scusarsi di persona. L'idea lo eccita e dice che comincerà domani stesso. Ma avrà bisogno di un assistente. – *Göring!* – urla, con l'energia di un tempo.

2 aprile 1967
"Fierro" ha cominciato ieri telefonando a Sid Aron: la sua famiglia venne sterminata a Treblinka, e il piccolo Sid, nascosto nelle fogne del ghetto di Varsavia, sopravvisse per tre giorni mangiando giornali.– *Sei tu Sid? Ciao. Sono Adolf Hitler e vorrei scusarmi per* – – – (clic!) Dice che gli hanno riattaccato tutti in faccia. Gli dico che non deve sentirsi mortificato, è normale che gli buttino giù la cornetta, visto che ieri era il 1° aprile. Nota: anche al ritmo di cento telefonate al giorno, non gli basterà una vita per finire l'opera. Tacere su questo.

5 ottobre 1968
La terapia sta funzionando! "Fierro" ha ripreso a dipingere. D'accordo, copia da Monet e non sa chi sia Warhol; ma come non considerarlo un successo?

Se non ci fosse stato il nazismo, che fine farebbe History Channel?

Non posso dar retta a chi crede di parlare con Dio, dai! È da psicotici! *

* Alla sua prima messa in piazza San Pietro, per la comunione c'era una fila di quaranta minuti. Ma non per quelli dell'Opus Dei, che avevano il telepass.

Il papa esegue il suo celebre trucchetto alla Silvan.

Il papa si è concesso un breve periodo di vacanza fra i monti. Appena arrivato, ha chiesto informazioni alla reception: – *Come si usa la chiave elettronica? Il minibar è gratis? I video porno compaiono sul conto?* –*

* Irritante, no? che le istruzioni per il porno tv negli hotel dicano sempre: "*I titoli dei film non compaiono sul conto*". È già abbastanza triste che un commesso viaggiatore si guardi un porno da solo in una camera d'hotel. Non c'è bisogno che ci aggiungano l'elemento vergogna. Tanto varrebbe scrivere: "*I titoli dei film non compaiono sul conto, razza di pervertito psicopatico che non sei altro*".

È terminato l'anno scolastico. Che farsa assurda! E gli insegnanti pretendono di suggerirti quello che, secondo la loro visione del mondo, dovrebbe essere il tuo futuro lavorativo! Ma la prof di greco di Rocco Siffredi non pensò mai di dirgli: – *Tu potresti diventare un ottimo attore porno.* – Nonostante lui ogni Natale andasse a casa sua a rifarle il presepio. Se capite cosa intendo.

A Ferragosto Milano è così deserta che le zanzare tigre si pungono l'un l'altra.

La mia ragazza questa estate vuole andare in vacanza in un posto costoso. La porterò da un benzinaio.

Quando partite per un viaggio aereo, date un'occhiata ai vostri compagni di viaggio. C'è la giovane coppia in viaggio di nozze che non ha mai volato prima perché aveva paura di volare? C'è il tizio che è sopravvissuto miracolosamente a un altro terribile incidente? C'è la signora che all'ultimo momento ha cambiato rotta per evitare Sharm el Sheik? Esiste una probabiltà su mille miliardi che questi tre tipi di passeggeri si trovino sullo stesso volo. Se succede, scatta un meccanismo segreto e l'incidente è inevitabile. Adesso lo sapete. Datevi un'occhiata intorno.

La farfalla che col suo battito d'ali in Mongolia ha scatenato l'uragano Katrina a New Orleans.

Foto dell’universo scattata da un universo parallelo.

A Helsinki, la trentacinquenne siberiana Olimpiada Ivanova ha vinto la 20 km di marcia stabilendo il nuovo record mondiale. Nel 1997 venne fermata due anni per positività allo stanozanolo. Non so se c'è cascata di nuovo, ma al traguardo si lamentava di non riuscire più ad avere erezioni.

A Nuova Dehli, l'Istituto Indiano di Medicina ha messo a punto il primo contraccettivo spray nasale. In teoria efficacissimo, i medici non potranno saperlo definitivamente finché non troveranno in India qualcuno che pratichi sesso per via nasale.

Road Map. Per israeliani e palestinesi, un'occasione irripetibile per sentirsi legati per sempre da un sentimento comune: l'odio. Quanto a Sharon: come puoi sperare di mettere pace fra Israele e Palestina se non hai ancora risolto il conflitto fra te e i bomboloni alla crema?

Beslan: più di duecento bambini terminano in anticipo l'anno scolastico. Ogni volta che vedo un sacco per cadaveri penso: *"Ecco un pessimo elemento d'arredo"*.

Con un referendum, Francia e Olanda hanno respinto la Costituzione europea. Dichiarata la Prima guerra mondiale.

Mai salutare così gente che non conosci. È rischioso. E se non hanno una mano? Pensano che sei uno stronzo.

D'Alema: – *L'inflazione è quando i prezzi vanno su.*

Berlusconi – *E il cavallo dice:* “Non è un gelato, ma continua a leccare”.

Gasparri: – *Una domanda: come fanno le persone a entrare nel televisore?*

Berlusconi stringe la mano alla foto.

D'Alema: – *Marittime, Cozie, Graie...*

A immagine e somiglianza di Dio.

Michael Jackson è stato assolto da ogni accusa. Durante il processo, c'è stato un momento di imbarazzo quando il giudice gli ha chiesto come si dichiarava, e Jackson ha risposto: – *Di solito gli do dei biscotti e gli dico che mi sento solo.* – Dopo il verdetto, Jackson è uscito dal tribunale a ritroso, facendo il moonwalk. (Non so voi, ma a me Michael Jackson sembra perfettamente normale.)

L'Arabia Saudita ha dichiarato la bambola Barbie "offensiva per l'Islam" e l'ha bandita dal regno. Barbie è stata quindi deportata con un jet privato sulla Costa Azzurra, dove è stata imbottita di cocaina e liquori e poi stuprata per tutta la notte da duemila principi sauditi.

È grave. Si è rotto un laccetto.

Funerali di Marco Pantani. Il feretro arriva in testa al gruppo.

Alcuni barili di cui la Rai sta raschiando il fondo.

Che fine ha fatto Flavia Vento? Sono trascorse ventiquattr'ore dall'ultima volta che è comparsa su qualche giornale, così mi sono chiesto cosa stava combinando. Le ho telefonato a casa e lei mi ha detto che "si stava concedendo una pausa" prima di "uscire più tardi", forse verso qualche locale notturno dove dire o fare qualcosa che la riporterà sulle pagine dei giornali. Mistero risolto.

Un giorno ripenseremo a tutto questo e ne rideremo.

In uno scavo archeologico presso Mantova, rinvenuta una coppia abbracciata di epoca neolitica. La moglie dell'uomo trovata sepolta poco distante.

Negli Usa hanno messo in commercio una versione femminile del Viagra che sarà in grado di dare alle donne orgasmi più rapidi e potenti. La pillola è così forte che, secondo i medici, l'aumentata velocità di eccitamento potrebbe indurre la vagina di Pamela Anderson a viaggiare nel tempo.

Pre
fazione

Biblio grafia

Stampa Grafica Sipiel
Milano, maggio 2007